正式に魔女になった二度目の悪役皇女は、もう二度と大切な者を失わないと心に誓う

2

双葉葵

イラスト ザネリ

TOブックス

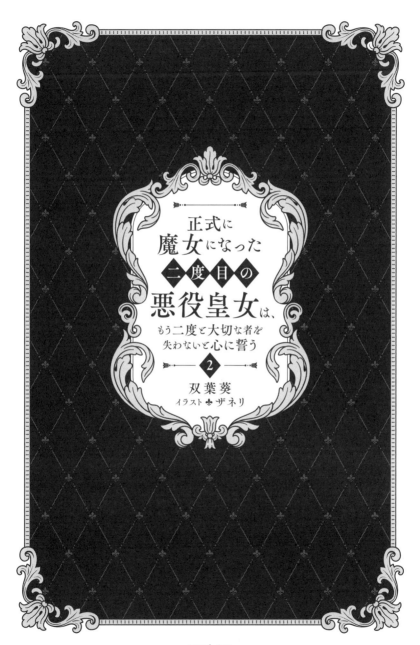

Contents

イラスト✤ザネリ
デザイン✤諸橋藍

Character
List
セオドア
アリスの護衛騎士。
身体能力の高い
ノクスの民。
アリス
本作の主人公。
皇女。
時間を操る能力を
持つ魔女。
第二
皇子
ギゼル
皇太子
ウィリアム
精霊
アルフレッド
侍女
ローラ

エヴァンズ家からの謝罪

侯爵位を持っているエヴァンズ家で開かれた御茶会に誘われて、ボートン夫人に『髪色』のことで貶されてしまい、何の気まぐれか、何故か、私のことなんて今まで一切、興味なんてないような素振りだったはずの一番上の兄、ウィリアムお兄様に助けられるという、衝撃的な事件があってから数日が経ったあと。

日常生活の落ち着きを取り戻し、大分回復した私は……。

突然の来客の知らせに、『本当に私に用事があるのだろうか？』と訝しげに思いながらも、心配してくれたセオドアとアルとローラについてきてもらいながら、自室から出て、どこまでも珍しいお客様を出迎えるために、皇宮のメインホールまでパタパタと足を運んでいた。

「帝国の可憐な花に、ご挨拶を。わざわざ、出迎えていただきありがとうございます。……数日ぶりですね？　皇女様」

私の姿を、その目に入れた瞬間。

メインホールの大きな柱の前で、ふわり、と、穏やかな笑みを溢しつつ、貴族らしく此方へと一礼してくるその人に、私は『どうして？』と、頭の中をはてなマークでいっぱいにしながらも……。

「え、っと……ルーカス、さん……？」

と、目の前で、柔和な雰囲気を醸し出しながら、凛と立っているその人の名前を呼び、どうして彼がここにいるのか、という意味合いを言外に含ませて問いかける。

この間の御茶会で初めて会った銀色の長い髪を無造作に束ねているその人は、エヴァンズ家の嫡《ちゃく》男《なん》で、ウィリアムお兄様とも仲が良く、未来では、ウィリアムお兄様の側近になるという人だけど。

この間、少し会話をしたというだけで……。

今の軸でも、巻き戻し前の軸でも、私とは本当に、殆ど、何の関わりもない人なのに。

「先日の件で謝罪に参りました、お嬢様《レディー》」

そのまま、真っ直ぐに私の目を見た彼は、仰々しく頭を下げて私に向かって謝罪をしてくる。

そこで、ようやく、この人がわざわざ私に会いに来た理由に合点がいったものの。

けれど、それでも、ここに『彼』が来ている理由が見つからなくて。

「……あのっ、侯爵夫人がっ、来られるのでは？」

と、私は、困惑しながら声を出した。

先日の御茶会を主催した側の不手際として、あの時、招待したボートン夫人が皇女である私を貶《けな》した件でわざわざ謝罪に来たというのならば、普通、主催者であった夫人が直接、謝罪に来るのではないだろうか？

（何故、エヴァンズ侯爵の嫡男でもあるこの人が、わざわざ、私に謝りに来たのだろう？）

と、疑問に思っていたら……。

「本当なら、それがマナーなんですけど。うちの母親が、このタイミングで、どうしても外せない用事が出来てしまって……。代理の俺で申し訳ないんですが、こうして馳せ参じた次第です」

と、小さく唇を噛みしめながら、本当にタイミング的に外せない用事があったといった様子で、申し訳なさそうにそう言われてしまって。

『よく分からないけど、用事があったんなら仕方がないかな?』と、私が、こくりと、頷こうとした瞬間……。

「一介の侍女である私が、ここで、口を挟むのをお許しください、アリス様。……けれど、こういう時、主催者であった夫人が謝罪に来られるのは最低限のマナーです。皇女様に謝罪するという言葉の意味を、エヴァンズ家はどういうふうにお考えなのですか? 今、ルーカス様は、その口で、皇女様に謝罪する以上に大切な用事があった、と。……そう言っているのですよね? 私の主人であるアリス様のことを、侮辱しているのですか?」

と、後ろで控えてくれていたローラが、キツく咎《とが》めるような口調でそう口にしたことで、思わぬ展開になってしまった。

驚いて、振り返れば、真っ直ぐにルーカスさんの方へと視線を向けながら、普段、優しいローラが怒ったような瞳でルーカスさんに抗議してくれていて。

……私が、あんなことに巻き込まれてしまったと聞いて、私以上に憤慨《ふんがい》してくれていたから。

今日のエヴァンズ家の対応についても、きっと、必要以上に怒ってくれているのだと思う。

だけど、正直に言うと。

(感覚が、もう、麻痺しちゃってるなぁ……)

巻き戻し前の軸の時も含めて……。

皇女でありながら、貴族の間で軽視され、下に見られてしまうということ自体に、私自身が慣れてしまっているせいで、ルーカスさんの対応になんとも思わなかった。

寧ろ、謝ってくれるだけマシだとさえ思うのは、私自身、本当に今までに、こういう時、嫌な思いしかしてこなかったからなんだけど。

「……そう言われると、本当に申し訳ないんだけど、弁解の余地もない」

ローラの追及に、特に言い訳をすることもなく、はっきりと、目の前で、そう言って。

私に向かって頭を下げ続けるルーカスさんに、ローラの気持ちは勿論、嬉しく思いながらも、目の前のこの人が嘘を言っているようには、どうしても見えなくて。

「……顔を上げてください」

と、声をかければ、私の、その一言にルーカスさんの顔が上がる。

どこまでも、真剣な表情をしていることを思えば、私に対して心から謝罪をしようとしてくれている気持ちはあるみたい。

それに、本当にエヴァンズ家が私のことを『軽視』しているのだとしたら、あの時、兄であるウィリアムお兄様が傍にいようとも、私のことを助けたりなんてしなかっただろうと思えるから。

「そもそも、あの御茶会の場であんなことが起きるとは、誰も想像もつかなかったことだと思います。……それに、あの時、ルーカスさんと、お兄様……、が来てくださったから、私自身なんともなかったというのも、事実ですし。その謝罪を正当なものとして、お受けしますね」

と、ほんの少しだけ微笑んで……。

「何の遺恨《いこん》もなくその言葉を受け取るので、気にしないでください」という意味合いを含ませて、かけた私の言葉に。

けれど、ルーカスさんの表情は、どこか浮かないままで……。

「それはもの凄く有り難いんですけど。皇女様、ちょっとばかしどころか、色々と、やむを得ない問題がありまして……。重ね重ね、不躾《ぶしつけ》で申し訳ないんですけど、俺とデートしてくれませんかねぇ……っ？」

と、私に向かって声を出してくる。

その言葉は、どこまでも切羽詰まっているような雰囲気で。

「……えっと、はい？　でーと、ですか？」

――でーと、って何だろう？

と、頭の中でそんなことを考えるくらいには、まるで突拍子もない一言に。

呆然と固まっていると……。

「わわわっ、そこの、騎士さん、ステイっ！　ステイっ！　無言で、剣を抜こうとするのは、やめてくれって！」

と、必死な形相をしながら、慌てた様子のルーカスさんが見えて……。

その視線に釣られるようにして、ローラと同じく私の後ろに控えてくれていたセオドアの方へと視線を向けると。

その瞳を吊り上げて怒った表情を一切、隠すこともせずに、殺気立ったセオドアが、ルーカスさんの方を真っ直ぐに見つめながら、無言で剣の柄を掴んでいた。

それに対して、目の前にいるルーカスさんが緊迫した表情を浮かべて、じりじりと後ずさっていく。

「……謝罪に来たその口で、今度はデートの誘いか？　舐めてるとしか思えねぇ。姫さん、この男百回ほど、斬ってもいいか？　頼む、うん、って言ってくれ」

「ちょっと……！　百回も斬られたら、死んじゃうでしょうが！」

焦ったような表情を隠すこともなく、わたわたしながら、セオドアに向かってそう言ったルーカスさんは……。

次いで、助けを求めるように私に視線を向けてきた。

「……やむを得ない事情、ですか……？」

二人のそんな様子を間近で見ながらも、ぽつり、と、さっきのルーカスさんの言葉を反芻するように出した私の言葉に。

『よくぞ、聞いてくれましたっ！』という顔をしたルーカスさんが……。

「……それがねぇ、君のお兄さん。第一皇子の、クソ野郎がっ、ありのままを陛下に話したせいで。それが陛下の逆鱗に触れて、カンッカンに怒らしちゃったみたいで……。ただ、謝罪をして、皇女様がその事実を受け入れてくれるだけじゃ、もうっ、この話自体、収拾がつかなくなってしまって……」

と、引きつったような声色で、どこか疲れたように深いため息を溢しながら、私に向かってそう言ってくる。

この場にいないとはいえ、ウィリアムお兄様に対して、はっきりと『クソ野郎』と表現してしまえること自体が本当に凄いなぁと思いながらも……。

それだけルーカスさんが、ウィリアムお兄様と親しい証拠だと思うんだけど。

「……えっと、そう、なのですか……？」

と、私はルーカスさんの言葉を聞きながら、きょとんと、首を横に傾けた。

（そんな話は初耳だったけど、お兄様がお父様にあの時の状況をありのまま、話した、のっ……？）

確かに、ボートン夫人に私が貶されてしまったことについては、あの場で抗議すると言っていたけれど。

――でも、まさか、私が貶されたというだけで、お父様もそんなにも直ぐに動いてくれたのだろうか？

私の耳には何一つ、届いていないその状況に。

それが本当に事実なのかどうかすら疑わしくて、どうしても信じられなくて、ルーカスさんに不審な瞳を向ければ……。

「この事実を知っている人間はそう多くないんだけど、元凶である、ボートン伯爵夫人には、内々《うちうち》に禁固五年の実刑が下されたんだよ。それで、うちの家名は表には出てないんだけど、ボートン夫人がそんなことになったっていうのは、どう足掻いても隠せるようなものじゃないからさ。真実までは知らなくても、エヴァンズ家も、じわじわと、真綿で首を絞められるように、陛下直々の怒りを買っちゃったってのが、現在《いま》、周囲の貴族にも醜聞として広まっちゃってるんだよねぇ……」

と、心底、疲れ切った声色で、ルーカスさんがそう言ってくる。

「そ、そんな、ことが……っ」

「うん、だからね？　皇女様と俺が仲睦まじく、一日一緒に外でデートしてるでしょ？　そしたら、噂しか知らない貴族達は、ボートン伯爵夫人はあんなことになってるし。どうやらそれに、エヴァンズ家も関わっているらしいっていう話のエヴァンズ家の部分だけは、なんとかこの醜聞から逃れられるって訳。……そういう理由なので、あなたをボートン夫人から助けた俺のことを、今度は救うつもりで、デートしてくれませんか、お姫様」

――打算で申し訳ないんだけど、俺が今日、ここにこうして謝罪に来た理由の一つには、皇女様なら、俺のことを助けてくれそうっていうのも計算のうちに入ってたんだよ。

と、全く隠そうともせず、あけすけに本音を言ってくるルーカスさんに。

助けてあげたいのは山々だったのだけど、彼のそのお願いに、私は直ぐに頷くことが出来なかった。

「……ごめんなさい、私、お父様からは外に出ることを禁止されていて……」

恐らくだけど……。

『皇族の汚点』だと思われているだろうから、紅《あか》を持っている私が外に出ることを、皇帝であるお父様は基本的に良しとはしていないし。

今までだって『必要以上に、外に出ることは禁じる』と、無機質な口調で、断言するように、キツく言い含められてきたから、これは、私の一存で決められる話ではない。

この間『……ずっと長いこと、お前の置かれている状況を見てやれずにすまなかった』と、謝ってもらったとはいえ、それとこれとは別の話だし。

私が外に出るには、必ず、お父様か、若《も》しくはお父様の代理であるウィリアムお兄様の許可をもらわなければいけないようになっているから。

だからこそ、目の前でデートをしないかと言われても、ルーカスさんの言葉には直ぐに頷くことが出来なかったんだけど。

やんわりとした私のお断りの言葉に、ルーカスさんは、皇宮の内情について熟知しているのか……。

それについては『心得ている』と言わんばかりに、こくりと頷いて。

「……それは、その問題が解決すれば、俺に付き合ってもらえると受け取ってもいいのかな？　レディー？」

と、此方に聞いてきた上で。

「え……っ？　えっと、はい……そうですね」

「それなら、大丈夫。その問題なら、秒で解決出来るから心配いらない。それに、お姫様のその髪色があまり目立たないように、基本的には貸し切りのお店に行くよう、最大限の手配はするつもりだしね。適当に俺に対して、要所要所で、笑顔さえ向けてくれれば、エスコートは完璧にこなしてみせるから」

と、戸惑う私を置いてけぼりにして、押し切るようにそう言ってくる。

その言葉に……。

（お父様を説得することが出来るんだろうか……？）

と、私は更に混乱してしまったんだけど。

ルーカスさんは未来では、戴冠式を終えて皇帝に即位したお兄様の側近になる人だし、交渉術とかに長けているのかもしれないと考え直すことにした。

（よく分からないけど、嘘を言っているようにも見えないし、一度助けてもらったお礼をそれで返せるのなら……）

——こういうのは、一回きりだろうし、付き合うのも仕方がない、かな。

何より、御茶会を主催した側だとはいえ、まさか招待客の一人が皇女である私に対して無礼を働くだなんて、予想も出来なかっただろうし。

対策も立てようがなかったと思えば、今回の件はとばっちりみたいなもので、エヴァンズ家がそこまで悪い訳じゃないから……。

それで悪い噂が広まってしまっていると聞いて、ちょっとした罪悪感みたいなものが自分の中にあった。

あの日、エヴァンズ夫人には、誠心誠意、謝ってもらえていたというのも、その思いに拍車をかける要因になっていた。

——それがどんなに嘘であったとしても、事実として広まってしまう。

その怖さは、今まで紅を持っていることにより、色んな人達から貶められてきた私自身が、誰よりも一番、分かってるから。

「……断られたらどうしようかなって思ってたけど、皇女様なら、そう言ってくれるんじゃないかなって期待してたから、本当に有り難いよ」

私の対応を受けて、ホッと一安心したようなルーカスさんに、セオドアと、アルと、ローラの冷たい視線が向いていく。

「……だいじょうぶだよっ」

その視線に……。

(私の事を心配してくれているのかな)

と、三人の様子から察して、声をかければ……。

「……姫さんが優しいからって、わざわざ悪意しかねぇ外に。まるでアクセサリーかなんかのように、見せびらかすように姫さんのことを連れて出るのが、許せねぇ……っ」

「うむ、ただでさえ数日前……、その髪色のことで、お前が傷つけられたばかりだというのを、この男も知っているだろうにっ」

と、セオドアとアルが、私のために憤ってくれるのが見えた。

――私にとって、外は、決して安心出来るような場所じゃない。

前回、セオドアとアルと一緒に外に出た時とは違って、今回はルーカスさんの意図を酌み取って動くのなら、私が『皇女である』と、明確に周囲に分かってもらう必要がある。

表立って、この紅色《くれないいろ》の髪を隠すことは出来ないから。

そのことを、いち早く考えてくれて、私のために怒ってくれているセオドアとアルに嬉しくなりながらも、二人にお礼を言ったあとで。

「でも、あの日、ルーカスさんがボートン夫人と私の間に割って入って助けてくれたのは事実だし。このまま、侯爵家と遺恨をつくるよりは、ずっといいと思うんだ」

と声を上げれば……。

私の一言に、セオドアもアルも、ローラも「私が決めたことなら……」と渋々ながら、最終的には頷いてくれた。

それから……。

「……急に呼び出してきたかと思えば、此は、なんだ？　一体、何を考えている？」

今思えば、ルーカスさんを、皇宮の中にある私用《わたしよう》の応接室にでも案内すれば良かったんだけど。

私にお客さんが来ることって、本当に滅多にないことだから、動転していたこともあり、そこまで気が回らなくて、皇宮のメインホールで立ったまま、私達がそんな遣り取りをしていると。

……急に降ってきた第三者の、底冷えするような一言に。

振り向きたくなかったけど、壊れた玩具のように、首を、ぎぎっと、恐る恐る後ろへと向ければ。

――いつもと全く変わらない冷たさしかない金色のその瞳とかちりと視線が合ってしまった。

瞬間、セオドアが目の前にやって来た人物のことを警戒したように、咄嗟に、私を自分の方へと引き寄せてくれる。

「……っ、ウィリアムおにいさまっ……」

私の呼びかけには、一切、目もくれず。

目の前で……。

「やぁやぁ、お待ちしておりましたよ、殿下っ！」

と、にこやかに、おどけて声を上げるルーカスさんに視線を向けた第一皇子である兄の唇が、少しだけ歪んだのが見てとれる。

「どういう状況だと、聞いているんだが、ルーカス？」

――説明しろ。

と、何も言わなくても、私にも分かるくらい『視線』だけでそう訴えて、ルーカスさんに向かって冷たい視線を向ける兄に。

いつもそうなのか……、驚くことも、謝ることもなく、平然としたままのルーカスさんが。

「エヴァンズ家が、今、在りもしない噂で苦しんでいるのは殿下もご存じのこと……。つぅか、大体が、殿下が元凶でしょうが……っ？」

と、ほんの僅かばかり、怒気の含まれた声を上げるのが聞こえてきた。

「俺は、事実を言ったまでだ」

それに対して、兄の無機質で無表情な顔は一切変わることがなく。

お兄様相手に、日常会話を殺伐とこなしているようにも見えるその遣り取りに……。

聞いているこっちの方が、冷や冷やしてしまいそうになる。

「はいはい、その事実のせいで、社交界で今、あることないこと噂に尾ひれがつきまくってんだよ、こんにゃろうっ！　陛下に伝えるにしても、もうちょっと、他に言い方ってものがあったでしょうよっ！　……という訳で、皇女様をこうして、デートにお誘いした次第でございます」

そうして、ルーカスさんが先ほどとは打って変わって、からっと明るく今の状況について説明すれば。

お兄様が、一度だけ、無表情のままでも分かるような冷たい視線を私に向けたあとで、ルーカスさんに視線を戻すのが見えた。

「……はぁ？　巫山戯《ふざけ》ているのか？　とうとうその頭がおかしくなったのか？　なぜ、アリスをわざわざ、誘う必要がある？」

「……やだなぁ、お兄様っ！　見て分からないかしら？　こうやって、レディーと俺が仲良しであることを、対外的に知らしめるために決まっているからですってば」

……お兄様の冷たい視線もどこ吹く風で、おどけて、にぱっと破顔《はがん》して。

此方へと笑顔を向けてくるルーカスさんが、仰々しい仕草で私の手を取ってくれながら、手の甲に一度だけ、その唇を落としてくると。

無表情のままの兄の表情が、僅かばかり、いつもよりも不愉快そうなものを見るような目つきでその眉間にも皺が寄ったような気がした。

その上、私の傍に立ってくれていたセオドアも、私に向かってどこまでも気安い態度で接してくるルーカスさんに対して、その失礼とも思える態度に苛立ちを覚えた様子で、「オイ……っ！」と、咎めるように声を出してくれながら、目に見えて怒ってくれているのが分かって。

一気に、この場に充満し始めてしまった剣呑《けんのん》な雰囲気に堪《こら》えきれず、私は、一人、この場で居心地の悪さを感じて縮こまってしまう。

「……気持ちの悪い言葉遣いをするな。妹を政治的に利用すると、今、その口で言っているのか、お前は？」

「うん？　そういうのは、殿下の方が得意だろうっ？　それに、俺はちゃんと皇女様から了承は得てやってるんだよ。どこかの誰かと違って、レディーはお優しいから、家《ウチ》の名誉を回復するのに付き合ってくれるそうで。……本当、無慈悲で、情の欠片もないどこかの誰かさんとは大違いだよねぇっ？」

「……御託《ごたく》はいい。どこへ行くつもりだ？」

「……どこへ、行くんだろうねっ？」

まるで、ゆらゆらと漂う雲みたいに、ふわふわと、あっちこっち要領を得ない説明をして、とぼけながら、ルーカスさんがウィリアムお兄様の目の前で笑う。

(あんなことを、お兄様に言って大丈夫なのかな？)

と、傍から見ている私は、勝手に、一人、冷や冷や、ハラハラしてしまったんだけど。

ルーカスさんの言葉に、少しだけ考えこんだ様子の兄は、この状況のルーカスさんに何を言っても無駄だと思ったのか。

暫くしてから、どこまでも呆れたように『ため息』を一つ溢し、険しい表情を浮かべながらルーカスさんの方を真っ直ぐに見つめて。

「……連れていけ」と、声を出してくる。

そこまで、大きな声じゃなかったんだけど……。

静かな空間に、兄の声だけが響いたせいで、それは当然、私の耳に入ってきた。

一瞬、聞き間違えなのかと思ったものの、対峙するようにお互いに向き合っているルーカスさんとお兄様の表情を見れば、その言葉が決して、私の聞き間違えではなかったのだと悟るのに、そう時間はかからなかった。

まさか、お兄様からそんな言葉が降ってくるだなんて……。

たとえ、天変地異が起きたとしてもあり得ないことだと、今、この場においても、全く、予想だにしていなかっただけに。

——今、ウィリアムお兄様の口から、「私と一緒に城下に行ってくれる」という発言が出たこと自体が信じられなくて。

訝しげに二人の会話を見守るしか出来ない私に構うことなく、ルーカスさんが、まるで面白いものを見るような目つきで、兄を見つめながら、声を上げるのが聞こえてきた。

「うん？　殿下、よく聞こえなかったんだけど、もう一回言ってもらってもいい？　今、何て？」

「二度は言わない。……俺も連れて行けと言ったんだ」

「……はいはい、皇太子殿下一名様、ご案内っ。そう来なくっちゃなっ！」

そうして、まるで、こうなることが最初から分かっていたかのように。

全てが『自分の思いのまま、事が運んでいる』といった様子で、嬉しそうに笑うルーカスさんに。

「ね？　レディー。……殿下《保護者》がついてくるんだから、これで、外には自由に出られるでしょ？」

と、子供だから、まだまだ背の低い私に合わせてくれたのか、身を屈めたあとで、内緒話をするみたいに耳元で、そう、言われて……。

その揶ったさに、思わず、ほんの少しだけ身をよじらせると。

「オイっ！　一体、どういう風の吹きまわしだ？　アンタ、この前、自分が姫さんに何をしたのか、分かってるのかよっ？　アンタがついて来るのなら、俺は、反対だっ」

と、セオドアがルーカスさんから、私をバッと優しく引き離してくれた上で、警戒するように、お兄様に声をかけるのが見えた。

その、責めるような棘のある一言に……。

「飼い犬は大人しく黙っていろ。どちらにせよ、アリスが外出するのなら俺か父上の許可がいる。……お前の意見など、この場では必要ない」

と、今度はお兄様と、私のことを思ってくれたセオドアがバチバチと険悪な雰囲気になっていく。

その状況に、ルーカスさんが「あれ？　もしかして、二人って、滅茶苦茶、仲が悪い……っ？」と、まるで自分には全く関係がないといった感じで、ほんの少し面白がっているような雰囲気で、外野から、のんびりとした言葉を放っていて。

私は、お兄様がついて来るのなら、今からでも『行きたくないです』と伝えたい気持ちでいっぱいになりながら。

……必死で、ルーカスさんに『本当は、お断りしたい』という視線を向けたけど……。

当然ながら、そんなアイコンタクトに、ルーカスさんが気づいてくれる訳もなく。

——それでも、お兄様の手前、直接、嫌だとは言えなくて……。

（お兄様がついてくるって事前に知っていたら、絶対に行かなかったのに）

と、内心で、勝手にお兄様とルーカスさんの間で『決まってしまったこと』に、恨めしい気持ちを抱きながらも……。

どうして、お兄様はお兄様で『私についてくる』って言ったんだろうと、ビクビクしてしまう。

そろり、と視線をお兄様の方に向ければ、無表情のままの顔色から、その意図を酌《く》み取ることなんて、不可能で……。

諦めた私は、結局、どうしようも出来なくて、その場で一人、引きつった笑みを浮かべた。

噂の払拭と、お詫びの品

結局、あれから……。

ルーカスさんに案内されて、馬車に乗り込んだ私は、お兄様と、ルーカスさんと、セオドアと、アルの四人に囲まれるという状況に、なんとも肩身の狭い思いをしながら、煉瓦《れんが》で舗装された城下の街を歩いていた。

もう夏も終わりかけているというのに、地面を鋪装している煉瓦からは、まだまだ、太陽が反射し、じわじわとした熱が足の裏を通して伝わってくる。

それでも、肌で感じることの出来る風は、段々と涼しくなってきており、茹《う》だるような暑さからは解放されて、心地の良い風が、街一帯を吹き抜けていた。

綺麗に、区画整理された景観をなるべく崩さないようにと、洗練されたお洒落な雰囲気を漂わせつつ。

けれど、あちこちで、屋根も含めて『建物を彩る』ような、カラフルなパステルカラーの街並みが、ここが、この国の首都であるということを、強調していた。

ただ一歩、道を逸れるだけで、人通りが殆どない裏路地の中に、隠れ家のようなバーがあったり。

反対に、大通りには『市場』などもあり、沢山の屋台が立ち並び、野菜や果物を売っているだけではなく、細々とした生活用品や、行商人がやって来て異国の商品を売っていたりと、どこまでも活気に満ちあふれている。

そんな中、道行く人達が、あまりにも珍しい組み合わせにギョッとしたり、あるいは、ひそひそと、遠巻きにしながら、私達を見てくるのに。

――どうしようもなく居たたまれない気持ちになってきてしまった。

「……御覧になって。皇太子殿下ですわ」

「殿下が城下を歩かれているのは珍しいですね。隣にいらっしゃるのは、ルーカス様かしら？」

「……それよりも、あちらの少女ですわ。あの、鮮やかなほどの紅色の髪色は、どう見ても、皇女様ですわよねっ……?」

「公の場には滅多に出られることがないのに、珍しいこともあるんですのねっ! まさか、殿下と揃ってその仲を見せつけるように城下に出てこられるだなんてっ! お二人は不仲ではなかったんですの……っ⁉」

今、私達がいる場所が、王都の街の中でも、高級衣装店《オートクチュール》や、レストランなど、貴族ご用達の高級ショップが、複数、立ち並んでいるエリアだからか、人目につくには本当に充分すぎるくらい充分で……。

「……殿下と皇女様が一緒に並んで歩かれているということは、最近急速に広まっている陛下の寵愛が、皇女様にも向いているという噂は本当だったのかしら?」

「ボートン夫人が、皇女様関係で陛下を怒らせて実刑を受けたという件でしょう? ただでさえ、皇女様への贈り物に毒が混入されていた件も広まっているというのに、この件で更に、テレーゼ様が皇后になられたことで、あれだけ、勢いづいていた魔女狩り信仰派の貴族が揃って失速してるとか」

「シッ! 声が大きいですわよ。でも、あの噂には、エヴァンズ家も関わっていると聞いていたけれど……」

「そちらは、どう考えてもデマでしょう。どう見ても、殿下とルーカス様とで、三人、仲睦まじいご様子で歩かれていらっしゃるもの」

と、どこからともなく、彼方此方《あちこち》から聞こえてくる会話の内容に。

(……全部、丸聞こえなんだけど……)

と、言いたい気持ちを、私は何とか堪えることにした。

彼女達は自分達のヒソヒソ話が、私達にも届いていることに気づいていないのだろうか？

話に夢中になっていて、次第に声が大きくなってしまうのは仕方がないのかもしれないけれど、せめて、もう少し、声のボリュームを下げてくれたなら、私の耳にも入らないのに。

……というか、世間では、お父様が私を寵愛しているということになっているの？

（それは、一体、どこの世界線の話なんだろう……）

あと、お兄様とルーカスさんと、私で……。

一体、どこをどう見たら、仲睦まじく見えるようなことになるのか。

どう考えても、一緒に行くと言ってここまでついてきたにも拘《かかわ》らず、お兄様はさっきからずっと、むっつりした様子で黙り込んでしまっていて、一切、何も喋らないし。

セオドアとアルは、お兄様とルーカスさんに警戒心を持ちながらも、なんとか私のことを思って、それを出さないように気をつけてくれているし。

ルーカスさんは、そんな殺伐としている空間の中で、どうしてか、一人、滅茶苦茶楽しそうだし。


それから……。

「もう暫くすればお店につきます、皇女様。それまで、もう少しの間、我慢してもらえれば……」

ルーカスさんにそう言われてから、洗練された王都の街並みを幾つか通り過ぎ、貴族達が多くやって来て『買い物』をしているような、王都の中でも一等地だといってもいいくらいの場所を、みんなで歩いてどれくらい経っただろう。

ここに来るまでちらほらと見えていた、露店でものを売っているようなところは、一切なくなり、きちんとした店舗型のお店が沢山立ち並んでいる通りまでやって来ると……。

ルーカスさんに、「お手をどうぞ、お嬢さん」と声をかけられて、エスコートをするように手のひらを上に向けて差し出されたことで、私自身、その手を戸惑いながらも握ろうとすれば……。

「……ルーカス」

私がその手を握る前に、まるで『それを許さない』と言わんばかりに、ストン、と、手刀が上から降ってきた。

そのあと、パシン、と弾かれたルーカスさんの手のひらがそっと、重力に抗えずに下に落ちていく。

「……殿下、今日の目的、俺、さっきも伝えたよねぇ？　皇女様と俺が仲良くすることに意味があるんだって……っ！」

「だからといって、手まで繋ぐ必要はない」

「……あらやだ、もしかして、殿下が俺と手を繋ぎたかったってことっ？　それなら、遠慮なんかせずに、そうと言ってくれれば良かったのにっ！　ほら、お手をどうぞっ、皇太子殿下殿？」

「殺すぞ」

目の前で繰り広げられる二人の殺伐とした遣り取りに、未だ慣れず。

ルーカスさんがお兄様のことをからかって、それにお兄様が眉を顰めるという状況は、普段通りのことなのかさえもよく分からないまま……。

それでも、ルーカスさんのこの行動、一つ一つにウィリアムお兄様が不快そうにはしていても、『不敬』だと断じることもなく、ただ怒るだけに留めて許されているところを見るに、多分、日常なんだろうなぁ、とは思うんだけど。

二人のその遣り取りに全く入っていけず、行き場所をなくした手のひらをどうすることも出来ないまま。

「あ、あのっ……」

と、意を決して、口げんかのようなことをしている二人に向かって声をかければ、にこっと優しさを孕《はら》んだ柔らかな笑みを浮かべたルーカスさんの瞳が此方を向いた。

「ほらほら、殿下の悪意がある発言に、お姫様が戸惑ってしまってるよ?」

「……別に、戸惑う必要性など、どこにもないだろう」

そのあとで、一応、私のことを気遣ってくれたのか、ルーカスさんのかけてくれた言葉に、お兄様がピシャリと間髪を容れずに、にべもなく返事をするのが聞こえてくる。

その言葉に、とうとう、困り果ててしまっていた私を見て……。

「うむっ。誰かが、アリスと手を繋げばいいのだな。……案ずることはない、それなら、僕がアリスと手を繋ごう」

と、二人の間で、よく分からないアイコンタクトが行われている最中……。

全く状況を読むことなく、アルがぎゅっと私の手を握ってくれた。

きっと、アルが動いてくれなかったら、私の後ろに立ってくれていたセオドアも、私のために動こうとしてくれていたんだと思う。

一瞬だけ、視線が合ったあと、アルが動いてくれたことで、ホッとセオドアが胸を撫で下ろしたのが目に入ってきた。

その上、一歩、アルの方が早く動いてくれるようになっただけで、セオドアも、今ここで自分の手を差し出そうとしてくれていたから……。

二人のその姿に、私が、心の底からジーンと嬉しい気持ちを感じていると。

「ほらっ！　こうすれば、別に、お前達がアリスと手を繋ぐ必要など、どこにもないであろう？」

と、ちょっとだけぷくっと頬を膨らませながら……。

私と仲良しであることをアピールして見せつけるように、繋いでくれた手をブンブンと振って、お兄様相手でも、ルーカスさん相手でも、特に物怖じすることなく、はっきりとそう伝えてくれるアルに。

虚を衝かれたような表情をしたルーカスさんが次いで、どこまでも愉快そうな顔色に変化したあと、口元を緩ませ。

「あーあ、お姫様、取られちゃったかぁ……」

と、残念そうな口ぶりでありながら、全くそう感じられない抑揚のない声でそう言ってきたあと。

楽しそうな視線を崩すことなく、私達の方を好奇心に溢れたような瞳で見つめてきた。

「アルフレッド君だったよね？　俺、君にも滅茶苦茶、興味あるんだよなァ。確か、陛下の紹介で皇女様のお側につくようになったんだっけ？」

そうして、ルーカスさんから、そう声をかけられたことで、私は思わずドキリとしてしまった。

精霊王だなんて、とてもじゃないけど秘密にしないといけないから。

アルのことは、お父様とも相談した上で、『お父様の紹介』で、私の傍についてくれることになった男の子という設定になっていて。

当初……。『人間は、本当に面倒な設定をつけたがるな』と、呆れたような雰囲気でそう言っていたけれど、今では、アル自身もその設定を受け入れてくれている。

もしも、誰かに突っ込まれて詳しく聞かれてしまった場合のことも考えて、そのことを想定し、色々な質問に、ある程度ちゃんと受け答えが出来るようには練習済みだ。

「はい、お父様の紹介で」

「うむ。特殊な環境で育ったが故に、僕は、世俗《せぞく》……？　とやらに疎いのだ。その代わり、知識はかなり豊富だぞ。特にお前達を敬う気もないが、この喋り方しか出来ぬのでな、ご愛敬という奴だ」

私の発言に、アルが真実しか入っていない『自分の設定』を、補足するようにそう伝えてくれれば。

「……ふぅん？　その喋り方を許容してるってことは、陛下がどこかから連れてきた秘蔵っ子っていう噂は本当みたいだね。まぁ、わざわざ、陛下が隠している訳だから、素性までは聞かないけどねぇ……」

と、ルーカスさんが、此方を見ながら、穏やかにそう言ってくる。

万が一にも、私達が話さない限りは、その素性がバレてしまうことはあり得ないだろうけど。

どこか見透かすような雰囲気にも見えるその瞳に、内心でハラハラしていたのを、悟られていないとは思うものの……。

——無駄に、ドキドキしてしまった……。

そんな私の心配を余所に、直ぐに、ルーカスさんの視線はアルから外れ。

「……そっちの騎士のお兄さんは、ノクスの民だよね？」

と、今度は、警護をするように私の一歩後ろに立ってくれていたセオドアに視線を向けて、気さくな雰囲気で声をかけてくる。

「……あぁ」

もしかしたら、ルーカスさん自身は、私達に満遍なく話を振ってくれるつもりで声をかけてくれたのかもしれないんだけど。

突然話しかけられて、自分に話の矛先が向いたことに、視線だけルーカスさんの方へと向けたセオドアが、面倒くさそうに答えれば。

「……黒髪に、紅色のその眼《め》はよく目立つ。放浪の民でもあるノクスの民が、またなんでこんなところで、騎士なんか？」

と、構うことなく、ルーカスさんが更に深掘りをするように質問してくる。

その姿に、一度、はぁっとため息を溢したセオドアが……。

「別に。……ソイツは、答えなきゃいけない質問か？」

と、自分のことについては、あまり触れてほしくなさそうな雰囲気で、おざなりにそう答えると。

「……いや、単純に興味があってね。気を悪くしたんなら謝るけど。君ほどの腕前なら、その腕一本で傭兵とかでも充分、喰っていけるでしょ？　異色の経歴なのは間違いないだろうからさ。謂《い》わば、極端な話、覇者にだってなろうと思えばなれるのに、そんな人間が、大人しくお姫様に付き従ってんのも、俺にとっては……」

と、今の間に、セオドアに向かって、流暢に止まることなく喋り続けていたルーカスさんが口を開いたまま、そこで言葉を発するのをやめたのが見えた。

「ソイツは、答えなきゃいけない質問か……っ？」

ルーカスさんの言葉を受けて、まるで気分を害したと言わんばかりに、セオドアの紅色の瞳が静かに威圧感を持って、真っ直ぐにルーカスさんのことを射貫いていた。

「……おっと……っ。あー、怒らせたなら、本当にごめんね」

セオドアの鋭いその瞳に、何か地雷でも踏んでしまったのかと、一瞬だけびくりと肩を震わせて怯んだあと、ルーカスさんが困ったような表情で謝罪してくるのが見える。

その姿に、多分、悪気なんて欠片もないんだろうな、と思えるんだけど。

「ただ、その眼を持っているってことは、想像を絶するような過去があるってことに直結するでしょ？　ソレを持ちながら、どういうふうに今まで生きてきたのか、純粋に君のことが気になっちゃってさ」

と、弁明するように声をあげるルーカスさんに向かって。

「あ、あのっ……！」

意を決して、遮るように声を上げた私に、全員の視線が一斉に此方へと向いた。

（……うぅ。不自然だったのは、自分でも自覚してたんだけど、それでも、今の遣り取りを止めるために声をかけずにはいられなかった）

知り合ったばかりだし、「気になったから聞いた」のだというその言葉に、きっと嘘なんてなくて……。

ルーカスさん自身に、悪意とかはないんだと思う。

でも、『過去』のことも、全て。

消しきれない記憶と共に、こびりついて自分の中から、離れてくれなくて。

夜に、独りきり。

ベッドの中で、思い出しては、冷や汗をかいて目覚めるような……。

――そんな、悪夢を私は知っている。

それが、消せないほどの現実であり、自分の中のトラウマになっていることも。

誰かにそのことを話すということは、その事実と否応なく向き合わなければいけないということだから……。

「……お店、まだ、着かないんでしょう、かっ？」

（馬車から降りて、結構、城下の街をみんなで歩いているはずなんだけど、まだ目的地には着かないのかな？）

と、話題を変えるように出した私の一言に、ルーカスさんが先ほどの雰囲気とはまた打って変わって、からっとした笑顔を向けてきた。

その表情は、どこまでも私の意図を酌んでくれたようなもので。

……それから先、ルーカスさんがさっきみたいに、セオドアに対して、好奇心から質問を繰り返してくるようなことはなく。

「そうだなぁ、もうちょっとのはずなんだけど……」

と、のんびりと声をあげたルーカスさんは……。

「ああ、あった、あったっ。あそこだよ！　話に夢中で遅くなっちゃったけど、早速、入ろうか？」

と、今の話をすっぱりと切り替えたように、カラフルな色合いの沢山のお店が立ち並んでいる一角に、そこにお店があることを知らせる丸いお洒落な看板がくっついている建物を指さして、私達に向かって声をかけてくれた。

＊　＊　＊　＊　＊

「……いらっしゃいませ、皇女様！　この日が来るのを、数日前から首を長くしてお待ちしておりましたわ〜っ！」

入る前の建物の外観から見ても、ここがファッション関係のお店であることは一目瞭然で、私にも分かっていたんだけど。

お店に入ると、中はルーカスさんが言っていたように、完全に貸し切りの状態になっていた。

高級衣装店《オートクチュール》らしく、店内は、洗練された雰囲気で、人体型《じんたいがた》の模型であるトルソーに幾つかのドレスを飾り、洋服の魅力を最大限に見せるような工夫が凝らしてあって、ディスプレーにもかなり拘っているみたいだった。

パッと見た感じ、清楚系のドレスなどが特に多いお店のように思う。

販売しているのは『洋服』だけじゃなくて、バッグや髪の装飾に使うヘアアクセサリーのリボンなどもそうだけど。

トータルコーディネートとして、ドレスと一緒に置かれているものもあれば……。

壁をくり抜いたお洒落な棚の上に、色味や用途などに合わせて美しく飾られているものもあり、普通に店内を見て回るだけでも楽しい雰囲気が味わえるような造りになっていた。

私が、店内の装飾に、あれこれと視線を巡らせていると……。

働いているスタッフから、私達が来たということを知らされたのか。

パタパタと急ぎめで、だけど王都の一等地にあるお店の主人だからか、優雅な感じで此方に駆け寄ってきて「あーん、お久しぶりですっ！　皇女様なら、いつでも大歓迎ですわ〜っ！」と、思いっきり嬉しそうな表情を浮かべながら、満面の笑みで私達のことを出迎えるように、挨拶してきたその人には、滅茶苦茶、見覚えがあって……。

「……え、っと……あのっ」

と、思わず戸惑いながら……、『どういうことなのか』と、問いかけるように、ルーカスさんの方を見つめると。

「いやぁ、お姫様が来るって話したら喜んで貸し切りにしてくれてさぁっ。流石、今、この国の流行をつくっていらっしゃる、レディーなだけあるなぁ！」

と、私の戸惑いには気づいているだろうに、敢えて、その全てに目を瞑って見ないフリをして、にこにこしながら、調子よく煽《おだ》ててくるルーカスさんに、私はほんの少しだけ恨みがましい視線を向けた。

——年齢は、三十代くらい。

女性にしては大柄で、すらっとした体形に、身体のラインが分かるようなタイトなマーメードラインのドレス。

その上に、男性が着用しているようなジャケットを着こなし、薔薇の花飾りがついたつばの広い帽子《キャペリンハット》を被っているその人は、エヴァンズ家の御茶会に行く際に私のドレスを作ってもらったり、ローラのお仕事着を作る時にもお世話になったデザイナーさんである。

初めて会った時から、何故か、私のデザインした衣装をいたく気に入ってくれていて……。

『仕事上のパートナーになってほしいですわ〜！』と、ぐいぐいと契約を迫られて。

その迫力に押されて契約を交わしたら、その手腕で、私のデザインした衣装を世に広めてくれるようになったという、赤を持つ者に対する差別とかも一切せずに、本当に珍しいくらい、私に好意的に接してくれる人なんだけど。

最近、私のデザインした洋服を販売してくれるようになってから、更に、お店としての認知度と人気が上がったみたいで、この間の御茶会に招待してくれた『エヴァンズ夫人』も好きだと口にしていたとはいえ。

まさか、ルーカスさんに、このデザイナーさんのお店……、『ジェルメール』に、連れて来られることになるだなんて予想もしていなかったから、ビックリしてしまった。

「エヴァンズ家の不手際でもあるんだしっ。ただ、謝罪する訳にはいかないって言ったでしょ？　ダメにしてしまったドレスのことも含めて、俺からのプレゼントだから、好きなドレスを存分に仕立てるといいよ。気に入ったら、何着でも買うといい」

「……あぁ……っ、それ、でっ」

――私のことを見ながら、今日はどんなドレスを仕立てましょうかっ……!?

とウキウキ気分で此方に向かって話しかけてくる、最早、顔馴染みと言ってもいいかもしれないくらいに見慣れてしまったデザイナーさんに、私はへらりと、笑みを溢し。

困ったまま、ルーカスさんに視線を向けたあと。

（ルーカスさんはこう言ってくれているけど、誰かからのお詫びの品なんて、巻き戻し前の軸も含めて全く受け取ったこともないし、こういう場合は、一体どうすればいいんだろう？）

と、この場で唯一、私の質問に答えることが出来るであろうお兄様に向かって、苦手意識が未だに払拭出来ないまま、ビクビクしながら、その反応を窺うように戸惑いの表情を向けると。

「……コイツは、このために、お前のことを誘ったようなものなんだし。エヴァンズ家からの正式なものだ、受け取れ」

と、お兄様の口からも、エヴァンズ家からのお詫びの品を受け取るようにと言われてしまって。

その言葉に、受け取る以外の選択肢がなくなってしまい……。

それに関しては『凄く有り難いことだなぁ』とは思うんだけど、私は内心で困り果ててしまう。

この感じだと、ルーカスさんもお兄様もお詫びの品が『一着』だけでは、完全に不足だと感じている様子だし。

エヴァンズ家からのお詫びの品が『ドレス』だということを不満に思っている訳ではなくて。

その逆というか、私のために何着もドレスを仕立ててもらうということ自体が、何だか申し訳ないなと感じてしまって。

正直に言うと、お父様にお願いをして『皇族の予算』を使わせてもらっていた時のことが頭の中を過ってしまうというか。

自分のドレスに関しては殆ど売ってしまって、今はそこまで、巻き戻し前の軸ほど、そういったものに執着すること自体がなくなってしまっているから……。

エヴァンズ家のお金で「好きなだけドレスを作ってもいい」と言われても、自分のものになると贅沢をしているようで、どうしても二の足を踏んでしまう。

他に良い方法はないかと思い悩みながら、ほんの少しの間、頭の中を巡らせて、色々と考えた結果、やっぱりどうやっても自分のものとなると、積極的になれず、あまり『どうしたい』とか、『こういうふうにしたい』と思うような要望も出てこずに。

……そこで、不意に、パッと閃いたことがあって、私はおずおずとルーカスさんに向かって、問いかけるように声をあげた。

「あ、あのっ、ルーカスさん……。その、絶対に、ドレスじゃないと、ダメですか？」

「……？　別にダメってことはないけど、ドレス以外に何かあるの？」

「はい。実は、アルの洋服と、セオドアの騎士用の正装が丁度欲しいなぁって思ってたところだったんです……っ！」

もしも、エヴァンズ家からのお詫びの品が、私のものじゃなくてもいいならと……。

以前からずっと、皇族の護衛騎士なのに、一般の騎士達と同じ隊服を着ていたセオドアの『騎士としての正装』を、きちんとしたものに整えることが出来たらいいなと思っていたし。

アルも、精霊としての服装はずっと変わらないもので、着の身着のままになっていることがずっと気がかりだった。

アル自身の精霊としての服装は、アルによく似合っているもので、特に違和感などもなく。

何もせずとも『服』自体に浄化魔法がかけられていて、常に綺麗で清潔な状態が保たれるみたいだから、別に洗濯する必要すらないらしいのだけど。

ずっと同じ服を着て、一着しか持っていないのも、周囲から見たら今後、変に思われるかもしれないし。

基本的にお父様からは『自由にしてくれたらいい』と言われていて、アル自身が何にも縛られない身であるといえども、これから人間の社会に合わせて、私と一緒に社交界に出るようなことだって、可能性としては絶対にないとは言い切れない。

だからこそ、折角だから、二人の服をこの機会に作れたら、それに越したことはないと思って、ルーカスさんにお願いするように声をかけたんだけど。

妙案を思いついたとほくほくしている私を見て、ルーカスさんが、まるで理解が追いつかないとでも言うように、驚きに目を見開き、動揺したように私の目の前で目に見えて固まってしまった。

「……はぁっ？　えっ？　冗談でしょっ！　従者に服、買うのっ⁉　今、最も予約が取れないって言われているジェルメールで、わざわざっ……⁉」

「……？　だめでしょうか？」

「いや、ダメじゃないけどっ！　ダメ、じゃないけどっ！」

「まぁっ！　本当ですかっ⁉　嬉しいですわ〜！　メンズ用品にも、近々、手を出すつもりだったんですっ！　皇女様、何か良い案がおありなんですのっ？」

私の言葉に唖然としたルーカスさんが、私に向かって、私の提案が「本当に間違っていないか」と、確認するようにそう問いかけてくる傍らで……。

キラキラと目の色を変え、「いつものように、素敵な案を期待していますっ！」と、俄然やる気になったのはデザイナーさんだった。

「さぁさぁ、そしたら、皇女様の気が変わらないうちに善は急げですわっ！　以前から皇女様と遣り取りをさせてもらう度に、大注目して密かには気になっていたんですけれど。……皇女様っ、このお二人は、どちらもモデルとしてはこれ以上ないほどに、完璧だと思いますのっ！　騎士様は、服の上からでも分かる完璧な肉体美をお持ちだし、アルフレッド様は、まるで天使と見紛うほどに綺麗な造形でっ。ふむふむっ、これは、今から洋服を作る意欲が滾《たぎ》りますわねっ！」

にこにこと満面の笑みを浮かべて、目に見えて張り切って、どこまでもウキウキした様子で……。

「それじゃあ！　早速、お二人のサイズを測らせてもらいますわねっ⁉」

と、私の発言に、どこから持ってきたのか、スチャッと長さを測るための真白い紐を取りだしながら……。

「さぁさ、お二人とも、試着室へ急げですわよ～！」と、二人に声をかけて、その背を押すようにして、セオドアとアルのことをぐいぐいと、この場から連れ去ろうとしているデザイナーさんに。

私が二人の洋服を作りたいと言ったことで、急に自分達に話の矛先が向いてしまって……。

びっくりした表情を浮かべ、突然のことに対応出来ずに後ろ髪を引かれるような顔をして、『俺達の服を作るので本当にいいのか？』と視線を向けてくるセオドアとアルにこくりと頷き返して、その姿を見送れば。

「……お姫様が、心の底からそれでいいと思ってるなら止めはしないし、俺は別にどっちでもいいんだけど。……本当に、従者に洋服を作るので良かったの？　今後、社交界に出た時に、お姫様がジェルメールの新作のドレスを着ていたら、絶対に話題になるし。ドレスを作ってもらう方がいいんじゃないかと思うんだけど……」

と、此方に向かって、そう言ってくるルーカスさんに私は「それが、何よりも一番、有り難いと思っている」という自分の気持ちに嘘は吐かず、正直にこくりと頷き返した。

「はい、私自身、特に欲しいと思うものもありませんし。みんなに、何かをプレゼント出来ること自体が私にとっては何よりの贈り物なので。……それに、自分用には、必要最低限、今あるもので何とか賄《まかな》えていますし。皇宮で働く人達の中でも、私がみんなのことを気にかけないと、誰も私の従者にまでは気を回してはくれないので」

……自分のためじゃなくて、誰かのために動いた時、喜んでくれる姿を見ると、心から嬉しくなってくる。

そんな身近にある幸せさえも、巻き戻し前の軸の私は気づけなくて……。

――ずっと、取りこぼして生きてきた。

……あの日、第二皇子であるギゼルお兄様に刺し殺されてしまった時、独りぼっちだった私のことを、ローラが本当の意味で救ってくれたんだと思う。

今回の軸で、ローラだけではなく、セオドアや、アル、それからロイといった『私のことを心から大事に想ってくれる』大切な人達に恵まれて、初めてそのことに気づくことが出来た。

私の言葉に、ルーカスさんが、まるで奇妙な生き物でも見るような雰囲気で、驚いたようにその表情を変えたのが見えた。

「……宝石とか、洋服とか、噂じゃぁ、色々と執着してたって聞いてたんだけど？」

そうして、訝しげに問いかけられたことに。

私自身は『十六歳まで生きた時の経験』があるから、今、こう思えるけど……。

どう考えても、世間で流れている『この頃の私』に全く良い噂などもなければ、癇癪が酷くて我が儘放題というイメージをつけられて、強いレッテルを貼られてしまっているから。

周囲の人からは突然、性格が変わったようにも見えて『多分、凄く不思議に思われてしまっているんだろうなぁ……』と思いながら、私は心穏やかなまま、素直に、その言葉について肯定するように一度、こくりと頷き返した。

「……それは、事実ですね」

「急に何もかもが要らなくなったってのは、この間、御茶会の時に俺に全てが必要なくなったって言ってたのと、関係してる？」

「……はい」

それから、はっきりとそう伝えれば、ルーカスさんはどこまでも興味深そうな視線を此方に向けたまま……。

「……この間も聞いたけど、それってどういう心境の変化なの？」

と、更に詮索するように、私に質問を重ねてくる。

その言葉を『嫌だ』と思うようなこともなく。

「……もしも、私が死んだなら、その全てが必要なくなるでしょう？　あっても、無駄なものにはお金をかけないことに決めたんです。いずれ、必要がなくなるのだとしたら、今だって絶対に必要のないものだから」

と、私は口元を緩めながら、今の自分の考えについて、特に深い意味を持たせるようなこともせず、気軽に思ったことを、ぽんと、口に出してしまった。

「……っ！」

瞬間……。

私の一言に、目の前で驚きに目を見開いて、ルーカスさんが息を呑むのが見えた。

それと同時に、隣で、ウィリアムお兄様も何も言わないけれど息を呑んだ音がした。

「……？」

特別な意味合いなどは何もなく、質問にただ答えるつもりで出した言葉だったから、二人からそんな反応をされるだなんて思ってもなくて、私はこの場で首を傾げてしまう。

——気づかないうちに、また、何か変なことを言ってしまっただろうか？

そっと、窺うように視線を向けてみたけれど、どうして二人が息を呑んだのかはよく分からなくて、私は困惑してしまう。

「……それは、確かにそうなんだろうけど。お姫様は、自殺願望でもあるのかっ？　突然、死を意識したような、ことっ」

「……ルーカスっ！」

咎めるようなお兄様の一言に、ルーカスさんが何かを思い出したようにハッとして、まるで自分の言葉が失言だったとでもいうような感じで口を噤むのが見えた。

そこで、初めて、二人が勘違いをしていることに気づいた私は、慌ててルーカスさんとお兄様に向かって、訂正するように声を出した。

「あ、違いますっ！　今はちゃんと生きたいと思ってるし、自分の人生を諦めるつもりはありませんっ。ただ、いつ、何が起きるかなんて分かりませんし。出来るだけ身の回りは綺麗にしておきたいと思っただけで……。それに必要なものは、今、私の手元に、本当に充分すぎるくらいにあるから、特にこれ以上を望もうとも、思わないだけで……」

「……いや、そっか、そうだった。ごめんね、馬車でのこと……、あんな事件があったあとだってことを失念していたよ。今の一言は、完全に失言だった」

「……？」

――馬車での、あんな、事件……っ？

それから続けて、突然、向けられたルーカスさんの謝罪に、一体、何のことを言われているのか分からず、私は、きょとんとしてしまった。

直ぐにはそれが何を指しているのか、思い当たらなかったんだけど。

……暫く考えて、ルーカスさんが『お母様と出かけた時に起きた誘拐事件』のことを言っているのだということに、私はようやく行き当たった。

「……あぁ、えっと……っ」

自分の能力のことを話す訳にもいかない私は、その勘違いを違うとも言えずに、戸惑いながら、声をあげることしか出来なくて。

そんな私に、ルーカスさんは、どこまでも、申し訳なさそうな表情をしてくる。

「……そりゃぁ、人生が変わるくらいのものだったろうしっ！　無神経なことを言って、本当に申し訳なかった」

――確かに、人生が変わるくらいの経験だったとは自分でも思う。

お母様が亡くなってしまった、あの誘拐事件のことも、私にとっては一つのターニングポイントみたいなものだったから。

巻き戻し前の軸も含めて、今でも、あの日のことは思い出す度に胸が苦しくなってくる。

それでも、巻き戻し前の軸、あの事件で私は変わることが出来なかった。

寧ろ、お母様が亡くなってしまったことで絶望にも近い感情を抱いて、情緒が不安定になってしまい、お父様に愛情を求める気持ちが強くなって、悪い方向に進んでしまったのは自分でも自覚している。

そうして、あの日のことが今も、私に大きな影響をもたらして、暗い影を落としているというのは、偽りようもない事実だった。

ルーカスさんの、何とも言えないような心配そうな表情に。

「大丈夫です。……その、本当に気にしてませんから」

と、ふわりと微笑んで声をかければ。

それっきり、ルーカスさんは何かを考え込むように黙りこんでしまった。

「……皇女様〜っ！　騎士様とアルフレッド様の二人のサイズを測り終えましたので、これからどういう洋服にするか、是非とも、アイディアを聞かせてもらえればと思うのですがっ！」

そのあとで、お兄様も含め、私達の間でほんの少し気まずい雰囲気が流れ始めたのを、払拭するかのように。

此方へと戻ってきて、明るい口調で声をかけてくれたデザイナーさんに、内心でホッとしながら、私は一も二もなく彼女に頷いて。

「直ぐに、行きます」

と、声を上げて、ルーカスさんとウィリアムお兄様に背を向けた。

あれから……。

思いのほか、デザイナーさんとの話が白熱し、ルーカスさんに、セオドアとアルの洋服で二着分をお願いするのと……。

自分でもお金を出して、更に数着、仕立てることが決まって、全てが終わったのは、大分、時間が経ってからだった。

聞けば、私考案のデザインがかなり売れているらしく、前にも言われた通り、デザイナーさんが契約してくれた時の売上げの三十%を、今ここで支払ってくれようとしたんだけど。

今、もらっても、結構な大金だし、自分では持ち帰れないので、それで二人の服をもう少し仕立ててもらうことにした。

アルの、貴族社会に馴染めるような社交界用の服だけではなく、セオドアの隊服も同じものだけど、毎日着るものだから、予備としても何枚か数を作ったり。

あとは、セオドアがお休みの日に着ることが出来るようなものも、ちょっとだけ。

（とはいっても、いつも私の護衛として傍にいてくれて、セオドアは全然、休んでくれないんだけど）

全部が終わったあと、デザイナーさんは、ほくほく顔でツヤツヤとしていて、満面の笑みを見せていたんだけど。

長々とした話し合いに、別にそういうのが苦ではない私でさえ、ちょっと疲れてしまっていて。

……きっと、打ち合わせに付き合わせてしまった『セオドアとアルの疲労』は、私以上のものだっただろう。

「ごめんね、二人とも……。思いのほか、こうしたいと思うようなデザインの案がいっぱいあって、つい」

そのことに関しては自覚しているので、二人に向かって謝罪すれば。

「……うむ、僕はもう、ダメだ。眠たくて死にそうだ。こんなにも疲労困憊することが世の中にあるとはっ！」

「姫さん、俺も限界かもしれない。体力には自信があるが、これは違う意味でキツい」

と、まるで、目の前でツヤツヤしているデザイナーさんに生気を吸われてしまったかのような姿の二人から、そう言われてしまった。

私が衣装を二人に作るということに関しては、さっきのデザイナーさんとの打ち合わせの中でも凄く感謝してくれていたし、二人がこれでも、最大限『私に配慮してくれている』のは分かっているので、私は平謝りをすることしか出来ない。

一方で、私達の話し合いが終わるのを待っていたルーカスさんとウィリアムお兄様は、涼しい店内にある一角で、カウンターとして置かれている『カフェスペース』で、少し背の高い丸椅子に座ってゆっくりとお茶をしていた。

カウンターのものだけではなく、周辺には、テーブルやソファーなども幾つか置かれていて。

ブラウンを基調としたゆっくりと寛げるような空間に、ジェルメールの店内にはカフェスペースもあったのかと驚きながらも、二人のことを、ただ、待たせていただけにはなっておらず、一先ずそのことにホッと安堵する。

「お兄様、ルーカスさん、お待たせしてしまって申し訳ありませんっ」

「いや、全然待ってないよ。女の子が洋服を仕立てる時は、これくらい時間がかかるものだからね」

二人にも平謝りで、時間がかかってしまったことを謝罪すれば……。

ゆっくりと紅茶のティーカップを持ちあげてお茶を楽しみながら、ルーカスさんが、平然とした様子でにこにこと、此方に向かって笑顔を向けてくる。

その態度に、なんとなくさっきから薄々感じていたことだけど。

女性への扱いというか、普段からこういうことには凄く慣れているのか、ルーカスさんは本当に身のこなしが、スマートだなぁと思う。

——ここに来ても、にこりとも笑顔を見せない無表情なお兄様の隣にいるから、余計そう思うのかもしれない。

こういう時、何となく空気を読んでくれて、場の雰囲気を変えることが得意なルーカスさんのおかげで、さっきまでの、気まずい雰囲気はどこにもなく。

一方で、お兄様は相変わらず何を考えているのかは全く読めないけれど。

ルーカスさんが紅茶を飲んでいるのと違って、ブラック珈琲を頼んだ様子のお兄様は、どこまでも落ち着き払っていて……。

少なくとも、私に対して怒っているような様子はなさそうだったので、ホッとした。

「それに、俺も特大の特典をもらった側だから。レディーには感謝しないとね」

「……特典、ですか？」

「そそっ。今日、お姫様をここに連れて来ることで、マダムの一日を侯爵家にもらえることに成功しましてっ。うちの母が滅茶苦茶、大喜びでねぇ」

そうして、ルーカスさんから「元々、お詫びの品だった訳だし、何なら俺も今回、恩恵を受けている側だから気にしなくていいよ」と説明されたことで、私は、ぱちくりと驚いて目を見開いてしまった。

その隣で、ウィリアムお兄様が「はぁ……っ」と深いため息を溢し、呆れたような表情をしながら、ルーカスさんのことについて、私に説明してくれる。

「コイツに謝罪なんて必要ない。転んだところで、タダで起きるなんてこと一切しないからな」

「……おや、お褒めいただき光栄です、殿下っ！」

「……一切、褒めてなどないんだよ！　勝手な解釈をするなっ」

あまりにもテンポのいい二人の遣り取りに、自信満々な笑顔を見せるルーカスさんと、仕方なく付き合っている様子のお兄様が、パッと見ただけでも分かるくらいに性格も何もかも真反対なのに、どうしてこんなにも親しげなのかという疑問が湧いてきつつ。

「……なるほど。……お役に立てたなら、良かった、です……？」

と、戸惑いながらも声を出せば……。

「本来、謝罪をしっかりしなくちゃいけなくてお詫びの品を渡すのはこっちだっていうのに、疑問形で良かっただなんて言わなくても、十二分にお役に立ってくれてるよ、お姫様」

と、苦笑しながら、ルーカスさんが私にそう言ってきた。

それから……。

「待ってる間、少し時間があったからさぁ。殿下と一緒に、店内もちょっとだけウロウロしてたんだけど、これ今日のお土産だよ」

と、言って、ルーカスさんが、綺麗に個包装されたお茶菓子の入った箱を私に差し出してきてくれた。

その対応に、誰かからのお土産なんてもらったこともない私は、目を丸くしてびっくりしつつ。

「……おみやげ、ですか？」

と、ルーカスさんに向かって声をかけると。

「そう。ここのカフェスペースで売ってたから、折角だし、食べてほしくて買ってみたんだよ。……あぁっ、言っておくけど、これについては、ちゃんと殿下も、お姫様にって、中のお菓子を選ぶのに付き合ってくれたし。何なら、俺達が今、ここで、同じものを食べてたから。味も、その他のことも含めて全部を保証するよ！　今日、お姫様の大切な一日を、我が儘を言って俺に付き合わせてしまったおわびも兼ねて、良かったらみんなで食べてね」

と、人好きのするような雰囲気でにこにことしながら、一切の気を遣わせないような言い方で、私とセオドアとアルに向かって声をかけてくれた。

その姿に、本当に色々と手慣れていて、最後までスマートな人だなぁ……。

と、思いながらも、「その他のことも含めて全部を保証する」ということは、ミュラトール伯爵に贈られた『クッキーの中に毒が入っていた事件』のことで過敏になって、わざわざ、言葉を選んで、安全は保証するから大丈夫だということを伝えてくれたのだろうか？

そして、それよりも……。

ルーカスさんが、今、口に出してくれている言葉が事実なんだとすると……。

私からすると、本当にあり得ないことなんだけど。

――ウィリアムお兄様も、ルーカスさんと一緒になってこのお土産を選んでくれたんだろうか？

……全くその様子は想像も出来なかったんだけど、戸惑うようにお兄様に視線を向ければ。『余計なことを言うな』と言わんばかりに、ムッツリとした様子で、ルーカスさんに向かって視線を向けていて。

私は思わず目を瞬かせながらも、それが、本当であるということを悟る。

「ありがとうございます、みんなで大事に食べますね……っ！」

デザイナーさんとの遣り取りで、疲れた身体は『糖分』をもの凄く欲していて、甘いお菓子の匂いに釣られて、口元を緩ませながら、ふわりと自然に笑顔を浮かべれば。

お兄様の冷たい金色の瞳が、どこか苛立ったような視線になりながら……。

「……そんな、安い菓子一つで喜ぶな」

と、私からちょっとだけ目を逸らしたあとで、ぶっきらぼうに吐き捨てるようにそう言われてしまい。

瞬間、何か、怒らせるようなことをしてしまっただろうか、と、自然に身体が強ばってしまう。

「解釈すると、ありがとうってお礼を言われて照れてるだけだから、気にするだけ無駄だよ、レディー」

そうして、隣で補足するように、そう言ってくれたルーカスさんの言葉に、『そんなこと、あるのかな？』と、ぱちくりと、目を見開いて驚けば。

「……おい、勝手な解釈をするな。そんなことは一言も言っていないし、思ってもいない」

と、抗議するように、お兄様の眉間の皺がいつもよりも深くなって、氷点下のような冷たい視線がルーカスさんの方を向いた。

「……まァ、俺は別にどっちでもいいけどねぇ、それならそれで」

「……いい加減にしろよ、ルーカスっ！」

「はいはい。……どうやら、思ってもいないし、言ってもいないらしいです、お姫様」

――本当、困った人だよなァ？

と、苦い笑みを溢しながら同意を求めてくるかのように、私にそう言ってくるルーカスさんに、私は慌ててふるりと首を横に振った。

まかり間違っても、兄のことを『困った人』だなんて言えるのは、この世にルーカスさんだけだと思う。

あと、幾ら場を和ませようとしてくれたのだとしても、無表情がデフォルトで、苛立った様子のお兄様に向かって、『照れている』と、冗談を言えるのも……。

それが許されるのは、きっと、ルーカスさんだけだろう。

「そっちの二人も凄く疲れてるみたいだし、侯爵家の良くない噂を払拭したいっていう俺の願いも、お姫様のお陰で無事に叶えてもらうことが来たから……。ありがとう、本当に助かったよっ！　帰りは馬車を店の前に待たせておく手はずになってるから、安心してね、レディー。流石に、これ以上、注目を浴びる城下の街を必要以上に歩かせる訳にはいかないからさ」

お兄様の嫌悪感が剥き出しになったような視線をすっぱりと、遮って。

私に向かって、そう言ってくれたルーカスさんは、お兄様とは対照的に、にこにこと笑顔を向けてくれたまま、そっと優しい仕草で私の手を取ったあと。

「……まァ、もう暫くしたら多分、また君の意思に関係なく、お目にかかることになると思うけどさ。そうじゃなくても、何かあったら、いつでも頼ってくるといいよ。うちの母親も、お姫様がジェルメールで考案しているデザインに心底惚れ込んでるし、我が家にはいつだって来てくれて構わないから」

と、仰々しい仕草で芝居染みた雰囲気で、私の手の甲に口づけをして。

——そっと、その手を離してくれたんだけど。

今、言われた一言が、今ひとつよく分からなくて、私は首を傾げながらも、素直に返事を返した。

「……？　えっと、はい……ありがとうございます？」

もしかしてだけど。

（お兄様の側近だから、皇宮にいることが多くて。私とも会う機会が必然的に増えるという意味なのかな……？）

そう考えたら、色々としっくり来た。

……まぁ、私自身、今は必然的に、部屋に引きこもっている確率の方が高いから。

本当に、皇宮で会うことになるかどうかは、さておいても、絶対に会わないとは言い切れないし。

一応、此方に向かって、社交辞令でそう言ってくれたんだろう……。

ルーカスさんにかけられた言葉の意味に内心で納得して、改めてもう一度、顔を上げて、ちゃんと目線を合わせてお礼を伝えれば。

「此方こそ、今日は付き合わせちゃってごめんね」と言いながら、ルーカスさんは、私達が馬車に乗って皇宮に帰るのを、律儀に最後まで、王都の街の中で手を振りながら見送ってくれた。

公爵との初めての対面

「……はぁ……」

小さく、疲れたようなため息にも似た声が、自分の口から溢れ落ちた。

ここ最近、エヴァンズ家の御茶会に行ったり、ルーカスさんとお出かけをしたりで、かつてないほどに、かなりの頻度で動き回っている気がするのは私の気のせいなんかじゃないだろう。

直近で良かったなと思えることは、この間、セオドアとアルのために仕立てた洋服が無事に届けられて、私の前で着用して見せてくれたセオドアとアルが、自分達の洋服について、凄く喜んでくれたことくらいだろうか。

朝、起きて、自室でドレスに着替えさせてもらって、ローラが私の髪の毛を結わえてくれている間。

昨日、全然寝付けなくて、変な疲れが抜けきれずにいる私を見て、継母であるテレーゼ様の推薦で、新しくやってきてくれたばかりの侍女のエリスが……。

「大丈夫ですかっ？　皇女様」

と、心配そうな表情を浮かべて此方を気遣ってくれた。

「うん……だいじょう、ぶっ」

へらり、とエリスに対して、無理をするように笑顔を溢せば……。

「……今日は、公爵家に行かれるんでしたよね？」

と、声をかけてくれる。

（そう、そうなのだ……。）

——今日、私は生まれて初めて、お祖父様に会いに行く。

いつもと違う意味でドキドキしていて、昨日寝付けなかったのはこれが理由だ。

おかげで、朝からもの凄く頭が重い。

（お祖父様から手紙が来て会いたいと言われたことについて、事前に許可をもらおうと、お父様に事情を話したら、公爵家からの誘いがあったことに関して驚きはされたけど。……拒否はされなかったなぁ）

私が公爵家のお誘いを受けたことも、お祖父様が私に会いたいと思ってくれていることも、お父様は私の話を聞いて……。

『お前には会う権利があるのだから、好きにしなさい』

と、一言そう言っただけだった。

まぁ、好きにしなさいとお父様に言われたところで。

お父様が許可を出した以上は、先代の皇帝と兄弟関係で、『正統なる皇家の血筋』を有していて、未だに、皇帝陛下のお父様と同等にも近いくらいに権力を持っているお祖父様の要望を無下になんて出来る訳もなく、会わないなんて選択肢が私に取れるはずもないんだけど……。

元々、お母様とお父様は、従兄妹同士の政略結婚であり……。

先代の皇帝が戴冠式を終えて、君主の座に就いたタイミングで、お祖父様は大公爵《グランドデューク》としての爵位を賜ったと聞く。

代替わりをして、お父様が皇帝になったあとは、すっかり自領にこもってしまって久しく、社交界という公の場にすらあまり出てこないみたいだけど、その影響力は、今でも健在だ。

「アリス様、あちらはどうしましょうか？」

それから、いつも通り、私の髪の毛をリボンを使って結わえてくれていたローラが、全ての支度を終わらせてくれたあと、部屋の片隅に置かれた巨大な兎のぬいぐるみに視線を向けてくれた。

私は、その言葉に対して、ふるり、と首を横に一度振って否定する。

「……流石に、アレを持って行くのは……」

幾ら、お祖父様からのプレゼントだとはいえ、お礼のために、あの大きなぬいぐるみを持っていくには大変すぎる。

お祖父様の意図がどんなものであれ、巻き戻し前の軸では一度も目にしたことがなかった手紙を送ってくれたばかりか、こうして子供が喜びそうなプレゼントまで一緒に贈ってくれたということが、嬉しくなかった訳じゃなくて。

血の繋がっている人から、そんなことをされた経験もあまりない私は、有り難い限りだったのだけど。

どうしても、私があれを持ってお礼に公爵家へ向かったら、それだけで、見た目からして幼く見えてしまうだろうし。

流石に、中身は、既にいい大人だから、ぎゅっと大きな兎のぬいぐるみを抱きしめて、初めて会うお祖父様の元へ向かう勇気は出なかった。

……もらったことへのお礼は、絶対に言うとしても。

プレゼントのことについては、特に触れられないかもしれないけれど。

お祖父様にもしも万が一、聞かれてしまった時には、重たくて持ち運べなかったということにさせてもらおう。

「……そうですよね。確かにアリス様が、あの大きなぬいぐるみを抱えていたら、目の前が見えなくなって、危ないかもしれませんし……」

「アレを持っていくのは止めよう」という、私の言葉に真剣な表情を浮かべてローラがそう言ってくれたから……。

私は、ローラのその勘違いに全力で乗っかることにして、頷き返した。

「うん、お礼だけはきちんと言うつもりだよっ！」

「それがいいかと思います」

鏡台の前に置かれている椅子に座って、『初めて会うお祖父様』というシチュエーションにドキドキしながら、公爵家で何か粗相などもする訳にはいかないからと……。

あれこれと相談に乗ってもらいながら、ローラと二人きりで、そんな遣り取りをしていると。

「……皇女様、今日は公爵家にアルフレッド様もお連れになられるのですか？」

と、エリスが私達の会話が途切れたタイミングで、おずおずと声をかけてきた。

「……？」

セオドアとアルのことを、両方聞かれるのなら、まだ分かるんだけど……。

（なんで、そこで、アルだけ……？）

と、私は不思議に思いながら、まだ仕事に慣れてなくて何をすればいいのかもよく分かっていない様子で、ローラから指示を受けていない時は、邪魔にならない範囲で、私の後ろに控えるように立ってくれていることが多いエリスにそう問いかけられて、首を傾げた。

私がベッドの枕元に置いてあるベルを鳴らして呼ばない時は、いつだって、別室で待機してくれていたらいいんだけど。

ローラが、仕事がない時は、私の部屋で会話をしてくれたりと、一緒に過ごしてくれていることの方が多いから、一人だけ別室で待機する訳にもいかないと考えてくれているのかもしれない。

それよりも、今、エリスに問いかけられたアルのことについてだけど……。

確か、今日、アルは……。

『僕は、やりたいことがあるのでな、城に残る』

と、言っていたから、私と一緒に公爵家まではついてこないことになっていて、その質問に対しては、直ぐに答えることが出来たものの。

(アルのことが、そんなにも気になることだったのかな?)

と、珍しく、急にそんなことを言ってきたエリスに対して違和感を覚えながら、『どうして……?』と、問いかけるような視線を向けると……。

「あぁ、いえ、そのっ、陛下からの紹介だとはいえ。アルフレッド様は、日頃から皇女様と、本当に親しくしてらっしゃるので、実は公爵家の方なのではないかという噂がありましてっ。アルフレッド様にも、尊い皇族の血が流れているのではないかと」

と、恐縮したような雰囲気で、エリスが私に向かってその理由について説明してくれる。

その言葉に……。

(……そ、そんな、うわさがっ!)

と、初めて知った『皇宮内で独り歩きしている』その情報に、胸がどきっと一度、高鳴りながらも、私はふるり、と首を横に振った。

「アルの素性は、お父様が隠しているから、私からはなんとも……。ごめんね、エリス」

その上で、難しい表情を浮かべながら、決まり文句のようにそう伝えれば……。

「……いえっ、此方こそ不躾な詮索をしてしまい、本当に申し訳ありません」

と、エリスが頭を何度も下げて、ぎこちなく強ばったような表情のまま、私に謝ってくる。

精霊王であるアルの素性に関しては、お父様が段階的にわざわざ『設定』を用意してくれているから。

万が一、機密である情報が漏れたとしても、私達が真実を話さない限り、絶対にダミーの情報にしかたどり着けないようになっているんだけど。

（公爵家で、皇族の血が流れている、かぁ……）

今、私に向かってしてきた『エリスの質問』は、そのダミーの設定においては、中《あた》らずといえども遠からずのことだった。

アルが精霊王であることが絶対にバレないようにと、お父様が用意してくれたその最終的な、嘘の設定が。

（お父様と親交が深かったとある没落した国で最後に生き残った王子）

というものだから……。

由緒正しい家柄の『やんごとない身分』でありながら、帰る国も、もうどこにもなく、お父様が秘密裏に預かることになった少年。

ありもしないアルの、人間としての生まれや生い立ちなどの情報を細部までしっかりと作り込んで、わざわざ資料にするというお父様の徹底ぶりには、本当に驚かされるけれど。

――それだけこの情報に関しては、慎重にならざるを得ないということを、勿論、私だって分かっている。

「お父様は多分、公爵家にアルを連れて行っても何も言わないと思うけど。アル自身、今日は、やりたいことがあるから、皇宮に残るって言ってたよ」

アルの情報については、私からは何も言えないけど、それとは関係なく『今日はやりたいことがあるから、皇宮に残る』とアルが言っていたことを告げれば……。

「やりたいこと、ですか?」

と、きょとんとしながら、エリスが私に向かって質問してくるのが聞こえてきた。

「うん。多分、一人になりたいんじゃないかな?」

……最近、何をするのにも、ずっと私と一緒に行動してくれていたから、久しぶりに部屋で精霊の子達とも会話をしたいのかもしれない。

前までは、自由に、私の部屋でも、古の森の泉にいる精霊の子達と魔法で通信し、頻繁にコンタクトを取り合っていたのだけど。

アルの事情を知らないエリスが、侍女として私の下へやって来てからは『当然、隠した方がいいだろう』という話になって、アルが精霊の子達と会話をする頻度も必然的に減っていた。

——どんな時も味方でいてくれて、いつでも私の傍に控えてくれているローラとは違って。

あくまでも、ローラの『補助的』な役割を担いながら、仕事をしてくれているエリスには、私の能力も、アルの事情も、やっぱり話す訳にはいかなくて……。

私達の中で、一人だけ『事情を知らない』から、みんなで会話をする時にも、少しだけ注意を払わないといけない。

そういう時は、ローラが気を遣って、エリスにシーツの交換とかで仕事をお願いしてくれて、人払いみたいなことをしてくれているから、今はそれで何とかなっている。

エリス自身は、ここに来てまだまだ日が浅く、少しでも、私のことや、私の周りにいるセオドアやアルのことなどを、もっと詳しく知りたいと思ってくれているのか、今日みたいに、あれこれと色々なことを、それとなく、確認するように聞いてきてくれたりもしているんだけど……。

エリスに対して、言えないことが多すぎて、本当にもどかしい。

（アルのことはまだしも。いずれ、エリスにも、私が魔女であり能力を持っているということを伝えることが出来たなら、みんなが気を遣ってくれているこの状況も、少しは改善するだろうけど……）

エリスが朝食の席で、お父様とテレーゼ様に任命されて、断れない状況で『私の下へ来た』というのは全員が知っているから……。

――アルのことも含めて、私が魔女であることを、エリスに話すのは、みんなから反対されてしまった。

特に、ミュラトール伯爵から、クッキーの中へ毒が入れられていた事件があってから、セオドアもアルもローラも、みんなが、私の周辺については警戒してくれていて、何かあったらいけないからと……。

私が飲むものや口に入れたりするものは、エリスじゃなくて、ローラが持ってきてくれた方が良いんじゃないかと、知らないうちに、みんなで取り決めてくれていたみたいで、そういう意味でも信頼が薄く、まだまだ、私達とエリスの間には、どうしても、見えない壁のようなものがあるといってもいいだろう、な。

（私が接している限りでは、そこまで、悪い子には見えないんだけど。エリスは、やっぱり、私なんかに仕えるのは嫌だと思ってるよね……）

何せ、みんなから凄く慕われていて、『そのお側につきたい』と思われているであろうテレーゼ様の侍女を、私の所為で降格されてしまったようなものなんだから。

……それでも、今まで私に仕えていたローラ以外の侍女とか騎士みたいに、私に向けて、明確な悪意や敵意みたいなものを、表情や言葉に出さないようにしてくれている分だけ、充分、有り難い方だと思う。

だから、なるべく当たり障りなく、極力、セオドアやローラといった私の身近な人達と同じような態度で接することを心がけて、優しくしているつもりなんだけど……。

（……人に、心がけて優しくするのって、意外とむずかしい……）

……私が、「仲良くしたい」と柔らかい口調で、エリスに向かって頑張って話しかけてみる度に……。

何故だか分からないけど、エリスの表情が、なんだか落ち込んだような様子で、強ばっていっているような気がするのは、きっと気のせいじゃないと思う。

私の身近にいる人達が、特別なだけだから……。

多くを望むつもりはないんだけど、それでも一緒に過ごす間は、ちょっとでも仲良くなれたらいいなぁ……とは思っているものの。

（……愛嬌なんてどうやって振りまけばいいのか分からないし。やっぱり、私には、ローラみたいに、人から好かれるような親しみやすさなんて欠片もないのだろう）

と、再度認識させられただけだった……。

＊　＊　＊　＊

公爵家に着くと直ぐに、長年、この家に勤めているであろう家令と思われる執事が私達のことを出迎えてくれた。

すぐさま「主君がお待ちです」と声を出し、スマートに公爵邸の中を案内してくれて、皇宮ほどではないものの、かなり広く、長く続く廊下を歩いたあと。

私は、ダイニングルームに通され、細長いテーブルのまさに上座とも言える場所に、ご丁寧にちょこんと用意されていた、高さが調節出来る可愛らしい子供用の椅子に座っていた。

どう見ても、今日この日のためだけに作られたであろう新品の特注の椅子は、一点ものであることが分かるくらいに、可愛い兎をモチーフにした細工が施され、圧倒的に『家具職人の力の無駄遣い』だとも思えるようなものになっていて、ひたすら戸惑ってしまう。

私の後ろには、ローラとセオドアがそっと控えてくれているため……。

家令に案内されて、この場所に入った当初は『独りぼっちじゃない』だけ、いくらか気持ち的にもゆとりがあったのだけど、それも直ぐにどこかへと吹っ飛んでしまった。

そろり、と顔をあげて、目の前に座っている人を窺うように、そっと見つめる。

(この人が、お母様のお父様で、私のお祖父様……)

ちゃんとした年齢に関してはどれくらいなのか、全く分からないものの。

ロマンスグレーの髪色とはいえど、お祖父様と言うにはかなり溌剌《はつらつ》としていて若々しい雰囲気にも見える。

だけど、若さとは違って貫禄みたいなものは、どうやっても隠せるようなものじゃなく、パッと見ただけでも、近寄りがたい厳格な雰囲気が漂っている人だった。

(お母様には、あまり似てないな……)

——そんな感想が、一番最初に浮かんだ。

お母様は、病気がちだったということもあってか、いつも伏し目がちに儚い雰囲気を纏っているような人だったから。

目の前にいるお祖父様のように、生気に満ちあふれているような感じでも、威厳のあるような感じでもなかったと思う。

この部屋に入る時には、一応……。

「本日は、わざわざお招きいただき、ありがとうございます」と、伝えたし。

マナーの面でもきちんとしていて、何の粗相もしなかったとは、思う。

でも、初めて会ったお祖父様からは何も返ってくる様子がなく。

私のことを真正面から、ただ無言のまま、ジッと見つめてくるその人に、さっきから落ち着かなくて心がそわそわしてしまう。

それに、私自身、一応、皇族であり、皇女という立場だから、上座が用意されているのも分からなくはないんだけど。

先代で、既に崩御《ほうぎょ》されている皇帝と兄弟関係にあって、未だに衰えることなく、お父様と同等の影響力を持っているお祖父様に、そういう扱いをされると本当にどうしていいのか分からなくなってしまう。

……私が一人、やきもきしている間に、とうとう、料理のコースメニューである前菜《オードブル》が運ばれてきてしまった。

誰も何も喋らなくなってしまって、一瞬だけ無言になった部屋の中で、公爵家の執事が、私の横で、生ハムと新鮮な野菜を使った料理について詳しく説明し始めてくれるのを聞いて、ホッとしたのもつかの間。

それが終わってしまうと、また、一切の音が消えて、静寂がこの場を支配していく。

(……どうしよう、また無音になってしまった……)

こうなってくると、目の前に用意された平皿の上に、料理人の手によって繊細に盛り付けされている前菜《これ》に手をつけていいのかどうかすら、分からなくなってくる。

(マナー講師は、こういう場合、どうしたらいいのかなんて教えてくれなかった)

何か、私が知らないだけで、こういう時の正式なマナーがあったりするのだろうか?

ジリジリと窺うように、目の前にどっしりとした感じで座りながら、私の方をジッと見つめてくるお祖父様の様子を探ってみたけれど。

……私と同様に、お祖父様も一向に、お皿の上にのった前菜に手をつける気配がない。

「……あ、あの……公爵様」

結局、どうしたらいいのか分からなかったものの、私は勇気を出して、恐る恐る声をかけてみることにした。

……知らない時は、素直に聞けば教えてくれるだろう、と思ったからだ。

けれど、私が声をかけても、まるで時が止まってしまったかのように、お祖父様は、どこまでも威厳を保ったまま、私をジッと見つめた状態で……。

――一切、何の反応も返してはくれなくて。

いよいよ困り果ててしまって『この場では、どうするのが正解なのか？』と、お祖父様の後ろにずっと控えるように立っていた執事に助けを求めるように、私が、おろおろと視線を向けた瞬間、だった。

「おじいちゃん、だ」

「……えっ？」

――一瞬、何を言われたのか、本当に、訳が分からなくて。

聞き間違えたのかと思って聞き返せば、殆ど、動くことのないその表情から……。

「おじいちゃん、だ」

と、また、目の前の人がこの場で発するには、あまりにもそぐわない一言が返ってきた。

真っ直ぐに私の目を見つめて、大真面目な雰囲気でそう言ってくるその瞳からは、冗談でそう言っている訳ではないのだろうということが、辛うじて今の私にも理解することが出来た。

「……は、はい、えっと……、おっ、おじいさま……？」

直ぐに、『公爵様』と呼んだことを、指摘されたのだろうとは思ったけど。

そうしてほしいと頼まれたのだとしても、言われた通りに、フランクに『おじいちゃん』などと、そう簡単に気軽に呼べるはずもなく、勇気を出して、おずおずとそう返せば。

それで、納得してくれたのか、ここに来て初めて、お祖父様は私に向かって少しだけ表情を緩めてくれた。

（よく分からないけど、この対応で合ってたみたいで、本当に良かった……）

内心で、そのことに一先ず、ホッと安堵していると……。

「……お前に贈ったプレゼントはどうした？」

と、恐らく、私と同様に話す切っ掛けが掴めなかっただけで、普通に話してくれるようになったお祖父様から、不意にかけられた言葉に、ドキリ、とする。

ここへ来る前に、そのことを聞かれるかもしれないとは思っていたものの、本当にそのことについて聞かれることになるとはっ……。

「はい、いただいたぬいぐるみを抱えたまま、公爵家にお邪魔させてもらうと、前が見えなくなりそうだったので、今日はここまで持ち運べなかったのですが、お部屋に大切に飾らせていただいています。……あの、あんなにも大きなぬいぐるみを贈ってくださり、本当にありがとうございました」

元々、手紙と共にプレゼントをしてくれたことについては、お祖父様に、お礼を伝えるつもりではいたから、感謝の気持ちを込めて、ぺこりと頭を下げてお礼を伝えれば……。

「……ここに」

と、お祖父様が後ろに控えていた執事に向かって、何かを指示するように視線を向けたのが見えた。

それに対して、「主君の仰せのままに」と声を出し、格式の高い家柄に仕えている従者らしく、寸分の狂いもないほどに、スマートな仕草で綺麗な一礼をしたあと、執事がお祖父様の傍に立っていた侍女へと目配せをする。

その指示を受けて、直ぐに『心得た』と言わんばかりに、ダイニングルームから出て行った侍女に、私が一人、混乱していると。

……ややあって、沢山の荷物を抱えて戻ってきた複数人の侍女が、この横長のテーブルの上で空いているスペースに、一つ、一つ、丁寧に運んできたのは大小様々な大きさの箱だった。

見れば、その殆どが可愛らしい包装紙やリボンでラッピングされていて、子供向けのようなものにも見えてくる。

「……えっと、あの……？」

突然、運ばれてきた『謎の箱』の登場に戸惑いが隠せずに声を出せば、お祖父様が私の顔を真っ直ぐに見つめながら……。

「十年分ある」

と、私に向かって、はっきりと声をかけてくれたのが聞こえてきた。

「……じゅうねん、ですか……？」

――それは、私の歳が十歳なのと関係しているのだろうか？

お祖父様の言葉に驚いて、その言葉をなぞるように復唱しながら、目をぱちくりさせる私に。

「あぁっ！　毎年、お前達に、面会希望の便りを出していたのだ。だが、それが叶うことは一度たりともなかったのでな、こうやって渡せぬ贈り物だけが、年々増えていってしまった」

と、ほんの少しだけ悔やむような色を滲ませて、お祖父様が私にそう伝えてきてくれる。

そのことに、私は、あまりにも驚いてしまった。

――面会を、希望する便り。

そんなものを、お祖父様が私に出してくれていたことすら、今の今まで知らなかった。

巻き戻し前の軸の時だって、そんな話が出たことは一度もなかったと思う。

だからこそ『本当なのだろうか？』と、疑ってしまう気持ちが一番に出てきて、初めて聞くことばかりで、戸惑うことしか出来ない私に……。

「多分、あの男が、面会を拒絶していたのだろうな」

と、続けて、どこまでも渋い声色でお祖父様がそう言ってくるのが聞こえてきて。

（……あの、おとこ？）

そう言われても、直ぐには、それが誰を指しているのか、全く分からなくて首を傾げれば。

「……あの男はどこまでも合理的だ。故に、王としての素質は私も認める。だが、合理的すぎるがために、そのほかのことは、からきしダメだ。……そうでなければ、王として、ある程度のことは務まらないだろうから別にそこに不満がある訳ではないが。元々折り合いが悪かった私と娘の関係をそのままにしておきたかったのだろう。娘だけじゃなく、孫に会った私が、万が一にでも政《まつりごと》に口出しをしてきて、お前達の味方につくことを恐れたのであろうな」

と、お祖父様が苦虫を噛みつぶしたような表情を浮かべたのが見えた。

――お父様が、私達に送ってくれていたお祖父様の手紙をなかったことにして、面会を拒絶していた……？

お祖父様のその発言に、私は『本当にそうなのだろうか？』と、首を捻《ひね》って思わず長考してしまった。

考えれば考えるほどに、そうとは思えなくて……。

(だって、私がお祖父様から面会希望の便りをもらった時、お父様も同じようにびっくりしていたから)

……あれは、お祖父様からの『面会希望』があったのを初めて聞く人の態度だった。

それに、お母様や私宛てにくる郵便に関して、お父様は、ちょっと前まで本当にノータッチだったはずだし。

かといって、皇族宛ての『郵便』を検閲していたあの三人がわざわざ足がつくかもしれない公爵家からの便りを、率先して抜いていたかと言われれば疑問しかない。

――もしかして、お母様がお祖父様からの手紙を拒否していた？

可能性としては、それも考えられることだなぁとは思ったものの……。

もしもそれが事実なら、今度は巻き戻し前の軸の『お母様が亡くなったあとの未来』に説明がつかなくなってしまう。

お母様と私に会うために、お祖父様が『手紙』をこうしてずっと書いてくれていたのだとしたら。

私は、巻き戻し前の軸、お母様が亡くなったあとに、一度でも、お祖父様に会うことが出来ていたはずだ。

仮に、今とは違って、そこまで関係性が深まっていなかったお父様に、お祖父様と「会ってはいけない」と言われたとしても、お祖父様から手紙が来ていたことに関しては、どこかのタイミングで絶対に知ることになっていたと思う。

（じゃあ、やっぱりお父様が、公爵家からの手紙を私に見せないように止めていたのだろうか？）

分からない事だらけで、頭の中がはてなでいっぱいの私に……。

お祖父様が、後悔を滲ませるような表情を浮かべて私の方を真っ直ぐに見てきた。


――その後悔の滲むような瞳は、一体どこから来るものなのだろう？

……考えるまでもなかった。

その瞳の先に行き着く人は、ただ一人しかいないと私にも、想像がつく。

「……娘は、生まれた時からその運命が決まっていたからな。皇后という立場に就くということは、生半可な覚悟で出来るようなものではない。娘を産んで直ぐに身体が弱かった私の妻が死んでからは、母親代わりと父親代わりを一手に担ってやってきたつもりだが。綺麗事じゃ、すまないようなことも色々とくぐり抜けていかねばならぬ立場が故、赤色の髪を持っていることくらいで負けないように、なるべく強く育つよう、厳しく育ててきた。……だが、それが失敗だったのだろうな？丈夫に生んでやれなかったことで、それを理由に部屋に籠もることも多くなってしまって。いつの頃からだったか分からないが、厳しい躾に反抗するように、我が儘も言うようになって、気づけば、娘は、私の言うことなど欠片も聞かないようになっていってしまった」

そうして生まれて初めて聞くお母様の過去の話に、お祖父様の言葉を隣で聞いていた執事が、進言するように、お祖父様に……。

「旦那様。皇女様は、まだ十歳でございます。そのような話は、早いかと……」

と、お祖父様の言葉を止めるようにそう言ってくれる。

けれど……。

「だから、娘が死ぬことになって直ぐ、皇后が代わったことに関しても、私はあの男に何も言うつもりなどはない。一国を背負う者として感情で動くことがない男だというのは、私が誰よりも知っているからな。どちらにせよ、あのままの娘では『皇后』という大役は務まらなかったのだろうということは分かりきっていた話だ」

と、お祖父様はそれに構うことなく、私に向かって言葉を続けてきた。

『事実』だけが込められたその話には、お祖父様の『感情』は一切乗っていない。

――ただ、ありのまま……。

「いずれ、こうなることは、想像がついていた」と、伝えてくるだけの。

真っ直ぐに私の目を見て話される、その言葉はどこまでも事務的で、淡々としていた。

「旦那様っ……！」

それを、咎めるように、やきもきしているような雰囲気で声を出したのは執事だった。

お祖父様を止めるように出されたその言葉には、一体、どんな意味が込められていたのだろう。

そこまでは、私にも推し量ることは出来なかったけど。

「……だがな、アリス、お前は別だ。お前まで、あんなにもドロドロとした世界にいなくていいのだ。皇宮にいれば嫌なことなど、日常茶飯事だろう。見なくていいはずのものを、見なければならないことも、誰かがお前のことを利用する目的で近づいてくることも、決して避けられまい？」

そんな執事の声を、お祖父様の瞳は、まるで無視をして。

――変わらずに、対面に座っている私だけを真っ直ぐに見つめていた。

「ただでさえ、冷遇されてきていたというのは周知の事実だったのだし。娘が死んでしまった今、尚更、皇宮でのお前の立場に関しても、どんなものなのかは、その状況を確認せずとも想像に難くない。そこまで、お前が皇宮で重要視されていないというのなら、寧ろ好都合。たとえ、老いぼれになろうとも、未だ、大公爵という立場に立っている私の影響力は健在であり、私の発言をあの男も無視することなど出来ぬだろう。……アリス、公爵家の養子となって、私の娘になれ。お前には、普通に生きる権利がある」

真剣な表情で、私の目を見つめながら、そう言ってくれるお祖父様のその言葉には、嘘偽りなど欠片もないのだと私にも理解することが出来た。

皇后だったお母様が亡くなって直ぐに、お父様の判断により『その座』に就いた継母のテレーゼ様……。

お母様があの馬車での事故で、魔女狩り信仰派の市民に殺されてしまったということも含め。

お母様が皇后じゃなくなったことで、着々とテレーゼ様を支持していた『魔女狩り信仰派』の貴族の声が大きくなってきている、今。

皇宮での私の立場や、政治的なものも含めて、勿論、理解してくれた上で、こうしてお祖父様が私に提案してきてくれているのはその瞳からもよく分かる。

だからこそ。

(……どうして、今なんだろう?)

(……どうして、その言葉を聞いたのが私なのだろう?)

だって、その後悔も、その言葉も……。

目の前にいる私に向けられているようで、その実、私に向けられたものではない。

──普通に生きる権利。

お祖父様がその言葉を一番に伝えたかったのは、きっと、今の今まで一度も会ったことのない私・なんかではなかったはずだ。

(きっと、お母様には、一度として、言えなかったのだろう)

お母様は生まれた時から、皇后としての責務を果たさねばならないと決まっていたから。

「……有り難い申し出ですが、お祖父様……」

私は、真剣な表情で此方を見てくれているお祖父様の目を真っ直ぐに見つめて、その提案を断るように、ふるり、と首を横に振った。

だって、本来『その想いの欠片』を受け取るべきなのは、お母様であるべきで。

……私であって良いはずがないのだから。

私から、断りの言葉が返ってくるとは思っていなかったのだろうか。

お祖父様が、更に言い募ろうと、何か言葉を続けようとしたのを遮って、私は声を出した。

「……代わりに、もしも私の願いを聞いていただけるなら、どうかお母様のお墓にお花を手向《たむ》けに行ってもらえませんか？」

「……っ」

ふわり、と出したその一言に、目の前で、お祖父様が、小さく息を呑んだのが見えた。

私から、そんな言葉が出るだなんて予想もしていなかったのだろう。

僅かにその瞳が見開かれ、驚いたような表情を見せるお祖父様に、口元を緩め、私はそっと、微笑んだ。

「生前、お母様はリンドウの花が好きでした。きっと、お祖父様がお母様にリンドウの花を手向けに行ってくれたなら、喜ばれると思います。……恐らく誰も来なくて、その墓前は寂しいままだと思いますから」

巻き戻し前の軸、私自身、何度か、お母様のところに足を運ぼうかと思ったことがある。

……だけど。思い出すのは、此方に向かって倒れてくるお母様の姿。

そして、私に向かって吐き出されたお母様からの呪詛のような言葉。

最期の時の、お母様が記憶に蘇っては、どうしようもなく、足が竦んで、恐くなって、私は、お母様のお墓に一度だって行くことが出来なかった。

そうして、今回もきっと……。

たとえ、その墓前が寂しいものだと分かっていても、これから先も、私はあの場所には、行くことが出来ないだろう。

（……もう久しく感じていなかったトラウマが、再び、呼び起こされるように、ジクジクと侵食するように、そっと胸を痛めつけてくる）

──愛されていなかった自分を自覚すればするほどに、言い知れないほどの痛みだけが、いつだって、心の中を鋭利に傷つけていく。

お母様もきっと、私が行っても喜んではくれないだろう。

それでも、お母様の墓前が寂しいものでしかないことはずっと気がかりではあった。

私が行かなかったら、それこそ本当に、誰も参ることのないそのお墓に……。

もしも、血の繋がっているお祖父様が来てくれるのなら、お母様も喜んでくれるかもしれない。

リンドウの花言葉は……。

（悲しむあなたを愛する）

孤独にいつも、儚く悲哀の表情を浮かべていた人だったから、その言葉はお母様にぴったりな言葉だろう。

亡くなったお母様のことを、お祖父様が後悔しているのだとしたら……。

――気休めでもいい。
・・・・
私と違って、お母様は、お祖父様に愛されていたのだということを。

望まれて生まれてきたのだということを、ほんの少しでもいいから伝えてあげてほしい。

……私には、どう頑張っても、お母様の寂しさは埋めてあげられなかったから。

「リンドウの花が好きだったのだということは、初めて知った。父親失格だが。……思い返せば、私は、娘の好きなものを何一つ知らない、な……」

唇を噛みしめて、後悔が滲んだようなお祖父様のその言葉に私は小さく笑みを溢した。

「……私も、お母様が好きだったものを、そう多く知らないんです」

記憶にある『お母様の好きだったもの』を指折り数えてみるけれど。

……私自身、ただでさえ避けられていたのに、病弱であることで皇后宮に籠もっていたお母様とは、触れ合うような機会さえあまりなかったし。

お母様の好きなものについては、本当に片手で数えるほどしか、思い浮かばなかった。

(リンドウの花、宝石、洋服……)

あとは……。

『愛を知らない』私が、それを、愛と呼んでいいのかは、分からないものの。

……そうじゃなくても、その執着が愛だったのかさえ、分からないけれど。

だけど、幼いながらに、一度も私のことを気にかけてはくれなかったお母様のその視線を追った時、一番、お母様が、何よりも執着していたのは……。

――絶対に、手に入ることのない金。

お祖父様に、今、そのことを言っても、きっと困らせてしまうだけだろう。

そうでなくても、少し会話をしただけでも、今のお祖父様がお母様の伴侶だったあの人について嫌悪感に近いものを持っていることは理解出来る。

私は、今、頭の中に思いついたお父様の影を振り払うようにして。

何でもないことを装うため、私と会話をしてくれていたお祖父様に向かって、ふわり、と笑みを溢した。

それからは、和やかに会食が進んだと思う。

先ほどまで、お祖父様と会話をしていた間、一切、手をつけることがなかった前菜に手をつけてからは、次々に料理が運ばれてきた。

相手は、お父様と同等の影響力を持っている大公爵様な上に、一対一でテーブルについているため、必然的に、お祖父様の視線は私にしか注がれなくて。

ずっと見つめられているので、一応出来るとはいえども、テーブルマナーを間違えることのないようにと、食事中は、ドキドキしてきて、不安で仕方がなかったんだけど。

お祖父様は、そんな私を見て『驚いた』あと、感心したような表情を浮かべて、家令と一緒に、逐一、その行動を褒めてくれたので粗相などは何もしなくて済んで、本当にホッとした。

多分、世間で言われている私の噂について、ある程度、その噂を信じ込んでいた様子だったから、私がここまで、マナーに関してきちんと出来るとは、思っていなかったんだと思う。

ただ、その所為もあってか、目の前で、険しい表情をしながらも、皇宮での私の待遇が良くないものだと感じてくれた様子で、憤ってくれたお祖父様と、公爵家の従者達のことを何とか宥《なだ》めながら。

「心配してくださってありがとうございます。私は大丈夫です」と、伝えつつ。

全てが終わってから、載り切らないものはあとで送ってくれるらしいんだけど、私が乗ってきた馬車に運べるだけ、今日、新たにもらったプレゼントが運ばれていく中で。

「お祖父様、今日はお招きいただいて、本当にありがとうございました」

と、わざわざ見送るために、公爵家の広大な敷地の前に立てられている黒色のシックな雰囲気の正門まで出てきてくれたお祖父様に、私はぺこりと、頭を下げた。

「あぁ、気をつけて帰りなさい。……その、お前が無理のない範囲で、いつだって、実家のようなものだと思って、この家には、来てくれて構わないのだから」

「……はい、ありがとうございます」

ここに来る前は、ドキドキしていたけれど……。

こうして、初めてお祖父様にお会いして、お話をすることが出来て、本当に良かったと思う。

このままだと、巻き戻し前の軸の時のように、一度も会うことがなく、きっとお祖父様の気持ちを知ることもなく、すれ違ったままだっただろうから。

ずっと気がかりだった『お母様のこと』を、お祖父様に伝えられただけでも、ここに来られた意味があった。

かけられた言葉に微笑んで笑顔を向けると、お祖父様は私に何かを言いかけて、一瞬躊躇ったあと。

「……それと、来年からは、ちゃんとお前の好きなプレゼントを贈ろう」

と、真っ直ぐに私を見つめてくれたあとで、そんなことを伝えてくれる。

突然のその言葉に、どういう意味なのか分からなくて首を傾げれば……。

「……私が選ぶものは、どうにも堅苦しくなりすぎるきらいがあるみたいでな。今年も初めは万年筆にしようとして、従者達から流石にそれは、と止められて、ぬいぐるみにしたんだ。それ以前のものも、子供の気持ちなどは分からないから、ああでもない、こうでもないと家のものに五月蠅く言われながら、毎年、選ぶのに苦労してな……。来年からは、お前が欲しいと思っているものを、ちゃんと何がいいか、手紙で伝えてくれ」

と、お祖父様が、苦笑しながらそう言ってきてくれて、私は、思わず、びっくりしてしまった。

そんなふうにいつも、悩みながら……。

——この十年間。

私のために、こうして、プレゼントを選んでくれていたのだろうか？

私のお誕生日は、春だからもう過ぎてしまっているけれど、一度も会ったことのない孫娘に、いつか会えた時に渡そうと、毎年色々と考えてプレゼントを購入してくれていたんだと思うと、じわじわと嬉しい気持ちがわき上がってくる。

（そんなふうに、今まで、誰かから贈り物をしてもらえたことなんて一度もなかったから）

お祖父様から、その気持ちが聞けただけでも本当に嬉しかった。

「……ありがとうございます。でしたら、また来年、今度は、私のお誕生日に合わせて、お祖父様にこうして会いに来てもいいですか？　一緒にまた、お食事をしていただけると嬉しいです」

何か物をもらえるよりも、こうして一緒に過ごすことが出来るなら、それが一番、私にとって特別な贈り物だなぁと思いながら、ほんの少しだけ我が儘を言うつもりで、お願いするように提案すれば……。

目の前で、お祖父様が虚を衝かれたような顔をして。

「……ああ、いつでも大歓迎だ」

と、私に向かって、目尻を下げて柔らかくて優しい笑みを溢してくれる。

——また、来年も一緒にこうして過ごせるのだと……。

誰かと交わす『未来』の約束に、こんなにも嬉しくなることが出来るだなんて、ここに来るまでは、予想もしていなかった、な。

それから……。

お祖父様や、最後まで私に好意的に接してくれる従者達に別れを告げ。

公爵家に来るまではあれだけ緊張していた気持ちもどこかにいって、いつになく心穏やかな気持ちで馬車に乗り込んで、お祖父様と公爵家の人達に見送られたあと。

暫く経ってから……。

ローラとセオドアに、馬車の中で、お祖父様と出会えたことについて、今日、出来た思い出をいっぱい話して、嬉しかったことも含めて、聞いてもらっている途中……。

不意に目の前に座っていたローラの表情が、驚いた表情から心配そうな表情へと変わっていくのが見えて……。

（あれ……？）

それを『おかしいな、どうしたんだろう？』と思った瞬間には、目の前がぐにゃり、と、歪んでいた。

教会での偶然の出会い

「……んっ……、」

ぼんやりと靄がかかったような、重たい頭が何とか活性化してきて、ぱちり、と、目を開ければ。

――心配そうに、強ばった表情をしたセオドアの顔が、真上にあった。

セオドアの背中越しには、太陽の光が此方に向かって、燦々《さんさん》と照りつけてきていて、焦点の合わない視線を周囲へと向けると、丁度、この時季に、緑だった葉っぱが『オレンジ色』になり始めている頃なのか、幾つもカエデが並ぶように生えているのが見えてくる。

「……っ、姫さんっ！」

私が目を開けたことで、慌てたようなセオドアに、そう呼ばれて……。

「……せおど、あ？」

と、舌足らずな口調で声をかければ、心底、安堵したような表情をしてくるセオドアの姿が目に入ってきた。

……セオドアの背後に、太陽があって、この周辺に、カエデの木が生えているということは、ここは外、だよね……？

私、さっきまで、馬車の中にいたはずなのにな。

『一体、どういうことなんだろう？』と、ぼんやりと、重く働かない頭の中で、一人、一生懸命に考える。

そこで再び確認するように、周囲に、視線を向ければ……。

ここは、国が運営しているどこかの庭園や、運動場なのだろうか。

地面は鋪装もされていない砂利で覆われていて、近くには綺麗に整えられた花壇と、休憩出来るような木のベンチが、等間隔に設置されていた。

その上、何の用途で使われているのか分からない平屋の建物などもあり、どこかの施設か何かなのかな、とぼんやりと頭の中で考えつつも……。

未だ自分の置かれている状況が理解出来なくて、混乱しっぱなしの私は、そこで気づいた。

ベンチの上に、横たわっていて……、その上、私の頭がっ……、セオドアの膝の上にあることに。

(もしかして、……私、いまっ、セオドアに膝枕してもらってる？)

慌てて、がばりと起き上がったら、くらり、と目眩がして、ふらっと身体がよろけてしまったのを見逃さず、セオドアが慌てて抱き留めてくれた。

(うぅ……。何から何まで、本当に、お世話になりっぱなしで申し訳なさすぎるっ！)

そのまま、有り難く、セオドアに身体を預けながらも、その腕の中で体勢を整え直して、セオドアの顔を見上げれば、思いっきり、心配そうな表情で見られてしまった。

「ごめんね、セオドア……ありがとう。それで、えっと、ここは、一体……」

「馬車の中で倒れたの、覚えてないか？　皇宮に帰るのも距離があるから、どこか最寄りの教会にでも寄らせてもらってから、きちんと身体のことを診察してもらって、ベッドを借りた方がいいって、侍女さんが」

私が事情を問いかけると、セオドアから馬車で倒れたのだと教えてもらって、思わずビックリしてしまう。

その上、私を心配してくれたローラが、教会に寄るという判断をしてくれたことも……。

セオドアから話を聞いて、よくよく、周囲に視線を配ってみると、確かに立派な教会の建物が、私達がいるベンチのところからも、しっかりと確認出来たから、もしかしたら、ここは教会に併設されている小さめの公園や、庭園のような場所なのかもしれない。

それなら、さっきの平屋の建物は、孤児院か何かだろうか……？

「……ローラが？」

「あぁ。今、司祭に、一応、休ませてもらえそうなベッドがないかどうか、侍女さんが確認しに行ってくれていて……」

「……わぁっーっ、ご、ごめんねっ⁉　そんな大事《おおごと》になっていただなんてっ、思わなかっ……。早くローラに、大丈夫だってこと言いにいかないと……っ！」

「……ちょっと待った」

　セオドアの言葉に慌てて声を上げて、教会の中に入って行ったという『ローラを追おう』とした私の腕を、セオドアが引っ張ってくる。

　それから、ぽすんと、また、強制的に、セオドアの膝の上に頭をのっけるハメになってしまった私は、ただただ、セオドアの膝の上で混乱するしかない。

「……⁇」

「何が原因で倒れたのか分からねぇし、姫さんの大丈夫は、全く信用ならねぇ。とりあえず、もう暫くしたら侍女さんも帰ってくるだろうし。頼むからそれまで、大人しくここで、待っててくれ。……なっ？」

　どこまでも気遣ってくれるような視線を向けてくれながら、まるで幼い子供に言い聞かせるような言い方をするセオドアに、心配の色しか感じられなくて、私は、こくりと大人しく頷くことしか出来なかった。

「……うぅ、ごめんね、こんなつもりじゃ……っ」

（……急に倒れるとか、私の身体、貧弱すぎないっ……？）

　申し訳なくなって、どこまでも、か細い声で、セオドアの顔を見上げながら謝罪すれば。

「……無理もねぇよ。ここ最近、ずっと動きっぱなしだったからな」

と、セオドアが私の頭をポンポンと優しく撫でてくれながら、そう言ってくれる。

……確かに、疲労はたまっていたかもしれない。

ここ最近、エヴァンズ家の御茶会に行ったり、お祖父様のことでお父様に許可を取りに行ったり、ルーカスさんと、ウィリアムお兄様とお出かけをすることになってしまったり。

——色々な人に気を遣わなければいけない行事が立て続いてしまっていたから……。

それでも、能力を使う以外で『こんなふうに倒れることがある』だなんて、欠片も思っていなくて、どこかで、大丈夫だろうと思っていた節はある。

(もしかしたら、日頃の運動不足も祟《たた》ってしまったのかもしれない……)

「……それに……」

「……？　セオドア？」

木のベンチに座ったまま、優しく私の頭を撫でてくれていたセオドアが、何かを言いかけてくれたんだけど、その言葉を私が聞き返そうとした瞬間。

「……アリス様っ！　良かった、目覚められたのですねっ！」

と、少しだけ距離のあるところから、安堵したように此方に向かって駆け寄ってきてくれるローラの姿が見えて、私はセオドアの『言葉の続き』について、聞き返す機会を完全に逃したあと。

セオドアにお礼を言って、今度こそ、横になっていた身体を起こして、戻ってきたローラに視線を向けた。

上半身を起こして、セオドアの膝の上に座らせてもらった状態のまま、此方へ戻ってきてくれたローラに、「失礼します」と、おでこに手を当てられながらも。

「熱はなさそうですが、体調はどうですか？」

と、心配の表情でそう聞かれて、私はローラに「問題ない」ということを告げようと思って、口元を緩め、微笑みかける。

「うん、ローラ。もう、大丈夫だよ、ありがとう」

必要以上には心配をかけないようにしようと、元気であることを一生懸命にアピールしたんだけど。

「……アリス様の大丈夫は、信用出来ません……っ」

と、私の言葉に、ローラがさっきのセオドアと全く同じことを言いながら……。

「一応、ちゃんと診てもらいましょう？」

と、言い聞かせるように、私に言ってきてくれる。

その瞳には、不安な気持ちが乗っていて、更にいうなら、どこまでも私のことを想ってくれているような感情しか乗っていないのが見てとれるから。

その対応に対して、何も言えずに、大人しくこくりと頷いた私は、ローラが「直ぐに診てくれるそうです」と、わざわざ許可を取りに行ってくれた教会の敷地内に併設されている診療所で、お医者さんに診てもらうことになった。

基本的に、貴族の家なんかには、その家に雇われたお医者さんが常駐していることが殆どなんだけど。

一般の人達がかかるには、こうやって診療所に来なければいけないことが大半で、教会と、お医者さんというのには密接な関わりがあるため、よほど小さな教会じゃない限りは、大体、教会と診療所はセットになっているというか。

神様に礼拝をするだけの簡易的な教会ではない限り、必ず教会の敷地内に診療所を設けなければいけないということが、国の規定で義務づけられているから……。

だからこそ、私の主治医でもあるロイもそうだけど、お医者さんは基本的に神父服を着用するようになっているんだよね。

「……ふむ、簡単に診察しただけですが、恐らくは、疲労が原因なのではないかと思います」

ローラとセオドアに連れられて、診療所まで行った私は、特に待たせられるようなこともなく。

本当に直ぐに、町のお医者さんといった感じの中年のお医者さんから診察を受けることが出来た。

対面で、簡易的に用意されている木で出来た丸椅子に座り合って、今の自分の症状を聞かれた上で、全ての質問に回答したあと、そう言われたことに、私は、内心でホッと安堵しながら。

「……ほらね、大丈夫だったでしょう？」

と、ローラとセオドアに安心してもらえるように、にこりと笑顔を向けてそう伝える。

だけど、私の自信に満ちあふれたような言葉を聞いて、お医者さんからは……。

「恐れながら、皇女様。疲労による身体の不調もちゃんとした病気です。倒れるほどなのですから、それだけ、心身共にお疲れだったということは容易に想像が出来ます。皇宮に帰ってからも必ず、お抱えのお医者様に、再度、きちんと診てもらって指示を仰いでくださいね」

と、念押しするように言われてしまった。

その上で……。

「……少し此方で、休んで行かれますか？」

と、診療所の中にある白一色の、『清潔なベッド』に視線を向けながら提案されたことに、わざわざ休むようなことをしなくても、今の自分の体調は本当に何でもなくて元気になっていたから。

私は、かけられたその言葉に、有り難いなと感じながらも、首を横に振って「大丈夫です」と伝えたあと。

ローラと、セオドアと一緒に無事に診療所から出て……。

倒れたばかりではあるものの、折角、教会に来たということもあって、帰る前に、礼拝堂のある教会の中に入って見学をすることにした。

……実は、一度でいいから、教会の中に入ってみたいという強い思いが、前々から密かにあって。

（巻き戻し前の軸の時も、気軽に外には出られなかったし。一度も、教会には来たことがなかったから）

ずっと、人から話には聞いていただけの、絵本に描かれている教会の中の厳かな雰囲気とか、中から見えるステンドグラスとかを見てみたいという憧れがあった。

……勿論、先ほどまで倒れていた身なので。

無理はしない程度で、教会の見学をしたいという私のお願いに、ローラとセオドアが二人して顔を見合わせたあと。

二人は、こんなことでもないと、私が教会にさえ来られないということを分かってくれているから、「体調に無理がない範囲でなら……」と、条件付きで頷いてくれた。

それから、ほんの少しだけ教会の敷地内をみんなで歩いたあと。

ここが、王都の街中にある教会だということもあってか、パッと見ただけでも、立派なことが分かるくらい神々しい建物の重厚な扉を開ければ、教会の窓として使われているブルーや、グリーンなどの色合いのステンドグラスや、宗教画、それから礼拝堂に至るまで、そこは煌《きら》びやかで、厳かな雰囲気が広がっていて。

一歩足を踏み入れれば、それだけでこの場所が『神聖な場所』であるという感じが凄くしてくる。

「あれっ？　お姫様……？　奇遇だねぇ、こんなところで会うなんて」

けれど、私が、教会のその雰囲気に気を取られていたのは本当に一瞬のことで……。

ドアを開けた先にいた人に突然声をかけられて、その言葉に釣られるようにそちらへと視線を向ければ、ここで出くわすとも思っていなかった、まさかの人がその場に立っていた。

「……ルーカス、さん……？」

――なぜ、ここに、この人が……？

と、驚く私に、穏やかな笑みを溢しながら、どこまでもフランクに気安い雰囲気で、ルーカスさんが「やっぱり、そうだっ！」と声を出しながら、私の方へと近づいてくる。

「……珍しいね。お姫様が外に出てるだなんてっ。今日は、わざわざお祈りでもしに来たの？」

開けた教会の扉の前で、私の対面に立ってくれたルーカスさんに、そう質問されて。

「いえ、出先で体調を崩したので、先ほどまで、お医者さんに診察してもらっていて……」

と、正直に、私の今の状況を伝えると……。

「あぁ。なるほどなァ、そのついでに教会見学でもしに来たって訳だ？」

と、私がどういう理由でこの場所に来たのか合点がいった様子で、ルーカスさんに質問される形ではあるものの、全てを言い当てられてしまった。

その姿に『流石、未来ではお兄様の側近をしていただけあって、本当に抜け目がないなぁ……』と、感じながらも……。

素直にこくりと頷いたあと、私はルーカスさんがこの場に来ていた理由について、問いかける。

「はい。……ルーカスさんは？」

「俺？　俺はねぇっ、薄情な神様にお祈りを……」

「……はくじょうな、かみさま……ですか？」

――ただ、何となくの気まずさを回避したくて、話を広げたいという意味合いで質問しただけだったんだけど。

私に会ってから、にこやかな笑顔を向けてくれていた『さっき』までとは打って変わって、どこまでも真剣に、真面目な表情を浮かべながら言われた、その言葉の意味がよく分からなくて……。

そのまま顔を上げ、ルーカスさんの方をマジマジと見つめながら、その言葉を復唱するように出した私の問いかけに、目の前で、ルーカスさんが今度は、邪気のない『人好きのする』ような、明るい笑顔を溢してくる。

「あはっ、ビックリした？　ただの雰囲気づくりだよ！　そう言われたら、何かあるのかなって、思うでしょっ？」

そうして、まるで、悪戯が成功したかのように、そう言われて……。

「……もしかして、私、今、からかわれたんでしょうか？」

と、ほんの少しだけ、ジッと恨みがましい視線を向ければ、私に向かってどこまでも楽しげな表情を崩すことのないまま、ルーカスさんが苦笑しつつ声を上げてくる。

「ごめん、ごめんっ！　お姫様があまりにも純粋そうな雰囲気を醸し出していたから、ちょっとからかってみたくなってね。……うわぁっ！　と、とっ、ちょっと待ったっ！　騎士のお兄さん、相変わらず無言で、剣を鞘から抜こうとするのは止めようかっ？　それ、やってる方は何も思わないかもしんないけど、やられてる方は、本当に恐いんだってばっ！」

「……はぁっ？　相変わらず姫さんに対して無礼なことしか言ってこねぇし。アンタが、一切、学習しねぇからだろっ」

その態度に、そっと、剣の柄の部分を掴みながら……。

眉を寄せて怒るように険しい表情を浮かべて、私のことを心配してくれつつ。

ルーカスさんに向かって「皇女である姫さんに気安い態度で接してきているのも許せねぇ」と呆れたように吐き出されたセオドアの言葉に、ルーカスさんも本気でセオドアが斬りかかってくるとは思ってもいなかったのか。

焦ったような声色ではあるものの、相変わらずにこにことした笑みを此方に向けていて。

「実は、ここの教会と孤児院に多額の寄付をしてるのって、エヴァンズ家なんだよねぇ。だから今日は、その寄付がどういうふうに使われてんのか、視察の意味も込めてこうしてやってきたって訳」

と、弁解しながらも、今度はちゃんと私達に向かって、自分の事情についてしっかりと説明してくれる。

「そうだったんですね」

「うん。……あ、そうだ、良かったらお姫様も一緒に来る？　孤児院」

そうして、思いがけずルーカスさんに誘われてしまったことで、私は驚きつつも。

教会に併設されている孤児院に、当日にいきなり、人が増えても大丈夫なのかと心配になりながら……。

「私が行っても大丈夫なんでしょうか？」

と、おずおずと問いかけてみたんだけど。

「うん、大丈夫だよ。……視察って言っても、その大半は子供達の様子を見るだけのものだしさァ。俺も、頻繁に通ってる孤児院だから、シスターも含めて、子供達も、滅茶苦茶、全員、顔馴染みだし。寧ろ、頻繁に顔を出していて、何の新鮮味もない俺だけが行くよりも、お姫様が来てくれた方が、華があって、子供達も喜ぶと思うよ」

と、全く根拠のなさそうなことを言いながら。

本当に、ちょっと外まで行くようなノリで、気軽に此方に向かって誘ってくるルーカスさんに。

……そう言われてしまうと、断ることなんて出来る訳もなく。

「では、お邪魔させてもらいますね」

と、一度、ローラとセオドアとアイコンタクトで会話をし合ったあと、私はルーカスさんからのその提案を受け入れることにして、教会の敷地に併設されているという孤児院にお邪魔させてもらうことにした。


それから……。

私が馬車の中で倒れてしまって、最初に、セオドアに介抱してもらっていたベンチで『庭園か、運動場かな？』と、思っていたところの近くに立てられていた平屋が、やっぱり、孤児院だったみたいで。

そこまでみんなで歩いたあと、その中に、ルーカスさんと一緒にお邪魔させてもらうと。

「あ、ルーカス様だっ！」

「わぁ、ルーカス様、いらっしゃい！」

と、シスターに案内されたオモチャなどが沢山置いてある一室で、扉を開けた瞬間、ルーカスさんの姿を見つけた子供達が、直ぐにその目を輝かせ、はしゃいだ様子でわらわらと『その周囲』に集まってくるのが見えた。

「ルーカス様、俺、この間、かっこいい飛行機を紙で折って作ったんだぜっ！　孤児院の中でも、一番遠くに、飛ばすことが出来たんだっ！」

「私は、ルーカス様が寄付してくれたオモチャを使って、みんなで、お人形遊びをして楽しんだの！」

先ほど、ルーカスさんが『頻繁に孤児院に来ている』と言っていた通り、子供達とも慣れていて、彼等からも凄く好かれているのか、ルーカスさんがこの場に来ただけで、子供達は、わーっ、と一目散にルーカスさんのことを取り囲んだあと。

口々に、遊んでほしいだとか、自分の大切にしているものを確認してほしいと、お願いするようにその手を引っ張り始めて、その身体をもみくちゃにしながら、気づけば、あっという間に、ルーカスさんは、その輪の中心にいた。

「おーっ！　今日も、本当に賑やかだなぁっ！　お前達、元気にしてたかっ！」

そうして、にこにこと笑顔を浮かべたまま、そう言いながら、子供達一人一人の目をしっかりと見て、近づいてきた子達の頭を順番に、ぐしゃりと撫でるルーカスさんと、彼等の勢いに圧倒されそうになりながら。

どうしていいのか分からないまま、私は邪魔にならないよう部屋の隅にそっと立つ。

暫く、そうやってルーカスさんが子供達と戯れる様子を、セオドアとローラと一緒に眺めていたところで。

――不意に、気づいた。

「……この子、達は……」

戸惑いながら、ぽつりと声を溢した私を、一通り子供達の相手が済んで此方へと戻ってきたルーカスさんが笑いながら。

「……びっくりした？　びっくりするよねぇ？」

と、私の呟きに答えるように、声を上げてくる。

思わず、上を見上げて、ルーカスさんの顔色を窺うように視線を向ければ。

「……ルーカス様っ！　この子、誰なんだっ⁉　新しい子、連れてきたのかっ？」

と、活発そうな男の子が、此方へと駆け寄ってきたあとで、マジマジと私を見つめながら声をあげるのが聞こえてきた。

「……新しい、お友達、なの？」

そうして、その男の子のあとに続いて、ぬいぐるみをぎゅっとその手に抱きしめている大人しそうな雰囲気の女の子が、おずおずと私に向かって声をかけてきたことで。

……私は、戸惑いながらも、折角こうして子供達が話しかけてくれているのに、何も返さない訳にはいかないと、慌てて、彼等の言葉にこくりと頷き返す。

「うん、今日、限定のことだけど、宜しくね？」

二人に向かって『優しい表情を』と、心がけながらふわりと笑顔を向ければ、ここの孤児院にお世話になる以外に、彼等と同じ年齢の子供が『お客さん』としてやって来ることは珍しいからか。

興味津々といった様子で、直ぐに私の周りに、わらわらと子供達が集まってくる。

そのあと、さっきの女の子が私の方を見つめてくれながら。

「……真っ赤な髪、なの。私と、お揃い」

と、ぽつりと声を上げるのが聞こえてきて、私はその言葉に、深く考え込んでしまった。

――そう、さっき、私が彼等を見て驚いた理由は、ここにあって……。

この孤児院にいる殆どの子供達が、私や、セオドアほど鮮やかなものではないものの、女の子も男の子もみんな『赤茶系の髪色』だったり、瞳が少し赤みがかっていたりと、赤を持つ子達の集まりだったことに。

……正直に言って、本当にびっくりしてしまった。

一人だけとかなら、まだ分かるんだけど、殆ど全員が、そんな感じだったから……。

もしかして、この孤児院では『そういう子達を積極的に迎え入れたりしているんだろうか？』と思ってしまう。

『身体のどこかに赤を持つ』ことの意味は、私がきっと誰よりも理解している。

――世間では、それだけで後ろ指をさされてしまうということも……。

だから、そのことについて混乱しながらも、色々と、この状況について頭の中で考えていたんだけど、遊ぶことに忙しくて元気いっぱいの子供達はそんな私の心情など、全くお構いなしで。

「ねぇっ！　あっちで、一緒に遊ぼうっ！」

と、声をかけられたかと思ったら、女の子の一人にぐいぐいと腕を引かれて、その状況に驚く間もなく、私は子供達の中に入って、生まれて初めての『おままごと』に挑戦することになってしまった。

子供達にお願いされて、オモチャ箱として使われているのか、古びた木箱の中に入っているぬいぐるみや、おままごとセットとしては定番の『食べ物を模した木のオモチャ』などを取り出したあと、木目調の床に、何人かの子供達と一緒に円を描いて座るようにと指示を出されてから。

一応、彼女達の中でもきちんとした配役があるらしく……。

王都の街中にある教会だからか、十歳前後の女の子達はみんな、皇子やお姫様などといった身分に強い憧れを持っているような様子で、貴族や皇族といった人達に扮して、おままごとをするみたいだった。

そうして「初めてだから、特別な役を譲ってあげるねっ！」と、思いっきり善意でそう言ってもらって、お姫様のお兄さんでもある皇子の役を女の子達から任命された私は、皇子というものに、あまりにも馴染みがありすぎて……。

妹であるお姫様に対して、二番目の兄みたいに憎悪のこもった表情を向けるのは、流石に子供達に悪影響だろうと思って、一番上の兄みたいに、クールで冷たい視線を向けて事務的に淡々と、精一杯、自分なりに『皇子』というものを演じてみたんだけど。

「えーっ……！　お兄ちゃんで、皇子様はっ、お姫様には凄く優しいと思うし、キラキラしているはずだから、そんなんじゃないよっ！」

「きっと、皇子様に慣れていないんだよねっ！　私がもっと、かっこいい皇子様の見本を教えてあげるからねっ！」

と、私よりも小さな女の子達から、続けざまにダメ出しを食らってしまった。

その上、皇子様について、しっかりと彼女達からレクチャーまで受ける始末で、私は一人戸惑ってしまう。

（うぅ……っ、演技をするのって、本当に難しい）

――忠実に再現してみたつもりだったんだけど、一体、何が不味かったのだろうか？

どこが良くなかったのか、さっぱり分からなくて、混乱して頭の中をはてなマークでいっぱいにしている私を、そっと救出してくれたのはルーカスさんだった。

「ぷはっ！　……くくっ、お姫様、それ、殿下の真似でしょっ、絶対っ！　ヤバいっ、滅茶苦茶似てるんだけど……っ！　ふははっ！」

……どうやら、私のモノマネは、ルーカスさんのツボにだけ的確に届いてしまったらしい。

目の前で、困惑したままの私に視線を向けて「ひぃひぃ……っ」と、苦しそうに引きつったような笑みを溢し、目尻に涙を浮かべつつ、どこまでも楽しげな表情を浮かべてから。

「はいはい、みんな、そこまでにしとこうね、おままごと。……この子は、あんまりそういうことには慣れていないからねぇ」

と、さりげなく救出してくれて、内心でホッとする。

普段、同年代の子達と触れ合う機会が全くないからか、子供達に誘われて遊び始めた私を見て、最初は、微笑ましそうに見守ってくれていたローラやセオドアも、私が困惑してしまっているのを確認して、慌てて私のことを救出しようとしてくれたみたいだったんだけど。

私から一番近いところにいたルーカスさんの方が、みんなよりも一足早くに動いてくれた。

「……あぁっ、皇女様っ、子供達と遊んでいただいて本当に申し訳ありませんっ！　失礼なことを言ってしまって、まだ、小さな子達ばかりで、あまり上下関係のことに関してはよく分かっていないものですからっ！」

そして、私が孤児院の床から立ち上がって、子供達の輪から外れたタイミングで、顔面蒼白になったシスターから慌てたように謝罪されて、私はその言葉に「気にしないでほしい」と伝えるように、ふるりと首を横に振った。

「いえ、大丈夫です。……それに、私自身、おままごとをするの自体が初めてで、あまり上手くは出来なかったみたいでっ、私がみんなに付き合ってもらっただけのような気も……」

私自身、中身は一応、十六歳だから、どう考えても精神年齢的に、この子達よりもずっと大人だし。

多少、彼等に失礼な態度を取られてしまっても、別に怒るようなこともない。

ただ、寧ろ、彼等に遊んでもらったのは、どう考えても私の方な気がする。

巻き戻し前の軸の時も、近い年齢の子達と遊んだ経験がなかったこともあって。

想像以上に上手く出来なかったことに、しょんぼりと落ち込んだまま、声を出したら……。

「……とんでもありませんっ！　久しぶりに同年代の方が来てくれて、子供達も張り切っていたのが、とても良く分かりますし、こうして、遊んでいただけるだけで有り難いことですから」

と、本気で感謝してくれているような素振りのシスターから言葉が返ってきた。

何も言わずとも優しさが滲み出ているようなその瞳からは、いつも子供達のことを考えているんだろうな、ということが如実に伝わってきて。

それだけで、この孤児院が、きちんと運営されているのがよく分かる。

……そういえばさっき、この教会に併設されている診療所で診察してもらった時も、あのお医者

さんは『私を見て』嫌な態度は一度も取らなかったな。

私が『皇女』だからかと思ったけど、この教会自体が、『赤色』という、一般的に見ても侮蔑の対象になってしまうような子供達を率先して保護しているのだとしたら、その対応にも納得がいく。

「……ここで過ごしているみんなが、こうして笑って過ごせるくらい、子供達にとっては、住みやすい居心地のいい場所なんですね？　私から見ても、子供達が大事にされていることが分かりますし、きっと、孤児院の運営がきちんとされていることの証しなんでしょうね」

にこっと笑顔を向けて、率直に、今、感じた自分の意見を伝えるつもりで、そう声に出したなら、私の隣でシスターが驚いたように目を見開いた。

「……？　あの、私、何か……変なこと？」

その態度に不安を感じながら、もしかして、また変なことを言ってしまったのだろうか、と、問いかけるようにおずおずと声を出すと。

「あっ……、いえっ！　申し訳ありません、皇女様っ！　皇族の方は小さな頃から、色々なことを勉強されていて、皆様、早熟していると聞いてはいましたが。そのお歳で既に、孤児院の運営のことにまで目を配らせているどころか、子供達のことも含めて、真剣に考えてくださっているような言葉に、思わず驚いてしまいました」

と、まるで尊敬の眼差しで、柔らかく微笑んでくれたシスターから言葉が返ってくる。

その言葉に……。

「いえ……。私は、そのっ、出来損ないですから。……お兄様達のようにはっ！」

と、ひたすら困ってしまって。

巻き戻し前の時も含めて、どう考えても、お兄様二人の足下にも及ばない感じだったのだから褒められるようなものでもないと、慌てて、そう伝えることしか出来ない私に……。

「そんなことは、ありませんよ」

と、シスターが私の言葉を否定するように首を振りながら、本当にそう思っているような感じで真剣な声色で言葉をかけてくれる。

その言葉には、本当に凄く有り難いなぁとは思うんだけど。

——でも、実際は、私が今、思っていることの方が事実なのだ。

お兄様達は二人とも、いつだってどんな時も周囲の人達から賞賛されていたし、私とは、そもそもの出来が違う。

それに、巻き戻し前の軸でも、私には多くを求められていなかったということもあるけれど。

これまで、きちんと、考えてこなかったことが幾つもある。

巻き戻し前の軸の時も含めて、皇族として皇女として、その立場から本来ならしなければいけなかったはずの義務も役目も何一つ、果たしてこなかったから……。

今だって、せめて、『お飾りの皇女』である私でも、皇女である以上は、少しでもその役割をこなそうとは努力しているけれど。

その理由は、将来、私の大切な人達が死なないようにするためであって……。

——その全てが、決して褒められるようなものではないことくらい自分でも分かってる。

「ありがとうございます」

真っ直ぐにそう伝えてくれているシスターに、どこまでも申し訳ないという気持ちを抱きながら、私は彼女の言葉に、結局一度も頷くことは出来ずに、ほんの少しだけ苦い笑みを溢した。


それから、どれくらい経っただろう。

暫く子供達と触れ合ったあとで、ルーカスさんが『視察』と言っていた言葉の通り。

多分、教会や孤児院が、きちんと運営されているかどうかの不備のチェックや、不透明なところがあったりしないかなどについて、細かく、経費とか色々なことが書かれている書類を、一から全て確認をしている間……。

手持ち無沙汰になってしまった私は、子供達のいるオモチャの置かれたこの部屋の中で、ローラとセオドアと一緒に、さきほど自分が感じたことを聞いてみようと、シスターに話しかけてみることにした。

「……あの、さっきから気になっていたんですけど、ここの孤児院は、赤色を持つ子供達を率先して、保護を？」

どう見ても、赤を持つ子供達が大半の状況で、どうして、そういう子達を保護しているのだろうと、疑問を感じた私に向かって、シスターがこくりと頷きながらも、慎重に返事を返してくれる。

「……えぇ。寄付をしていただいているエヴァンズ侯爵様の方針もあって出来ることなのですが。

世間では、孤児院で保護される時にも、赤色を持つ者は大抵、後回しにされてしまったり、放置されてしまいがちなので。……勿論、一概には言えませんが。その出生故に、彼らの方が心に深い傷を負っている場合が殆どなのにも拘わらず、同じ子供なのに、そこでも明確に差別が生まれてしまうことを出来るだけ、私どものところでは避けようとした結果、今のような形に……」

──勿論、特殊な能力を持っている人間が現れることの方が極稀なことだから……。

その大半が、『能力』なんかは持っていないのに、迫害されてしまったりだとか、生まれてきたものの、親に愛されずに捨てられてしまったり、だとか。

……そういう状況に陥ってしまっている子達が大半なのだろう。

シスターの言葉には、そういう子供達をいっぱい見てきたが故の『重み』みたいなものが乗っていた。

「……そうですか。なかなか、出来ることではないのに、本当に凄いと思います」

……生まれ持った特徴である赤をなくすようなことは出来ず、私自身も、自分がそういう視線で見られることが多いからこそ、よく分かる。

こういう場所が一つあるだけでも、子供達にとってはきっと『救い』になるだろうし。

自分のことを『人』として、ちゃんと見てくれる大人が、周りに一人でもいるだけで、本当に全然違うのだということも。

私自身、ローラやロイだけではなく、今回の軸で、セオドアやアルに会えたことで、今は身を以て、そのことを体感しているから。

……だから、その言葉は、嘘偽りなく私の本心から出た言葉だった。

「……まァ、表面上は中立派みたいな役割を担っていて、どこの派閥にも属していない立ち位置にいるだけで、エヴァンズ家は元々、魔女容認派だからねぇ」

私がシスターに向かってかけた言葉に、あれだけあった分厚い書類をもう確認し終えたのか。

普段は、シスターや神父様が使っているであろうこの部屋の片隅に置かれていたデスクを使って、色々な書類に目を通していたルーカスさんが、椅子から立ち上がって。

シスターに「問題がなかったから、神父様にも確認を取ってきてくれる?」と書類を手渡してから、私達の方に近寄って会話に入ってきたあと、しれっと、爆弾発言をしてくるのを、慌てて、見つめて……。

私にエヴァンズ家の内情を話しても大丈夫なのか、と、心配していると。

「あれ、お姫様、知らなかった? 家《ウチ》はその辺、滅茶苦茶寛容だよ」

と、にこにこしながら、ルーカスさんが、別にそのことについては『特別隠している訳でもない』といった様子で告げてくる。

「……知りませんでした……っ」

ルーカスさん自身、将来、一番上の兄の側近になっていたくらいだし。

ウィリアムお兄様の本心については、未だによく分からないながらも、二番目の兄であるギゼルお兄様が、ウィリアムお兄様が戴冠式を行い皇帝に就任するタイミングで『私』のことを殺してきたのだから。

てっきり、今までは、ルーカスさんも、魔女に対してあまりいい印象は抱いていないのかな、と勝手に予想していたんだけど……。

　私の驚愕交じりの問いかけに、まるでしてやったりと言わんばかりに、ルーカスさんが無邪気で楽しげな視線を向けてくる。

「そう。……だからね？　俺、レディーが、女帝になってくれたらいいなって思ってンだよ」

　そうして、そのまま、ふわりと笑顔を溢しながら、まるで混乱を招いてくるかのように、此方に向かって、そう言ってくるその人に。

　――思わず、パニックになって、時が止まりそうになってしまった。

（……だって、ルーカスさんは、未来では、ウィリアムお兄様の一番の側近のはず、で……っ）

　そんな人が、お兄様のことを差し置いてまで、非公式の場とはいえ、『冗談でも言ってはいけないようなこと』を、平然と言ってくるだなんて、欠片も、想像していなかったから……。

　……その言葉は、ともすれば、お兄様に対する反逆の意を示しているとも受け取られかねないようなもので。

「……え？　あ、あのっ……、だっ、て、私はお飾りの皇女でっ……。未来では、お兄様がっ、お父様の跡を継ぐことは決まって、いてっ、そ、のっ……！」

　と、全く予想もしてなかった突然のその一言に、しどろもどろになりながら、精一杯、何とか返事を返す私に。

「歴代に、女帝がいないからって、今後もなれないなんて決まっている訳じゃないでしょ？　可能性なんて、それこそ無限に転がってるし、どこで、風が吹くかだなんて誰にも分からない。……もしも、お姫様が、女帝になったのなら、そりゃあ、必然的に、歴史も変わらざるを得ないだろうなぁっ？　だって、君主が、紅を持ってんだから、誰も、其処には手出し出来なくなる。うちの国は完全に魔女擁護派になって、絶対不可侵の聖域ってやつの出来上がりだ」

本気なのか……。

それとも、ただ、からかってきているだけなのか、その声色だけでは判断することが出来ず。

その真意がどこにあるのか読めない視線で、真っ直ぐに私を見つめながら、続けてそう言ってくる目の前の人に……。

「……わたし、はっ……、君主の器では、ないと思います」

と、自分に今、出来る精一杯の台詞を、何とか頭の中で考えて、そう伝えれば……。

彼は、にこりと笑みを浮かべながら……。

「君主の器だなんて、これから幾らでもつくっていけばいいだけだし、そういう未来もあるかもしれないってことを、皇女様も、きちんと考えておいた方がいいよ」

と、明らかにお兄様の方ではなく、私を支持しているとしか取れないような言葉を言ってくる。

今の今まで、そんなことを考えたこともなかったし……。

ウィリアムお兄様が、お父様の跡を継ぐというのは、私の中で既定路線というか、絶対的なことだったから、それが崩れるようなことがあるだなんてことさえ、思ってもみなかった。

だからこそ、ルーカスさんに『今、言われたこと』が、あまりにも衝撃的すぎて、直ぐに返事を返せずにいたら……。

「……ハッ！　第一皇子についてるアンタが、それを言うのかよ？　どういうつもりで言ってんのか分からねぇけど、胡散臭《うさんくせ》ェんだよ……っ」

と、私とルーカスさんとの会話に、怒ったような雰囲気で、セオドアが割って入ってくれた。

「……あれっ？　俺はお姫様の味方だよって、続けて言おうとしたんだけど。もしかして、それを言うと、余計怪しく見えちゃったりする？」

「……どの口で言ってんだっ！　アンタの言葉は、どこまでが嘘で、どこまでが本気なのか全く読めねぇ。たとえ、その言葉が本心だとしても、対立を煽るような真似をして、要らねぇ火種をつくってるようにしか見えねぇんだよ」

そのことに、一先ず、ルーカスさんに返事を返す猶予が出来て、ホッと胸を撫で下ろした私は……。

ルーカスさんの言っていることは『これから先、そんな未来が来るだなんてあり得ない』と思えるような、まるで突拍子もないことばかりなのに。

私の方を、ただ真っ直ぐに見つめてくれているその瞳の奥から……。

まるで、自分が覗き見でもされてしまっているような、見透かされているような、そんな感覚を覚えて、ここにきて、知らず識らずのうちに、自然と、身体が強ばってしまったのを感じて。

ルーカスさんの視線が、私からセオドアへと外れたその瞬間に、私は自分の身体の力を、ほんの少しだけふっと緩めるように抜いた。

——気づかないうちに、もの凄く緊張してしまっていたみたい。

「まァ、確かにね、そこは否定しないよ、俺は」

「……っ！」

「お姫様の言う、君主の器ってやつを当てはめるのだとしたら、今、一番、その王冠に近い場所に位置しているのは、第一皇子《殿下》に間違いないだろうからね。……今までにも、一番近いところで、ずっと俺はそれを見てきた訳だから、俺からしても、殿下って君主になるために生まれてきたような人だな、って思う瞬間があるよ。将来、トップに立つためだけに帝王学も学んできて、英才教育を施された殿下の素質を見れば、この国は多分安泰だろうなぁとは、予想もつく。でもさァ、サイコロの目が何かは振ってみるまで分からないものでしょ？　お姫様が女帝になれば、騎士のお兄さんにとっても悪い話じゃ、ないと思うしね」

その上で、続けて、ルーカスさんからかけられてしまった言葉に、別に、私がお兄様に対して、敵対しようとしている訳ではないというのに、お兄様のいないところでこんな話をすることになってしまったことに、ちょっとだけ後ろめたいような気持ちが湧き出てきて。

あまりにも心臓に悪いなぁと感じてしまって、一人、ドキドキとしてしまいながら、そっと、ルーカスさんの真意がどこにあるのか探るように視線を向けると。

「……あぁっ？」

「……その瞳を眇すような奴、これから先、いなくなるだろうしさ」

目の前で、ポンポン、と……。

「……俺は、そんな未来を求めて、姫さんの傍にいる訳じゃねぇし。姫さんが望まないことは、するつもりも、ねぇよ」

「それは、裏を返せば、お姫様が望んだら、そっちの方面に舵を切って動くってことだ？」

「……ハッ、そんな未来が来りゃぁな？」

どこまでも、テンポ良く……。

「アァ、厄介だなァ……。本当、厄介だって言われないっ？　俺、絶対にお兄さんを敵に回したくないよ！　殿下についていてたら、いつかお兄さんが敵に回りそうな未来が来るかもしれないじゃん？」

「……そんなんで、ころころ、主人を変えるのかよ？　直ぐに人を裏切って、乗り換えるような人間ですって、自己紹介でもしてくれてんのか？」

「……あはっ、一途に誰かを愛することなんて、出来ないタチなもので」

と、セオドアと言葉の応酬を交わしながら、にこにことおどけつつ、私達に向かってはっきりとそう言ってくるルーカスさんの瞳はもう、いつも通りに戻っていて。

「……それに、これは、親切心のつもりでもあるんだよ。俺が、どうこうしようとしなくても。たとえ、お姫様自身が、君主になることを望まなくても、女帝に担ぎ上げたいって人間はこれから先も、きっと出てくるだろうしねぇ。お姫様は、今、自分の存在が、最早、お飾りではなくなってきているいることを自覚した方がいい」

どこまでも人を食ったような感じのさっきまでの笑顔を引っ込めて、真剣な表情で私を見てきてから、ルーカスさんは次いで、セオドアに視線を向けたあと。

「解っていながら、お姫様の耳をそっと塞いで、いつまでも鳥籠に閉じ込めて大事に守るだけなのは、騎士の務めの範疇を超えてるよ？」

と、声を出してくる。

――その言葉が一体どういう意味なのか、よく分からなくて一人困惑する私を置いて。

二人は、何の話をしているのか、まるで分かっているみたいだった。

私を護るように一歩前に出てくれて、ルーカスさんに向き合ってくれているセオドアが、その言葉に眉を顰めて、険しい表情を浮かべてくれていて……。

「やっぱりねぇ。……だと思ったよ。今の情勢がきっちりと理解出来ていたならば、お姫様が自分のことをお飾りだなんて言うはずがないもんなァ？　一方で、お兄さんは、騎士なんてやってんだから、この国の情勢なんて幾らでも入ってくる。……あぁ、それは、騎士のお兄さんだけじゃなくて、そこにいる侍女もそうだ。お姫様に関する噂みたいなものも、なるべく耳に入らないよう退《しりぞ》けてるんでしょ？　悪い噂も、良い噂も含めて、ね？」

一方、セオドアのその態度に、一人、納得したようにそう言ったルーカスさんは、次いで私の隣で、セオドアと同じく、ルーカスさんに向かって厳しい表情を浮かべていたローラに視線を向けて、そんな言葉を出してくる。

……ローラも、セオドアも、ルーカスさんがどういう意図で、そんな言葉を出してきているのか、分かっている様子なことに驚きながらも。

今の情勢がきちんと理解出来ていたなら、私が自分のことをお飾りだと言うはずがないだとか。

ローラやセオドアが、私に対して、何か隠し事をしているだなんてことも、絶対にないと思うと。

未だ、何の話をしているのか今ひとつ掴み切れていない私は、頭の中をはてなでいっぱいにしながらも、みんなの遣り取りを遮るようにルーカスさんに声をかけた。

「……あの、ルーカスさん……。セオドアや、ローラが私に何かを隠したりするようなことは、絶対にないと思います。っ、きっと、何かの勘違い、では……？」

どういう意図で、ルーカスさんがそう言ってきたにせよ、日頃から私のことを思いやってくれているローラやセオドアがそんなことをする訳がないと思って、おずおずと問いかけた私の言葉に、にこりと笑みを溢しながら。

「うん、そうだね？　隠してはいない。でも、積極的に教えてもいない。……違う？」

と、彼が声をかけてくる。

「えっ、と……」

その言葉に対して、返せる言葉が直ぐに見つからず、戸惑うことしか出来ない私に……。

「……じゃぁ、言葉を変えようか。お姫様がドロドロとした世界を見なくてもいいように防波堤になってるって言った方が分かりやすいかな？　それも多分、過剰なまでに、だ」

と、ルーカスさんが、分かりやすく言葉を噛み砕いて伝えてきてくれる。

その言葉に、思いっきり驚いて、ルーカスさんの言ってることが本当なのか、ローラとセオドアの顔色を窺うように視線を向ければ……。

「……僭越ながら、申し上げますが、アリス様のこれまでのことを考えたならば、その心が追いついていかないほどに、今の世間の流れは驚くほど急激に、めまぐるしく変化しすぎています。だからこそ慎重になるのは当然のことではありませんか？」

と、背筋をピンと伸ばして、ローラが毅然とした態度で、私のためを思って、ルーカスさんに声を上げてくれるのが聞こえてきた。

その表情と言葉から、ルーカスさんが、今、私に言ってきている言葉は、全て本当のことで、私が知らない間にもずっと、今まで、二人が私のことを思って立ち回ってくれていたことを知る。

「……だから、余計な噂はなるべく耳に入れないようにしてるって？　それに対応するのは、お姫様自身であって、君達、従者の役割じゃないでしょ？　お飾りじゃなくなっているんじゃなくて、その立場が、最早、お飾りではいられないということに気づいていながら、本人に伝えていないのはおかしいいんじゃない？」

私が今まで見えていなかった『二人の優しさ』に驚いている間にも、目の前で、ルーカスさんは口元を緩めながら笑みを浮かべ。

次いで、何か言葉を続けようとして……。

「……っ、何も知らないくせに、勝手なことを言うなよ？」

と、私のことを一番に考えて怒ってくれたセオドアのその視線に、怯んだように、その口を閉じた。

「……姫さんが今までどれだけっ、紅色を持っていることで傷ついてきたと思っていやがるっ。本当のことを言ってても、信じてもらえない気持ちがアンタに分かるかっ？　勝手に失望して、勝手に嫌っておいてっ、皇帝からの評価が良くなったら一転、いきなり持ち上げ始めて！　……そんなもので、心変わりするような奴らだぞっ？　また、何か悪い噂が広まれば、無責任にも手のひらを

返してくるかもしれねぇ。慎重になって、何が悪いんだよ！　その時、傷つくのは姫さんなんだっ！」

目の前で、ルーカスさんの襟元を掴んで食ってかかるように、一歩踏み出してくれたあとで、真剣に私のためを思って、吠えるように言葉を出してくれるセオドアに……。

「……っ、セオドアっ、ローラ、あの、ありがとうっ。……ごめん、ねっ！」

と、私のことを考えてそう言ってくれているのは、二人の姿から痛いほどに伝わってきたから。

私を庇うように前に出てくれているセオドアの隊服の裾をぎゅっと握って「私は、だいじょうぶだよ」とおずおずと、その顔を見上げて伝えれば……。

セオドアは、今、ルーカスさんに向けてくれていた『鋭い視線』を、幾分も柔らかなものに変化させて、私の方をちらりと見やってくれたあと、ルーカスさんの襟元を掴んでいたその手をパッと離してくれた。

そんな、セオドアの姿に……。

私のことをいつも考えてくれている二人のことを、自分が怒らせたことには気づいてくれたのだと思う。

……その意図がどこにあるのか分からない以上は、もしかしたら、敢えて怒らすようなことを言ってきたのかもしれないなというのも、疑惑としてはまだ残っているんだけど。

セオドアに解放されて、少しだけ皺が寄った襟元を正しながら、ルーカスさんが……。

「……まァ、確かに。お姫様の今までを考えたなら、俺自身、軽率な発言だったことは認めるし、その点については謝るよ。余計な噂に振り回されてしまうかもしれない可能性を考えれば、過剰に守りたくなる気持ちも分からなくはない」

と、此方に向かって、さっきとは打って変わり、どこまでも真剣な声色で言葉を出してくる。

「でも、世間で噂されていたような、我が儘な皇女様っていう噂自体が違うものだと。今のお姫様を見れば、賢い人間ほど気づくだろうねっ？　お姫様に、尊い血筋として、二代遡れば皇族に繋がる大公爵の血も流れている以上、君主に相応しいのはお姫様の方なんじゃないかって言ってくる奴は、これから先、絶対に出てくるだろう。……そうなったら、近い将来、殿下との対立は決定的になって、避けられないものになる。今、お姫様に必要なのはそうなった時、戦えるだけの力を身につけることなんじゃゃない？」

そうして、私のことを考えてくれているような素振りでそう言われたことに、私はふるり、と首を横に振った。

「……あの、ありがとうございます。お兄様についているはずの、ルーカスさんがどうして、そこまで親切に、私にそのことを伝えてくれているのかは分かりませんが……。私は、お兄様以上に、君主として相応しい方はいないと思っています」

そもそも、セオドアやローラが怒ってくれる前に、一番、最初に、ルーカスさんにそう言われた時、ちゃんと、私自身の意思で、そのことを否定出来ていれば良かったなと思う。

まさか、未来では、お兄様の側近だったルーカスさんに、私が君主になる可能性を示唆されるだなんて思ってもなかったから、動揺していて、ちゃんと自分の気持ちを伝えられていなかった。

……世間がどう言ってこようが、この国に暮らしている貴族達から何を思われようが、いつ、どんなふうに、私を見てくるその視線が変わってしまおうが……。

正直に言って、私にとってはどうでもいいことだ。

『君主』の冠なんて、欲しいと思ったことも、今までに一度もない。

ただ、ずっと……。

(誰かに、心の底から愛してほしいと思っていた、だけで)

――そんな夢、今は叶わないと知っているから……。

それに、ずっと、小さな頃から見てきたお兄様の苦労みたいなものは、ウィリアムお兄様ではない以上、私にも分からないけど。

それでも、いつも全てのことを簡単そうにやってのける、その姿が……。

全部、丸ごと……。

お兄様の、才能だったとも、思わない……。

「……先ほど、私に君主の器がないといったのは、そういう意味も含まれています。お兄様は、小さな頃から、誰よりもずっと、努力をしてきた方なので……。今になって皇族として、ちゃんとし始めた私と、お兄様とでは比較対象にもなりません」

しっかりと自分の芯を持って、ルーカスさんにそう答えれば、ルーカスさんは、ここに来て今までで一番驚いたような表情を浮かべて私の方を見てきた。

「……自分で、政治を行おうだなんて欠片も思ってない？　お姫様は本気で殿下が君主になるのが相応しいって思ってるんだ？」

「はい」

真っ直ぐな私の言葉を聞いて、ルーカスさんが、その場で、はぁっ、と深いため息を溢すのが聞こえてくる。

……どこか、安堵したようなその姿に、びっくりしていると……。

「……そっかァ、参ったなァ！　そこまで、きっぱりと、君主になるかもしれない未来について否定されるとは思わなかった」

と、さっきまでの、誰の味方なのか全く分からないような雰囲気は鳴りをひそめ、苦笑交じりに声を出して、彼は私の方を、真面目な表情を浮かべながら、真っ直ぐに見つめてくる。

「……お姫様が、ちゃんと自分の意見を持っているのなら、たとえ、この先、何が起ころうとも大丈夫かな。試すような言い方をしたことについては謝るよ、本当にごめんね」

その上で、がばりと頭を下げて、潔く謝られたことに、目を瞬かせた私は……。

「……もしかして、お兄様のことを思って、私に……？」

と、ルーカスさんが『そんな話』を私にしてきた理由について、それしか考えられなくて、問いかけるように声を出した。

「……まさかっ！　全然っ！　俺が殿下のことを思ってとか、気持ち悪いだけじゃんっ？　柄じゃないことを、するつもりなんて全くないよ。……どうせなら、男につくより、可愛い女の子につく方が、楽しいじゃんっ？　それに、ほらっ、お姫様が君主になる未来を見てみたいと一瞬でも思ったのは事実だよ。そうなったら、それこそ、色んな人が救われる未来が訪れるかもしれないからねぇ……っ」

ふわふわと、雲のように掴ませない言い方をしながらも、私の問いかけに、ルーカスさんは、まさっきのように、色々なことを煙に巻いてくるような感じで、本気なのか、からかっているのか、どっちつかずのよく分からない状態に戻ってしまった。

その姿に、ルーカスさんの本心がどこにあるのか、掴めそうで掴めないという絶妙な距離感を取られていることには気づきながらも……。

一瞬だけ私に見せてきた、安堵したようなその表情は、きっと偽物なんかじゃなかったと思う。

「……それは、お兄様では、叶わない未来なんでしょうか……？」

だからこそ、私が女帝になることで、色々な人が救われる未来が訪れるかもしれないと、本音交じりに、ぽつりと言われた言葉に『本当にそうなのかな？』とは、思いつつも、質問してみれば。

「……殿下では、多分、叶わない、だろうなァ」

と、どこを見ているのか、私から視線を外したルーカスさんは、孤児院の部屋の中で無邪気に遊んでいる子供達に目を向けて、少しだけ、遠い目をしながらそう言って。

次いで、視線を戻したあと、くすり、と、私に向かって笑顔を向けてきた。

「……お姫様なら分かってると思うけど、うちの国は、ここ数十年の間に、急速に、奴隷制度を撤廃してたり、差別的なものをなくそうと動き始めてはいるものの……。根本的なところで、差別がなくなってる訳じゃないでしょ？　寧ろ、そういうのは、まだまだ、色濃く残っているのが当たり前の世の中だ」

その上で、かけられた言葉には、私自身も納得して頷くことが出来た。

私が今まで、皇宮で冷遇されてきてしまったこともそうだし……。

この間、アルとセオドアの三人で出かけた王都の街で、セオドアが『ノクスの民』であることで、心ない言葉に晒されてしまったのだって、そうだから……。

制度としては、そういうのが良くないという状況になってきているとはいえ、一般の人達の心情を変えられるところまでは、どうやったって至っていない。

「……はい、そうですね」

「殿下が、この国で皇族としての誇り高い金を持っている以上、殿下はこっち側には絶対に来ないだろうね？」

「……こっちがわ、ですか……？」

「うん、ここの孤児院みたいに、赤色を持つものを保護したり、積極的に助けたりね。そういう施策は多分、表立って打ち出すことはしないんじゃないかなっ？　周囲からの反発も凄そうだしねぇ

……」

そうして、穏やかな口調ながらも、私達に対して真剣な表情を向けてくれつつ、そう言ってきたルーカスさんに、私は「確かに、そうかもしれない」と、こくりと頷き返した。

巻き戻し前の軸でも、一番上の兄が、赤色を持つ者を積極的に助けたりするようなことはなかっ

たような気がする。

そもそも、ウィリアムお兄様が、赤色を持っている人間に対して『どういうふうな思いを持っているのか』ということは、未だに、私にもいまいち、よく分からないことだし。

二番目の兄であるギゼルお兄様は、世間一般の人達と同じように、赤を持つ者に対して、割と差別的な雰囲気も持っているというか。

紅色の髪を持っていることを引き合いに出して、私に、敵意とか、憎悪を向けてくる分だけ、分かりやすいんだけど……。

巻き戻し前の軸も含めて、一番上の兄は、私の『行動』を咎めることはあっても、私自身を……。

赤を持っていることを責めるような言動をしたことは、一度もなかったと思う。

それでも、きっと……。

将来、一番上の兄が戴冠式を行い、お父様の跡を継ぎ、皇帝という座に就いた時、仮に『赤を持つ者』を保護するように何らかの施策をしようと思ったとしても、周囲からの反発により難しいだろうというのは簡単に想像がつく。

……だからこそ『そこに積極的に取り組むだろうか』と言われたら、やっぱりそうは思えなくて、ルーカスさんのその言葉には、力強い説得力があった。

「……あァ、でも一個だけ。将来、殿下がそういう施策をするかもしれない可能性の芽は、残されていないことも、ないか」

「……？」

「……多分、あり得るとしたら……」

そうして、私と今、話してくれているその言葉を、一度、そこで区切り……。

（お兄様が将来、赤を持つ者を保護するような可能性がある……？）

と、ルーカスさんの言葉を不思議に思って首を傾げた私の方を、ジッと見つめてきたルーカスさんは、にぱっと、無邪気にも見えるような明るい笑顔を向けてきたあとで。

「……まァ、どっちにせよ、不確定なことだから。まだ、殿下が、陛下の跡を継いで、絶対に君主になるとも決まっていない訳だし、俺からはなんとも言えないかな」

と、誤魔化すようにそう言って、その話を、一方的に打ち切ってしまった。

……なんだか、色々と煙に巻かれたような気がしてならないんだけど。

ルーカスさんは、それっきり、パッと切り替えたのか……。

「……そもそも、一応、うちの家が支援して関わっている教会の中だとはいえ。誰に聞かれるかも分からない状況下でする話じゃなかったよな？　お姫様自身、体調が悪くて教会に来たって言ってたのに、長々と、俺の話に付き合わせちゃって、ごめんね」

と、私に向かって、謝罪をしてくる。

その言葉に、私のためを思ってくれて『じゃあ、そんな話を、わざわざしてこなければ良かったのに』と言わんばかりにローラとセオドアが、変わらずにルーカスさんに向かって、非難するような冷たくて厳しい表情を向けてくるのを、ルーカスさん自身も分かっているだろうに。

そういった視線について、全く何も感じないくらいに強い心臓を持っているのか、どこ吹く風で、あまり気にしていない雰囲気のルーカスさんに。

　この間、一緒に、ジェルメールに行った際にも感じたことだったけど。

　ルーカスさんって、本当に読めない感じで『マイペースな人だなぁ』と、実感する。

　それとも、敢えて、人のペースを乱すようなことをして、反応を見てくるようなタイプの人なんだろうか？

　何となく、この感じだと、周りの人の感情を分かっていなくて、不器用に行動しているようなタイプとは思えず、確信犯の気がする。

　そのタイミングで、ルーカスさんに書類を手渡されて『神父様に確認を取ってきます』と言って、この場を離れていたシスターが戻ってきてくれて、大丈夫だった旨を伝えてくれると。

「じゃあ、俺は帰るね？　後のことは宜しく頼んだよ」と、シスターに声をかけたあと、ルーカスさんの方から、私に向かって……。

「もし良ければなんだけど、通り道だし、お姫様さえ問題なければ、皇宮に帰る前に、これからウチにでも寄る？　飲み物とお菓子くらいしか用意出来ないけど、付き合わせちゃったお詫びくらいはするよ」

　と、一応、今の遣り取りで、自分が悪いことをしたという自覚は持ってくれているのか。

　そんなふうに声をかけてくれたルーカスさんのその言葉に、私はふるりと首を横に振って、遠慮することにした。

「ありがとうございます。……でも、もうそろそろ帰らないといけないので、私はこれで失礼させていただきますね」

「そっか。……普段、中々、皇宮から出ることが出来ないお姫様に、こんなことを誘って、お願いするのもあれなんだけどさ。もしも、お姫様が自由に外に出られるようになったら、また、この教会にでも遊びにおいでよ。今回は俺の話にばかり付き合わせちゃったからねぇ。……普段から、自分が持っている変えようがない身体的な特徴で、どうしても、周囲からの理解が得られず、忌避されてしまうことが多いこの教会の子供達にとっても、皇族でありながら、彼等と同じ立場に立って接することが出来るレディーがここに来てくれるってだけで、意味があるってこと。頭の片隅にでもいい、入れておいてほしい」

そうして、今、お願いするように言われた言葉に弾かれたように顔を上げれば、ルーカスさんの表情はいつも通り、その真意がどこにあるのか掴ませないようなものではあったものの。

……それでも、私をここに誘ってくれた意味が、今なら、ほんの少しでも理解出来たような気がして。

エヴァンズ家が、『赤を持っている者』に対してどういうふうに思っているのかまでは分からないけど。

ルーカスさんの口ぶりから、子供達のことを大事に思っているというのは本当のことなのだろうというのは、しっかりと読み取れたから。

何だか、少しだけ、ルーカスさんの人となりを知れたような気がしながらも、こんな私でも役に立つことがあるのなら、可能な限り、赤を持つ人達のために出来ることはしたいと感じて。

「……はい。その時は、またお邪魔させてもらいますね」

と、私はこくり、とルーカスさんに向かって頷き返した。

皇女として固めた決意

あれから……。

無事に何事もなく皇宮へと戻って、暫く自室で過ごしたあと、その日のうちに、ローラが呼んでくれたのか、慌てたように自室にロイが診察に駆けつけてくれた。

「皇女様、出先で倒れたというのは本当ですか……っ？」

その頃には、今日、馬車の中で倒れてしまったのが『一体、何だったのだろう？』と思ってしまうくらいに、私の身体はもう、殆ど問題がなくなっていて、元気になっていたのだけど。

皇宮へと帰ってきてから、私が体調を崩したことをローラに聞いて、一番に駆けつけてくれたアルと……。

普段から、私の部屋で一緒に過ごしてくれることが多いセオドアも心配してくれた様子で、私以上に、診察の結果が気になっているのか、私とロイの方を見ながら、そわそわしてくれているのを横目で見つつ。

ベッドの近くに置かれていた丸椅子にロイが座ってくれて……。

私自身は「ベッドで休んでいた方がいい」と、過剰にみんなが心配してくれたことで、部屋の中に置かれているベッドの上に、上半身だけ起こして座らせてもらっていた。

しかも、ローラが、いつでも休める格好で、シーツもかけておいた方がいいと気にしてくれて、過保護なまでに手配をしてくれたことで、本当に楽な格好で、至れり尽くせりの状態で診察を受けることが出来て、それが終わったら、あとはもう寝るだけといった感じになっていて……。

身体に異常などはないかと、私に向き合ってくれて、しっかりと診察をしてくれながら、ロイから質問されて、私は素直に、こくりと頷いたあと。

「……うん。でもね、そんなにみんなから心配してもらわなくても、もう、普通に過ごせるくらい元気になってるし。今日、立ち寄った診療所でも、お医者さんに過労だって言われたから、今はきっと、大丈夫だと思う」

と、ロイだけではなく、みんなにも大丈夫であることが伝わるように、声を出せば……。

心配そうな表情を浮かべたまま、私の状態を、あれこれと細かく確認してくれたあとで。

ロイがクッション性の高い丸椅子に座ったまま、ベッドの近くに立ってくれていたアルに対して。

「皇女様は大丈夫なんでしょうか？」と声に出し、問いかけるような、視線を向けてくれたのが見えた。

「今、症状が落ち着いているのだとしたら……、確かに、私の見立てでも、その可能性が一番高いと思うのですが。アルフレッド様、皇女様は本当に過労で倒れたのでしょうか？」

「……うむ、そうだな。アリスの魂に傷は広がっておらぬから、少なくとも、此方関係の話ではないな。恐らく、疲れが溜まっていたのであろう」

ロイが、私の自室に診察に来てくれるようになる前に……。

ローラが、もしかしたら『魔女の能力』の反動の可能性や、使う度に寿命が削られていってしまうことも、今回、倒れてしまった要因の一つかもしれないと、心配してくれたあと。

機転を利かせて、私達の事情を知らないテレーゼ様からの推薦で私の下にやって来たエリスに、この場に一緒にいないように別の用事を言いつけてくれていたから、私が魔女であることを知らない人が、この話を聞いてしまうという懸念はどこにもないんだけど。

魔法関連のことなどについては専門家のようになってくれているアルにも、私の状態を診てくれた上で、ハッキリと「その件については、恐らく関係ないだろう」と、言ってもらえたことで、やっと安堵したような表情を浮かべたロイは。

「……そうですか……」

と、一度、ホッと、安心するような吐息を溢したあとで。

「皇女様、夜はきちんと眠れていますか？」

と、私に向かって聞いてくる。

多分、お医者さんとして色々と聞かなければいけないからだと思うんだけど。

あまりにも、突然のことで……。

その言葉に、思わず、直ぐに返事を返すことが出来なかった私を見て、みんなの表情が一気に強ばったのが見えた。

「……あっ、だけど、心配ないよっ！」

ここにいる全員に、要らぬ心配をかけてしまったんだということに直ぐに気づいて、慌てて、みんなの気遣うようなその表情に、大丈夫だと言葉を返してから。

「眠れない時っていっても、そう頻繁にあることじゃないし。夢見が悪かったりして、目が覚めちゃうことが……、そのっ……、たまにあるだけで……」

と、おずおずと、普段の自分の状況について白状すれば。

未だ、心配してくれているような表情を向けたままではあったものの、その言葉には、納得したように頷いてくれたあとで。

「よく眠れる効能のあるハーブティーを、これから寝る前にローラに持ってきてもらってください。ホッと安心出来るようなリラックス効果があるものがいいですね。出来るだけ、自然由来のもので、皇女様の負担にならないようにしましょう」

と、ロイが、私に向かって「これからはそうしましょう」と優しい口調で、提案するように声をかけてくれた。

その配慮に少しだけ申し訳なく思いながらも、これ以上、みんなを心配させる訳にはいかないので、大人しく言われた言葉に素直に頷けば……。

――そこで初めて、やっとみんなも、安心したような表情を浮かべてくれた。

それから、少し落ち着いたタイミングで……。

ローラに対して、事細かにロイが……。

「アリス様が体調が悪くてしんどい時や、頭痛があったりする場合などは、此方の薬を飲ませてあげてください」

と、鎮痛剤なども含めて、飲み薬の入った瓶を処方してくれて、的確に指示を出してくれていたのが一段落したあと。

「あ、そうだっ……。あのねっ？　ロイが来てくれたら、聞きたいことがあったんだけど。もしかしたら、私にマナー講師や家庭教師がつかないように、診断書とかに書いてくれていたり、する？」

と、今まで、ずっと、私自身が気になって聞けずにいたことを、ロイに向かって質問すると。

私からそんな質問が来るとは、夢にも思っていなかったのか、目を見開いて、どこまでも驚いたような表情をしながら、ロイが私のことを見つめてくるのが見えた。

巻き戻し前の軸の時もそうだったけど、お母様の誘拐事件のあと、今と同じように、暫くの間、そういった『先生』と名のつくような人は、誰一人として、私の下へ来ていなかったから……。

隠しきれないロイのその表情から、やっぱり今までは私のことを心配して配慮してくれていたのだと『現状の把握』が出来た私は……。

「ずっと、私のことを思って、色々と動いてくれていたの、本当に知らなくてごめんね。ロイだけじゃなくて、みんなも。いつも、私が知らないところで、さりげなく守ってくれていて、私のことを考えてくれて本当にありがとう」

と、みんなに向かって、改めて頭を下げながら、お礼の言葉を口に出す。

今日、ルーカスさんと教会で会った時に言われたように、セオドアとローラが私のことを考えて、外の情報を必要以上には伝えないでいてくれたことなども含めて、みんなにはお世話になっていたのだと知ることが出来たし。

多分だけど、ロイだけじゃなくて、巻き戻し前の軸もお母様の誘拐事件があったあとは、暫くの間、侍女さえも、殆ど、私のお世話をしに来なくなって、ローラしか来ていないというような状況があったから……。

今回の軸では、お父様が、今まで『私に仕えてくれていた侍女達』の処分を決めてくれたということで、ローラと、エリス以外が、私の下に来なくなったというのも分かるんだけど。

あの事件以降も、日常的に、彼等から『暴言』を向けられてしまうことで、必要以上にストレスを感じなくて済むようにと、ローラが私の下に沢山来てくれる状況を敢えてつくってくれた上で、なるべく、他の人達が私の下へやってこないようにして、ずっと守ってくれていたんだと悟る。

巻き戻し前の軸は、それでも、いつまでもそうしておける訳じゃなかっただろうから、また、暫く経ってから、侍女や騎士、それからマナー講師なども含めて、私に対して悪感情を持っている人達が、私の下にやって来るような状況がつくられてしまっていたけれど。

それについては、ローラやロイではどうすることも出来なかっただろうから、仕方のないことだと思う。

「……でもね？　知らないで、守ってもらうばかりなのは嫌だから。これからは、皇女として、自分にしか出来ないことを、ちゃんと考えていきたいの」

その上で……。

今まで、私のためを想って動いてくれていたであろうローラやロイの気持ちも、今回の軸で出会うことが出来たセオドアやアルの気持ちも。

ここに来るまで、一切、知らないで過ごしていたことや、みんなに、密かに助けてもらっていたことの『有り難み』にさえ気づかないでいたことが、ただただ悔しい。

――だから、どうかこれからは、隠さないで教えてほしいと……。

お願いするように声を出せば、みんなの表情が、一気に驚愕したようなものに変わるのが見えた。

『それに対応するのは、お姫様自身であって、君達、従者の役割じゃないでしょ?』

今日、教会でルーカスさんと会った時に、話した内容が頭の中に浮かんでくる。

ルーカスさん自身はあの時、セオドアやローラに向けて、その言葉を言っていたけれど。

……あの言葉は、今。

私自身の心の中に、ずっしりと重く、のしかかってくるように響いていた。

セオドアやローラが私のことを思って色々と動いてくれていたのは、二人のそのあとの言葉からも、痛いほどに思い知らされたし。

きっと、多分……。

ゆっくりと、私のペースで動くことを尊重してくれていたみんなに、知らない間に、これ以上ないってほど、守ってもらっていたことを知ったから。

――だからこそ、改めてちゃんとしなきゃ、と思う。

（みんなに守ってもらうばかりで、自分が何も出来ないのは嫌だから）

今までは、私自身、何も動きを見せないことが……。

お兄様と敵対するつもりはないという『一番の意思表示』になると思っていた。

勿論これからも、お兄様が君主になることに反対なんてするつもりも、敵対するつもりもない。

でも、ルーカスさんがそうだったように、これから、私のことを取り巻くであろう周囲は、そうは思ってくれないだろう。

（私だけ家族の中で、唯一、お兄様達とは、半分、流れている血が違うから……）

一番目の兄と、二番目の兄を敵対させるよりも……。

半分だけしか血の繋がらない私と、一番上の兄を対立させるという構図の方が、敵対関係をつくりやすいと策を巡らせて、そこを突いてくる人は絶対にいる。

私と他の皇族達の『家族仲』が、そこまで良くないものだというのは、傍から見れば分かりきっていることだし。

派閥をつくって、将来の『皇帝』を後押しするつもりで、私達に近づいてきて懇意になった上で、有力な貴族としての実権を握ろうと……。

――必然、お兄様と敵対するのに、私自身が担ぎ上げられてしまうというのは、あり得る話だ。

寧ろ、有能なお兄様とは違って、私の方が御《ぎょ》しやすいと思われたっておかしくない。

私が今のまま、何も知らないで守られているだけの無害な人間を装っていたって……。

そういう人は、これから先、どこかのタイミングで、きっとやってくるだろう。

（その時、私の傍にいる人を、守れない主人ではいたくない……）

……巻き戻し前の軸でも、私のことを利用しようとして近づいてくる人はいたくらいだから、そのことに、もっと早く気づくべきだったんだ。

そのためには、教養も何もかもが、今の私には足りてない。

巻き戻し前の軸でも、家庭教師はつけてもらっていたけれど……。

その全てを、ちゃんと理解出来ていたとはとてもじゃないけど言えないし。

しっかりと、皇族として幅広い知識や素養を身につけて、これから先、皇族の一員として、私にも出来る役割を探していかなきゃいけないと思う。

（お兄様にも、お父様にも……。ちゃんと自分が、君主になるつもりはないことを、早いうちに伝えておくべき）

その上で、皇女として、これから先、私自身が有益であることを証明出来れば……。

今、こんなふうに不安に思う必要もなく。

将来、私の傍にいる人達の命も、きちんと保証される未来がくるかもしれない。

それに……。

『……レディーがここに来てくれるだけで、この教会の子供達にとっても、意味があるってこと。

頭の片隅にでもいい、入れておいてほしい』

ルーカスさんが、私に伝えてくれたあの言葉もそうだ。

……もしも、皇女としての役割をきちんと果たせたその先で。

私の名声が高まれば、ルーカスさんが言うように私があの孤児院に行くことで……。

あの孤児院だけではなく、赤を持つ者をしっかりと保護するような、そんな基盤が整えられる未来がくるかもしれない。

――きっと、地道な歩みにはなってしまうだろうけど、もしかしたら、それに賛同してくれる人を少しずつでも増やせるかも……。

赤を持つだけで、どれほど生きにくく『辛い思いを強いられるのか』ということは、誰よりも、私自身が一番よく分かっている。

だから、私自身が、今、私の傍にいてくれる、みんなに救われたように……。

私も皇女として、このままここで何もしないまま、手をこまねいて、やがて訪れてしまう未来に向けて対処するだけじゃなく、皇族としての自覚を持って、自分に出来ることからしていきたいと思うし。

彼らに対して、これから先、何か出来ることがあるのなら……。

(それが、自分にしか出来ないことならば、尚更……)

「……ちゃんと、皇女として。自分の役割を果たせるように、努力していきたいから」

今まで、そんなところまで、きちんと考えることは出来ていなかったけど。

こんな私にも出来ることがあるなら、と、おずおずと、みんなに『お願いする』ように、そう伝えれば……。

私の周りにいる優しい人達は……。

私の身体のことを一番に考えてほしいと言わんばかりに、揃って困ったような表情を浮かべたあと、それでも私の意思を尊重してくれるように、此方に向かって頷いてくれた。

あれから……。

夜も更けて、みんなが私の部屋からいなくなったあと。

ふかふかのベッドの上に寝転がって、眠りにつこうと何度か試みてみたものの、全く寝付くことが出来ず。

一人になると、今日、教会にある孤児院で『ルーカスさんと話したこと』を思い出したり、お祖父様と会って、お母様のことを話したことを思い出したりと……。

本当に、止めどなく、余計とも思えるような要らないことが、どうしても頭の中に浮かんできてしまって、私は、この場で、幾度も寝返りを打つ。

……さっきまで、セオドアも、アルも、ローラも、ロイも。

みんながこの部屋で私と会話をしてくれていて、どこまでも優しい温もりに包まれていたからこそ、余計そう感じてしまうのだろうか？

独りきりになってしまった『この部屋』は、途端に寂しくなってしまい、もの悲しい雰囲気が漂ってきていて、私はその寂しさをなるべく感じないよう、振り払うように上半身を起こした。

それから、ホッと一息つくために、さっきの診察でロイに言われて、早速、ローラが出してくれたハーブティーを飲もうと、ベッドの横にあるサイドテーブルの上に置かれているティーカップを持ちあげて、その縁《ふち》に口をつける。

静かな部屋の中で……。

さっきまで、みんなと話していた内容を、反芻するように思い出しながら……。

あのあと、皇女として、皇族の一員として、しっかりと行動に移していかなければいけないだろうからと、これから先のことを考えて、私に、家庭教師やマナー講師を再びつけてもらうように。

『診断書には、もう大丈夫だと書いてほしい』と、お願いをしたら、ロイが困ったような表情を浮かべて、私のことを見てきて。

――その意図が、今ひとつよく分からなくて、詳しく事情を聞けば……。

『……実は、皇女様についていたマナー講師なのですが、数日前に解雇されていて……』

と、言いにくそうにそう言われてしまい、私も驚いたんだよね。

どうして、そんなことになっているのか、全く分からなくて首を傾げるしか出来なかった私に。

『第一皇子様と、マナー講師の間で、何らかの遣り取りがあったらしいということまでは分かっているのですが、それ以上のことは、私達の耳にまでは、入ってきておらず……』

と、本当に申し訳なさそうに、そう教えてくれたロイの言葉を聞いて……。

私は、そこで、はたと思い出した。

(……こんな場所じゃなかったら、今までにも似たようなことがあったのか？)

そう言われて、エヴァンズ家での御茶会の時に、ウィリアムお兄様に、マナー講師に今まで辛く当たられていたことを伝えたのは私だ。

もしかしたら、それで……？

あれだけ私に興味なんて欠片もなさそうだった雰囲気のお兄様が、そんなことで動くともあまり思えないんだけど。

突然、ウィリアムお兄様の判断で、私についていた『マナー講師が解雇されてしまった』ことに関しては、他に、適切な理由が思いつかなかった。

（だとしたら、私のことを考えてくれたのだろうか……？）

——普段から、私とは一切、関わろうともしてこなかったお兄様がっ？

「だめだ……。本当に、分からない」

みんなが、この部屋からいなくなったあとも、色々と頭を巡らせて、こうして考えてみたけれど。

ただでさえ、殆ど表情に変化がなくて、その感情については読みに取りにくいお兄様が一体何を考えて動いているのかだなんて、精一杯、私に出来る限り、頭の中で理解しようと思ってみても、結局、その行動に答えは見つけられなかった。

だけど、もしも、お兄様が『マナー講師』を解雇したのだとしたら……。

恐らく、家庭教師については、そのまま同じ人が来てくれるだろうから、継続して頼むにしても。

マナー講師はお父様に言って、新しく私についてくれる人を探した方がいいんだろうな、ということだけは、少なくとも今の段階ではっきりしていた。

今日、公爵家に行って、お祖父様とどんな遣り取りをしたのかだとか、マナー講師のこととか。

私がこれからも、お兄様と敵対するようなつもりは一切なくて、皇女としての立場を弁えて、皇族の役割をきちんと果たせるようにするつもりがある、ということも……。

お父様には、話しておかなければいけないことが、沢山ある……。

(思えば、巻き戻し前の軸とは、随分、違う道を歩き始めてしまったな)

だからだろうか?

――こんなにも、今、焦燥感にも似たような、不安に襲われているのは……。

ローラが早速、今日から持ってきてくれていたホットのハーブティーは、どこまでも優しく温かい状態を保っていて。

紅茶と一緒に中に入れてくれているのは、カモミールの花を刻んでくれたもので、それで、紅茶に風味付けをしてくれているのは、私にも分かった。

そこに、さっきと同じように、ほんの少しだけ口をつけたものの。

考えることがあまりにも多すぎて、なんとなく、このまま眠れるような気分ではなくて、ベッドの上からそっと下りた私は、夜風に当たりたくて、ちょっとだけ部屋の外に出ようと、そのまま、ティーカップを手に取り、ぺたぺた、と床に足をつけ……。

廊下に繋がる自室の重たい扉を、キィ……っ、と開けた。

その先、で……。

私の部屋の前に、ずっと控えていてくれていたのだろうか、大きな身体が見えたかと思ったら、ぱちりと、セオドアと視線が合ってびっくりする。

(一体、いつから、こうして、夜の間も傍にいてくれたのだろう?)

――多分だけど、この雰囲気からいったら、今日だけじゃないよね？

「……セオドア？」

自室の扉を、パタンと閉めてから、完全に廊下へと出たあとで、動揺しながら、その顔色を窺いつつ、その名前を呼んだ私に、セオドアがどこまでも優しくて柔らかい表情を浮かべながら、此方に視線を向けてくる。

「……珍しいな。姫さんが夜、部屋の外に出てくるだなんて」

「セオドアもっ。……もしかしてだけど、私のために、いつも夜にこうして、扉の外で警護をするために待機してくれていたりする？」

……いつも、一体、どれくらいこうして、夜の間『この場所』に、立ってくれているのだろう？

今まで、一切、知らなかった状況に、一人、オロオロと慌ててしまって声をかければ、私の問いかけに、セオドアが苦笑しながらも、肯定するように頷いたのが見えた。

「……ご、ごめんね。これじゃ、私のせいで、セオドアが夜、眠れないよねっ？」

その姿に、思わずしょんぼりしながら、肩を落とし、落ち込んでしまう。

ローラやセオドアの優しさに甘えているだけじゃだめだって思って、自分も『頑張らないといけないな』と、決意を固めたばかりだったのに。

こんなふうに、毎日、夜の間、セオドアが私のことを護ってくれるつもりで、傍にいてくれただなんて予想もしてなくて、申し訳ない気持ちが湧き上がってきてしまった。

「俺が好きでやってるだけで、姫さんが謝ることでもねぇから、ごめんね、は禁止な？　それに、俺の場合、眠れないっつぅか、寝る必要がないだけだから」

……そのあとで、苦笑したままのセオドアの口から続けて、そう言葉が返ってきたことに、私は目を瞬かせ、今、言われた言葉をなぞるように、問いかける。

「……寝る必要……？」

「……あぁ。餓鬼の頃から、スラムみたいな汚いとこで暮らしてきて野宿が当たり前の生活だったからな。周囲の音とかで、必然、起きなきゃいけない状態に追い込まれることも日常茶飯事だったし。そのおかげで、物音が聞こえたら直ぐに目が覚める体質で、ちょっとの睡眠さえ出来りゃぁ、大丈夫な身体になってんだよ」

私の質問に、まるで、それが当たり前になっているのだと……。

何でもないように、吐き出されたセオドアの言葉で、今までセオドアが、どれほど、苦労して生活してきたのかということが、私にも手に取るように伝わってくる。

そして、その言葉の通り、きっと……。

本当にセオドアにとっては、それが当たり前の日常であり、もう、何でもないようなものになってしまっているのだろう。

——何でもないと思えるようになるまで、一体どれくらいの時間がかかったのだろうかっ？

痛みも、苦しみも、時が過ぎれば、忘れられるだなんて、嘘だ。

いつまでも、しこりになって、残り続けるものにそっと蓋をして……。

（これから、先……。出てこないように、ただ願うだけ）

こういう時、どんな言葉をかけたらいいのか、私には分からない。

私だったら、こういう時、何も言葉なんてかけなくてもいいから、ただ、誰かに傍にいてほしい。

それから……。

私とセオドアの間に、何も言葉などはなく、静かになった空間で、ゆっくりと、時間が流れていくのを苦には思わなかった。

セオドアと二人きりで、静かな空間で過ごすことは、全然、嫌じゃない……。

ローラが淹れてくれたハーブティーを飲むため、持ってきたティーカップにそっと口をつける。

温かいままのハーブティーが、そっと胸の中に優しく流れ込んでくるのを感じながら、ホッと一息、自分の口から吐息が溢れ落ちた。

——だからかな……っ？

「……私は、眠るのが、恐いなって思う時があるよ。深夜に一人で、冷や汗をかいて目が覚めて……。そこで、あぁ……、夢だったんだって、ホッと安堵するの」

今まで、一度も、誰にも言えなかった自分のことを、こうしてセオドアに向かって、素直に話すことが出来たのは……。

独り言のように、そっと出した私のその言葉に、セオドアもまた、私の隣にただ立って話を聞いてくれていた。

「……でもね、最近はそういうことが本当に減ってきているの。今日、倒れちゃった私が言うのも説得力がないかもしれないけど」

――巻き戻し前の軸の時は、独りぼっちの部屋を寂しいと感じていた。

今も、そう思う時は、完全になくなっている訳ではなく、こんなふうに眠れない夜に感じることもあるけれど。

それでも、随分、寂しかった部屋の中に温もりを感じられるようになったのは、いつも、私の傍にいてくれる、セオドアやみんなのおかげだから……。

「多分ね、みんなが傍にいてくれるおかげだなぁって、思うんだ……」

……精一杯、手のひらを伸ばしても、誰にも、その手を握ってはもらえなかった。

その寂しさを知っているからこそ、誰かが傍にいてくれるこの温かな場所を、ただ、守りたい。

いつだって、私に向けられてくる、その『手のひら』が良くないもので、たとえ、私を殺そうと狙ってくるものであったとしても。

それでも、きっと、前に進んでいかなきゃいけないし、立ち止まってばかりもいられない。

だからこそ、今、『恐い』のだと、セオドアに話を聞いてもらいながら、気づいた。

……巻き戻し前の軸の時、独りぼっちだった時には、一度も感じなかったこと。

――私の周りにいてくれる人達が大切だからこそ、失うのが恐いだなんてこと。

これから先の未来が『巻き戻し前の軸』とは、あまりにも変わりすぎて、不透明だからこそ。

今、どうしようもなく、不安な気持ちに襲われてしまっていること……。

巻き戻し前の軸の時には、一度もなかった状況が訪れていて、私が進もうとしているこの道が正しいのかどうかなんて、誰も教えてはくれないから……。

「……姫さんがそう思ってる以上に、俺等も、姫さんが自分の主人で良かったって、心の底から思ってるよ。仕えるべき主人が、従者のことを一番に考えてくれるような人で良かったって」

言い知れないくらいの漠然とした私の不安を、まるで感じ取ってくれたかのように、ぴったしなタイミングで、セオドアからそう声をかけられて、私は目を瞬かせながら、セオドアの方を見上げた。

「……っ、セオ……？」

私に対して向けてくれる、セオドアの瞳には優しさしか込められてなくて……。

まるで、内緒話をするかのような声量で、穏やかに笑ってくれるセオドアのその表情に、私は思わず見入ってしまった。

「……だから、俺等が、……俺がっ。いつだって望んで、姫さんの傍にいるんだってことは、決して忘れないでほしい。姫さんは一人じゃないんだし、俺のことを頼ってくれればいいから。今日みたいに言いにくいことでも、こうやって、俺の耳くらいなら幾らでも貸すことが出来るんだからな？」

――どうか、一人で抱え込まないでくれ。

と、柔らかくかけられたその言葉に、思わず、感極まって、泣き出してしまいそうになってしまった。

「……っ、うん、ありがとう。じゃあ、お言葉に甘えて、もうちょっとだけ。このまま、傍にいてもらってもいいかな……？」

そっと、セオドアから顔を背けたのは、嫌だったからという理由ではなくて、うるうるとしたこの瞳を見ないでほしかったからで……。

照れ隠しのように、こんなふうに、不安に感じた夜に……。

いつだって、独りぼっちだった夜に……。

本当は『誰かに傍にいてほしかった』のだと、今まで言えなかったことを、我が儘を言うつもりで、ドキドキしながら、お願いすれば。

「……そんな、可愛い願いごとくらい、お安いご用だ、ご主人。たまには、もっと甘えても、我が儘を言ってきても、誰も文句なんて言わねぇよ」

と、苦笑しながら、セオドアが柔らかい口調で私に向かって、そう言葉をかけてくれた。

――なんとも言えない、不思議な居心地の良さと、二人だけのこの空間に充満していく空気感が、あまりにも優しくて、離れがたくって。

自分の中では、結構、我が儘を言ったつもりだったのだけど。

セオドアにはあまり我が儘だとは思われなかったみたいで、ホッと胸を撫で下ろした私は、もう少しだけ、あと少しだけ、と、セオドアと一緒に過ごす『この時間』を引き延ばしたい気持ちになりながら……。

セオドアにかけてもらった言葉に甘えて、特に、それ以上、特別な会話を交わす訳でもなく、静かで温かいこの時間が、ゆっくりと流れていくのを、ただ楽しむことにした。

温かな時間と、密かな監視　――セオドアSide

シーンと静まり返った皇宮の廊下で、ゆっくりとした時間が流れていく。

――何にも代えがたい、柔らかな時間だ。

隣にいる主人は、医者に言われて、侍女さんが用意してくれていたハーブティー入りのティーカップを手に持っていて……。

その縁に、そっと口をつけながら、特別な会話を交わすこともなく、何も言わずに、俺の隣に立っていた。

互いに、一切の言葉がないというのに、不思議と、それが嫌じゃない。

ただでさえ、餓鬼の頃からスラムのような汚い場所で暮らしてきて、周りにいる全ての人間が敵だった俺からしてみれば、それは本当に、あり得ないことだった。

誰かと、長時間一緒にいるということを、苦にも思わない日がくるだなんて、全てのものに対して疑いの目を持っていて荒んだ目をしていた餓鬼の頃の俺が知ったら、きっと、『嘘だ』と断じて、信じてもくれないだろう。

……姫さんの従者になってから、俺は自分で望んで、夜も姫さんの警護にあたっている。

自分がほんの少しだけ睡眠が取れれば、それで、問題がない体質だということは言うまでもなく。

一般の騎士の時は宿舎だったが、姫さんの護衛騎士になってからは、姫さんの部屋に近いところに、わざわざ従者用の自室まで用意されていて、本当に今までの暮らしに比べたら雲泥の差くらいに違う。

侍女さんから聞いた、碌に働いてもいなかったという前任の騎士が使っていたことで、その部屋で『サボる』ために、掃除もマトモにせずに、ぐーたらな生活を送っていたのか、部屋に入った当初は、ほこりとかも溜まっていて、正直、汚い感じではあったものの。

俺と侍女さんだけではなく、何故か、主人であるはずの姫さんも一緒になって、誰よりも俺の部屋を一生懸命掃除してくれたことで、ベッドなんかもわざわざ、新品のものに俺のために買い換えてくれたりで……。

今まで、二人一組で使っていた一般の騎士のために用意されている宿舎ですら、マトモに寝る場所を確保出来て『有り難い』と思っていたくらい、野宿に慣れきった生活をして来た俺からすれば、とんでもなく豪華なものであり……。

そのことに嬉しい気持ちを持ちつつも、何となく、部屋に一人でいたところで落ち着かなくて、夜は、姫さんの部屋の前で、自然に警護をするのが日課になっていた。

ちょっと前まで、そんなことはしなくて『大丈夫そう』だったものも。

今じゃ、その意味合いが、大きく変わってきてしまっていることに、俺自身、気づいていた。

皇帝が、姫さんに対して古の森の砦を与えてきたり、色々と便宜を図るようなことをするようになってきてから。

――急激に、変わっていく周囲の目が……。

一斉に、姫さんの方を向き始めているってことも、姫さんの傍にいる俺が一番、実感しているし、理解していることだろう。

……必然、姫さんの護衛も、以前より、その必要性が増してしまっているということは間違いなく。

(俺がここに来た頃は、姫さんの周囲はあんなにも静かだったのに……)

今、俺の目の前で、姫さんが少し動く度に、紅色の髪の毛がふわふわと揺れて、そこからちらりと見え隠れする首筋は、どこまでも細っこくて、今にも折れてしまいそうなくらいに頼りない。

……皇族だから、皇女だからって。

――外野はいつだって、自分勝手に騒がしいだけだ。

そこに、姫さんのことを思いやってくれるような感情なんて、一切、乗ってない。

これから先、この小さな主人の肩は、一体、どれほどの重荷を背負わなければいけないのだろう。

『解っていながら、お姫様の耳をそっと塞いで、いつまでも鳥籠に閉じ込めて大事に守るだけなのは、騎士の務めの範疇を超えてるよ?』そんなことは、今更、念を押すように言ってこなくても、俺自身が一番理解していることだった。

此方の事情だなんて考慮する必要すらないと言わんばかりに、お構いなしに、好き勝手、言ってきやがって。

……姫さんに、皇宮のことも含めて、今の情勢を伝えてこなかったのは、意図的だ。

（……私は、眠るのが、恐いなって思う時があるよ。深夜に一人で、冷や汗をかいて目が覚めて……。そこで、あぁ……、夢だったんだって、ホッと安堵するの）

――本当は、姫さんから今、そのことを聞かなくても、その事実を、俺は知っていた。

扉一枚、隔てた、その先で……。

何度か、自室で姫さんが魘《うな》されたあと目が覚めて、安堵したように、小さな吐息を溢していることを……。

普通の人間とは違い、動体視力や聴力が桁外れの俺は『そんな些細な音』ですら、聞かないほうがいいと分かっていても、逃すことなく、全部、自分の耳の中に入れてしまう。

だけど、扉の外で警護をするしかない俺は、いつだって、姫さんに何もしてやることが出来なかった。

たった一枚の扉が、どこまでも分厚いもののように感じてしまう。

ましてや、自分から話した訳じゃないプライベートなことを、他人が勝手に知っていたらと思うと嫌だろう。

だから、その今にも消えてしまいそうなほどに、か細くて、泣き出してしまいそうな小さな音が、俺の耳に入ってきても、俺はいつだってそれを……。

（早く、主人が穏やかな眠りにつけるように……）

と、ここで、静かに祈ることしか出来なかった。

――姫さんが、一体どんな悪夢を見ているのかまでは、俺には分からない。

それでも、魘されてしまうほどなのだから、余程、辛いものなのだろう。

それに、俺自身、その現象には覚えがある。

それをずっと、今まで誰にも言うことも出来ずに、真っ暗な闇の中、一人耐えしのぐ日々が……。

……どれほど、辛いものなのか……。

そんなものは、経験した人間にしか分からないことだ。

今日、姫さんが倒れてしまったのだって、そういった日々の積み重ねで、知らないうちにストレスを溜めてしまっていたからなんじゃないかと思う。

だから、ゆっくりでいいと思っていた。

姫さんに、周囲の視線や情報を伝えて、余計なことで煩わせたくない。

周囲がどれほど速いスピードで目まぐるしく変わっていこうが、そこに合わせる必要なんて、全くない。

姫さんのペースで、徐々に色々なことを知っていくことが出来ればそれでいいって。

『それに対応するのは、お姫様自身であって、君達、従者の役割じゃないでしょ?』

──嗚呼、本当に……。

正論や、一般論という盾を振りかざして、清々しいまでに、こっちのことを煽ってきやがる。

いつだって、どこか……。

俺等のことを詮索するように接してくるあの男が、俺とはまた違った意味で厄介な手合いであることは間違いないだろう。

その本心が、どこにあるのか読めない分、余計……。

(今は、完全に姫さんの敵側にいる訳じゃねぇから、様子見しているけど。あの男がもしも、姫さんの敵に回ったら、その時は、躊躇なんてしない)

世の中に、ごまんと溢れている『汚いものや醜いもの』だなんて、見ないで済むのなら、極力見せたくはなかった。

これから先の、姫さんの目の前にあるものが、綺麗なものばかりであることを、ただ願う。

そう思うのは、確かに俺のエゴなんだろう……。

……これから先も。

たとえ、今、俺がやっていることが『騎士としての務め』の範疇を超えていようとも。

それが、姫さんのためになることだと言うのなら、俺は、どんなことも躊躇いはしない。

(俺に居場所を与えて救い上げてくれたのは、外でもない姫さんだから……)

最初は、ただ、単純に『赤を持つ者同士』っていう共通点があるからってだけなんだと思ってた。

事実、きっと、姫さんの目に俺が留まったのはそういう理由からだろう。

ただ、姫さんの傍に仕えるようになって、時間が経った『今』だからこそ、分かることでもあるんだけど。

多分、姫さんは、自分の護衛のことなんて二の次で、度外視した上で、最初、俺に、『護衛騎士っていう称号』だけを、与えてくれるつもりだったんだと思う。

俺が騎士になった時にはもう、姫さんは自分に『魔女の能力』が発現しているのを分かっていたし。

考えたくはないが、もしも仮に、能力の使用で削られてしまった寿命により『姫さんが死んでしまった』のだとしたら……。

そのあと、今、姫さんの護衛騎士を経験している俺の立場や地位は、多分、これから先も、不当に降格させられてしまうようなことはないだろう。

特に、魔女の能力での死亡は、どう足掻いたって防ぎようがないものだ。

そのことで、騎士として主人を守れなかったと過失に問われてしまうようなものでもない。

……多分、誰よりも、そのことを分かっていながら、姫さんは、俺のことを自分の護衛騎士に任命したんだと思う。

(この話で、一番得をするのは、どう転んでも俺だ)

道ばたに落ちている汚い小石同然だった俺を……。

――最初から、姫さんだけが、どこまでも救い上げてくれていた。

……今まで、一緒に過ごしてきたからこそ分かる。

あの日、あの時、あの瞬間、お飾りの皇女だと自分のことを卑下しながらも、姫さんは俺に対して自分のことをきちんと護衛してほしいとは、思っていなさそうな雰囲気だった。

そうして、そのスタンスは、今も変わっていない。

騎士である俺自身が、夜中も含めて、こうして、皇女という立場である姫さんの警護にあたるということは、本来なら、当たり前のことであるはずなのに、申し訳ないと謝罪してくる始末なんだから……。

――守っているようでいて、その実、いつだってこの幼い主人に守られている。

だから、姫さんが普段から過ごしている、この場所だけは……。

……いつも、温かなものであってほしい。

「……っ、うん、ありがとう。じゃぁ、お言葉に甘えて、もうちょっとだけ。このまま、傍にいてもらってもいいかな……？」

そうやって、おずおずと……。

全く我が儘にもなっていない主人の願いごとを、こうやって聞ける場所であってほしい。

隣に立っている姫さんに視線を向ければ、穏やかな雰囲気を纏わせながら、ホッと一息ついたあとで。

ジッと姫さんのことを見つめていた俺と目が合って、はにかんだように、ふわっ、と俺に微笑みかけたあと、姫さんが照れた様子で、俺の方を見つめてくる。

その視線が、いつまでも変わらないでいてほしいと願うのは……。

やっぱり、俺のエゴでしかないと、重々、解っていた。

＊　＊　＊　＊

翌日、姫さんの部屋の近くにあった部屋に向かった俺は……。

アルフレッドのために皇帝が家具も一式揃えた状態で、わざわざ用意してくれたという、まさに、特別待遇のこの部屋で。

万が一にも、二人でこうして会っていることが、誰にも気づかれることのないようにと、細心の注意を払いながら、アルフレッドと合流していた。

姫さんの部屋と同じくらい重厚な扉を開けて、部屋にいるであろうアルフレッドの姿を捜せば、特別、目を凝らして捜す必要もなく、丹精を込めて、棚の上にある植木鉢の中の植物に水やりをしていたアルフレッドと視線が合った。

これは、古の森の泉の近くに自生していた珍しい植物の種を、アルフレッドが皇宮でも育てるためにと、せっせと持ち帰ってきていたものだ。

元々、精霊王ということもあり、自然と共に過ごしてきていたアルフレッドらしく『植物のないところで過ごすというのは、どうにも落ち着かぬのだが！』と、皇帝に直談判のようなことをして、幾つもの植物の種を育てる許可をもらっていたから、それの世話をしているのだということは、俺自身も、パッと見ただけで直ぐに分かった。

中には危険なものもあるらしく、植物に不用意に触れてしまわないように注意をされつつ。

そんなに日にちが経っている訳でもないのに『もう、芽を出したのか』と、そのことに驚きながらも……。

俺達が人目を忍んで、アルフレッドの部屋でこうして会っているのには理由があって……。

昨日は、姫さんが過労で倒れてしまったことで、バタバタしていて聞けなかったことについて、俺は率直に、窓際の棚に置かれた日の当たる場所で、薬草にもなるという植物を、せっせと育てているアルフレッドに向かって、問いかけるように言葉を出した。

「……首尾はどうだった？」

「残念ながら空振りだ。今回も、特に怪しい動きは見せなかった」

ちらりと、俺の方を一瞥したあとで、鉄製のじょうろから水を出し、普段通りの会話をするかのように、また直ぐに、植物の世話をし始めたアルフレッドを見ながら、俺は「そうか……」と、小さく声を溢して、アルフレッドに近寄っていく。

――何もなかった分には、問題がないから、一先ずは、内心で安堵する。

「何もないなら、それに越したことはない」

「うむ。アリスがいない間も自分に出来る仕事はこなしているし、見た目上は普通の侍女だな。……昨日一日のタイムスケジュールについては、メモをしているが、一応、確認しておくか？」

「……あぁ、助かる」

そうして、俺が近寄ったことで、持っていた水やりのためのじょうろを、直ぐ近くの棚の上に置いたあと。

皇帝が、この部屋に用意したデスクの引き出しを開け、手のひらよりも小さいかもしれない一枚のメモ用紙を取り出してきたアルフレッドから、それを受け取った俺は……。

ザッと流し読みしたあとで、今の時季は使われていない部屋の中にあった暖炉にそれを投げ入れて、火打ち石で薪に火をつけ、紙ごと燃やし、完全に書かれている文字が見えなくなったのを確認してから、暖炉の火を消して、再度、アルフレッドの方に視線を向けた。

「いつも悪いな。お前に諜報みたいな役割を回して……」

「気にするな。僕自身、本来、補助魔法の方が得意分野でもあるし、表立っての戦闘よりも、こういった小回りの利くようなことをする方が、僕の性にも合っているからな。適材適所というやつだし、お互い様だ。……だが、僕から見ても、怪しいと思うようなことはあれど、ぱっと見、本当に、ただの侍女にしか見えないぞ？」

そうして、俺が、謝ったことについて、アルフレッドが「こういう役回りの方が自分に向いている」と言ってくれるのを聞きながらも。

俺は、アルフレッドの質問に、真剣な表情を向けて、こくりと頷き返した。

「嗚呼、ただの侍女なのは間違いねぇだろうな。動きが完全に非戦闘員のソレだ。まるで、動きがなっちゃいねぇから、こういうことすんのは、もしかすると、本当に初めてかもな……」

俺の言葉に、俺と同様、どこまでも難しい表情を浮かべたアルフレッドが……。

「……筋肉の動き、だったか？」

と、聞いてきたことに、返すように……。

「あぁ、姫さんと接する時、身体が不自然に、いつも強ばってんだよ。あれじゃあ、これから何かする予定ですって公言して歩いているようなものだ」

と、はっきりと告げれば……。

「……僕が言うのもあれだが、お前の眼も、本当に大概だな。まぁ、お前の場合は、その眼だけじゃなくて、経験によるものも大きいのであろうが」

と、一通り、朝の植物の世話に関しては、もうやり終えたのか……。

ボスンと、部屋の中にあったベッドの上に座って、俺を真っ直ぐに見つめてきながら、やれやれ、と、どこか、呆れたような仕草で、アルフレッドが此方に向かって声をかけてくる。

(姫さんの下に、皇后からの推薦で新しく入ってきた、侍女……)

元々、あの侍女は俺達とは違って、姫さんに心から仕えている人間ではなく……。

わざわざ、皇帝が此方に寄越してきたものだったから、最初から、俺はあの侍女に対して警戒心を持っていた。

ただ、最近の皇帝を見ていると、姫さんに対して、遅まきながらも歩み寄ろうとしている感じなのは俺にも分かる。

……それが、姫さんが能力を持ったからなのか、それとも、アルフレッドっていう強力な味方が姫さんの傍につくようになったから興味を持つようになったのかまでは、俺にも分からないけど。

——侍女さんの話じゃ、姫さんは生まれた頃から殆ど、両親からは放置されて、過ごしてきたらしい。

皇帝も、姫さん側から会いたいと願わなければ、自分からは会いにさえ来なくて……。

要望があってからも、直ぐに会ってくれる訳じゃなく、仕事で忙しいということを口実に、二、三日、時間を要さなければ、その面会も叶わなかったとのことで。

それも、姫さんのところに来てくれる訳じゃなくて、必ず姫さん側から、皇帝の執務室に行かなければいけなかったみたいだし。

——道理で、俺と出会ってからの姫さんが、業務的なことを告げに行く時以外で、殆ど、皇帝に会いに行こうともしない訳だ。

それでも、前皇后である姫さんの母親が、あんな事件で殺されてしまうまでは、姫さん自身が『皇帝からの愛情』を求めて、宝石などをお願いするという理由で、会いたいと面会の希望を出したりもしていたみたいだけど。

それさえしなくなってしまったということは、恐らくもう、姫さん自身が皇帝に対して何の期待もしなくなってしまったということに他ならないだろう。

(誰も味方ではなく、独りぼっちで、寂しい思いもずっとしてきたのだ)

今まで、交代制だったことで、ずっとは見てあげられなかったという侍女さんから言われた内容を聞けば、侍女さん以外の侍女達や、俺の前任の騎士も、マナー講師も、姫さんに対して暴言を吐いたりするようなことは日常茶飯事だったという。

一度、別の侍女が姫さんに対して、躾のためにと軽く叩くなどの暴力を振るっているのを目撃してから、侍女さんもかなり、そのことには敏感になって気をつけていたらしいから、姫さんに対する躾と称して行われる暴力は、侍女さんが傍にいる時には少なくとも誰もしていなかったと思うとは教えてくれたものの。

――そんなもので、許される訳がない。

侍女さん自身、専属の侍女として『アリス様のお側にずっと付いてはあげられなかったので』と深い後悔を滲ませていて。

何度も上へと進言したけれど『姫さんの我が儘や癇癪』を理由に、侍女さんが幾ら一人で頑張ってくれても、大多数の意見である姫さんの周りにいた侍女や騎士達の言うことを信じて、侍女長は一度も取り合ってくれなかったと言っていた。

その話を聞けば、姫さんの周辺が全て、あれだけ杜撰な管理下におかれていたのにも頷ける。

だが……、姫さんの我が儘や癇癪だって、姫さんのことを下に見て、貶すことしかしてこない攻撃的な大人達から、自分の身を守るための唯一の手段だったのだ、と。

抗う術も身につけていない、幼い姫さんが、周りに対抗するためには『それしか方法がなかったのだと思う』と……。

侍女さんから、その話を聞いた時、俺が来る前の姫さんの惨状については、憤りしか感じなくて、思わず、目の前が怒りで真っ赤に染まってしまいそうだった。

そうして、目の前で『母親である前皇后が殺されてしまった瞬間』を見て、全てを諦めてしまったのではないかと。

侍女さんの言っていることには、俺自身も、納得のいく話でもあって。

初めて、姫さんに出会った時、まだ十歳だというのに、それを一切、感じさせない雰囲気で、姫さんがどこまでも達観している様子だったこともそうだし。

物事に対して斜に構えている訳でも、子供らしく泣いたりする訳でもなく、自分の状況をただただ理解して、ありのままを受け入れて『情など欠片も持たなくていいのです。誰もやりたがらない仕事ですが、打算で就いてみる気はありませんか？』と、俺にそう提案してきた、姫さんのことを思えば……。

どうしても、俺は皇帝に対して、『今さら、何のつもりで接してきてるんだ？』という思いが拭いきれない。

姫さんの祖父でもある公爵が『あの男は合理的だ』と言っていたように、君主としては確かに優秀なのかもしれないが、そんなもので、姫さんが今まで傷つけられてきた事実は消えはしないんだから。

（それでも最近になって、姫さんの方へ向く、その瞳が変わってきているのは、悔しいが良いことには違いないだろう）

皇帝が姫さんのことを認めるだけで、世間の流れが一気に姫さんにとっては良い方向に傾いたのを、俺自身がこうして、姫さんの傍にいることで、体感している。

——だからこそ。

最近、姫さんに歩みよろうとしている皇帝が送ってきた侍女だから……。

当初の俺の予想とは違い、監視の意味合いが含まれていた訳じゃないのなら、下手なことはしないだろうと思っていたが。

どうにも、その動きがぎこちなく……。

まるで、何かを為出《しで》かすために姫さんの『侍女についている』とでも言わんばかりの態度が、あまりにも不自然すぎた。

「一人で、動いていると思うか？」

俺の問いかけに、ふるりと首を横に振った上で、アルフレッドがそれを否定する。

「お前も、そうは思わぬから、わざわざアリスがいない間、僕をあの侍女の内情を探るためにつけたのであろう？」

「……あぁ」

――そうして、返って来た言葉に、こいつも同じことを懸念していて、心底、ホッとした。

普段から、姫さんの部屋に全員が集まることが多いということもあって、これだけ一緒に過ごしているというのに、アルフレッドと二人きりになれる時間はそんなにも多くなく。

要点だけを絞って『姫さんがいない間、出来るだけ、あの侍女の動向を探っておいてほしい』と、短く伝えておいた俺の説明だけで、ここまで意思疎通を図ってくれるのは本当に助かる。

今回だけじゃなくて、姫さんがエヴァンズ家での御茶会に行った時も、アルフレッドはあの侍女の動向を探ってくれていた。

外に行く時も、侍女さんが姫さんに同行しない時は、基本あの侍女も、侍女さんについて仕事をこなしていて、『二人』で動くのは分かっていたことだから。

エヴァンズ家のあの男が、姫さんを連れ回して、ジェルメールに行った時は、アルフレッドも俺達の方についてきていたが……。

（まぁ、あの時は、第一皇子もついてきていたから、出来るだけ、二人とも、姫さんの傍にいた方が良かったしな）

「だが、そうなってくると、その裏にいるであろう犯人は、おおよそ絞られてくるだろうな？」

「あぁ……」

どこまでも険しい表情を浮かべたまま、ぽつりと吐き出されたアルフレッドの言葉に、俺も同意する。

最初はあの侍女も、世間一般の人間と同じように、姫さんが『鮮やかな紅色の髪』を持っているってことで侮蔑していて、嫌がらせみたいなことをするつもりなのかと思ったが。

……どうも、あの動きは『人に平気で嫌がらせが出来るような』そんなずる賢い人間がするような動きでもない。

(誰かに、命令……。もしくは、脅されて、必要に迫られている)

……そう、考えた方がしっくり来る。

一体、あの侍女が、姫さんに対して何をしてくるつもりなのかまでは、読めねぇが……。

後ろに『誰かいる』と考えたら、まだ、その行動にも納得がいく。

そうなったら、怪しい人間は、姫さんにあの侍女をつけることを推薦してきた、現皇后か……。

もしくは現皇后に、姫さんの傍に『あの侍女』をつけることを進言してきたような人間。

——つまり、皇后側に限りなく近しい人物、って、ことになる。

「……俺の勘が外れていればいいと、ここまで思ったのは初めてかもしれねぇ」

「僕もだ。……もしも、そうだった場合、その事実はあまりにも、アリスが背負うには重すぎる」

ただでさえ、皇族の中での姫さんの立ち位置は、今にも崩れてしまいそうなほどにいつだって不安定な崖の上に立っているようなものなんだ。

敵意をむき出しにしてくる第二皇子に、姫さんのことを助けてるのか、そうじゃないのか全く読めない第一皇子。

姫さんと他の皇族との『家族としての確執』があるってことは分かってはいたが、このまま、あの侍女が動くこともなく。

何事も起こらなければ、別に、何の問題もないんだろうが……。

どんなことが起こっても、いつでも対応出来るように、その覚悟だけはしっかりとしておいた方がいいだろう。

今の今まで静かにしていただけで、姫さんの義理の母親が敵であるというその可能性を、否定することなんて出来ない。

そして、どうやったってその事実を知ってしまったなら、今まで以上に深い傷を負い、ショックを受けてしまうのが避けられないと分かっているからこそ。

——姫さんに、そのことを伝えられないと感じてしまう俺は……。

最悪、起こりうる可能性が、万が一にも、姫さんの目と耳に入ってしまうことがないように。

何か事が起きたとしても、俺達だけで対処することが出来ればいいと思ってしまう。

「……とりあえず。今のところ、怪しい人間との接触はないのなら安心した」

今はただ、警戒することしか出来ないだけなのが、もどかしいが。

これ以上、どうすることもできないのも、また事実。

ただでさえ、第一皇子との確執を狙って、姫さんが君主になる方が相応しいとか言ってくる人間が、これから先、出てくるかもしれないっていうのに……。

これ以上、姫さんの負担になるようなことは起きてほしくないというのが、俺の本音だった。

持ちかけられた婚約話

その日、朝から珍しくお父様の呼び出しを受けて、私は手早く準備を済ませたあと、皇宮の中でもお父様が普段仕事をしている棟にある執務室に、セオドアと一緒に足を向かわせていた。

皇宮の廊下を歩き、普段、私達が生活をして過ごしている棟とは違い、こっちの棟では圧倒的に、侍女や執事などといった人達ではなく、皇宮で働いている官僚達などが多いんだけど。

最近になってお父様とほんの少しだけ和解するようなことが出来たからか、私が廊下を歩くその度に彼らの注目を浴びつつも、間を縫って、行き慣れたお父様の執務室の扉をコンコン、と、ノックをしたあとで、「入りなさい」とかけられた声に従って。

「お呼びでしょうか、お父様……」

と、部屋の中に入室すると、お父様のデスクの前に見知った顔が二人並んでいて、思わずびっくりしてしまった……。

「あ、の……？」

どういった用件なのか分からないままに、デスクの前の椅子に座り、対面にある扉の前に立っていた私の方を見つめてくるお父様の傍にいる、第一皇子《おにいさま》とルーカスさんの方を一度だけ見てから、戸惑いまじりに声をあげた私に……。

「アリス、どうした？　早く此方に来なさい」

と、真面目な表情を浮かべたお父様から声がかかって……。

私は、お兄様とルーカスさんから強い視線を感じながらも、お父様が座っているデスクの方まで足を進めた。

「お父様、私に何か用事がありました、か？」

そうして、私の方を見てくるお兄様とルーカスさんを横目に、彼等の方を気にかけながらも、おずおずと窺うように問いかけると。

相も変わらず、デスク周りには書類の束が山積みになっていながらも……。

その全てがきちんと整理されて置かれているだけで、誰の目から見ても几帳面だと分かるお父様が、どこか思案するような雰囲気を醸し出しながら、私を見て、難しい表情を浮かべ……。

「……あぁ……」

と、歯切れの悪い言葉を返してくる。

その姿は、まるで言いたくないことを言うような、そんな煮え切らないものであり。

そんなふうに、言葉をはっきりと出さずに濁すような態度を取ってくること自体が、皇帝陛下として、いつも堂々としていて威厳を感じられるお父様には珍しく……。

何か悪いニュースでもあるのかと、私はお父様と向き合ったまま、内心でビクビクしてしまう。

「あの、おとうさま……？」

「アリス、お前は今、自分の立ち位置をどう思っている？」

「……えっと？　私の、立ち位置、ですか？」

それから、ほんの少しの間、誰も何も喋らないという無言になった室内で、言うのをどこまでも躊躇ったような様子を見せてきたあと。

自分の顎に両手を置いて、真剣な表情に切り替わったお父様から「はぁ……」と、深いため息と共に、急に思ってもないことを聞かれて。

そのあまりにも突拍子のない発言に、お父様の言葉をただ、なぞるように復唱することしか出来なかった私は……。

突然の問いかけに、それが『どういう意味を持つ』ものなのか、自分なりに考えてから、慎重に言葉を発した。

「あの……。それは、皇族として、皇女としての考えでいいのでしょうか？」

「……あぁ、そうだな」

私の言葉に、お父様が煮え切らないながらも、真面目に返事を返してくれる。

未だに、お父様にどういう意図があって、ウィリアムお兄様とルーカスさんも来ている中で、今日ここに呼ばれたのか全く分からないながらも。

お父様に聞かれたその言葉で、この間、ルーカスさんと会った時に『これから自分がどうしていきたいか』という決意は固めたばかりだったから、私の考えを話す絶好の機会が訪れたことだけは確かだった。

しかも、今、この場所に……。

ウィリアムお兄様もいるということは、お父様だけじゃなくてお兄様にも自分の考えを知ってもらえるチャンスだろう。

「あの……っ、それなら、私も丁度、お父様に話さなければならないな、と思っていたんです。私はあくまで、これから先も皇女という立場から皇族の役割を果たしていければ、と思っています。……なので、将来、お父様の跡を継いで皇帝になるであろうお兄様のお役に少しでも立てるように、これからはちゃんと勉強するつもりですし。体調不良ということで、今まで止めてもらっていた講師を、再び、私につけていただけたら嬉しいのですが……」

この間、自分が感じたことをそのままに……。

皇女としての立場から出しゃばるようなこともせず、今後も、ウィリアムお兄様の邪魔をするようなことは一切するつもりはないと思っていることと。

なるべく、自分の身の周りにいる人達のことを守りたいと思っているからこそ、その言葉は、今ここで、お父様には出さなかったものの……。

お母様と出かけた先の馬車での事故で誘拐されてしまい、お母様が殺されてしまったあの事件があってから、ロイの判断で止めてもらっていた「講師に来てもらうことを再開させてほしい」と、お願いするように、お父様に向かって声をかければ。

「……ちょっ、ちょっと待てっ！」

と、まるで、理解が追いついていないような素振りで、頭を抱えて、此方に向かって、会話を止めるように手のひらを差し出してきたお父様に、私は思わず目を瞬かせてしまった。

「……おとうさま？」

──そういう話じゃ、なかったのだろうか？

なるべく一度で、分かりやすく発言したつもりだったのだけど……。

私の発言に、困惑したようなお父様のその姿に、私自身も戸惑ってしまう。

いきなり『自分の立ち位置についてどう思っているのか』と聞かれたことにも驚いてしまったけど、てっきり、そういう話だとばかり思っていただけに……。

違ったんだろうかと、一人、どうしていいかも分からない状態に押し黙って、椅子に座ったままのお父様の方を真っ直ぐに見つめていると。

「……ふはっ。くっ……っ、くくっ……っ」

未だ、難しい表情を浮かべたままのお父様とは対照的に、押し殺した笑いを隠しきれなくて……。

お父様のデスクの前にウィリアムお兄様と並んで立っていたルーカスさんが、此方に向かって、噴き出したように笑い始めたことで『どうしたんだろう？』と、私は困惑したまま、視線を向ける。

「……ふっ、ははっ、笑っちゃってごめんね、皇女様。俺達がいる場所で、こうして律儀にも、俺と話したことを、ちゃんと嘘偽りなく陛下に言ってくれるとは、まさか、思ってもなかったからさぁ……」

笑ったことで、目尻に少量、浮かんできたその涙を指先で拭うようにして、私に向かってそう言ってくるルーカスさんに。

私のことを心配してくれた様子のセオドアの冷たくて厳しい視線が突き刺さったのと同時に……。

「……ルーカス。まさかとは思うが、これは、お前の入れ知恵か？」

と、何故か、ルーカスさんの横で、静かに怒気を含めた声色で……。

お兄様が、ルーカスさんに向かって、問いかけるように声を出してきたのが聞こえてきた。

「人聞きの悪いことを言わないでよ、殿下。皇女様と偶然、出先で遭遇するような機会があってさァ、その時、俺とちょっとだけ話したんだよね？　大体、俺が皇女様を唆《そその》か す訳ないでしょ？　ちゃんと、全部、皇女様の意思だよ」

——そうだよね？

そうして、お兄様に問いかけられたことに対しても、どこ吹く風で、此方に向かって、ウィンクをするように、そう言ってくるルーカスさんに。

一体、どうしてお兄様が、突然、怒りだしたのかも、どうして、お父様が改めて私に自分の立ち位置について聞いてきたのかも、その意図も含めて……。

今、自分の目の前で遣り取りをしているルーカスさんとお兄様の会話の流れが全く読めておらず、オロオロしてしまった私は、ただそれに、正直に、こくりと頷くことしか出来なかったのだけど。

「巫山戯るな。……お前、今日、この状況をつくるまで、一体、どこまで計算して行動してきているんだ？」

私がルーカスさんに同意を求められて頷いたあとも、何故か、お兄様は怒りが収まらない様子で眉を顰めたままで、ルーカスさんに対しての追及の手を全く緩めることもなく、怒ったような口調のまま、ルーカスさんに厳しい言葉をかけてくる。

「……信用ないなァっ、本当に。この前、俺がお姫様に出会ったのは偶然だよ。その時に、この話をしたのは、まぁ、今日のことも見据えていた部分はあるかもだけど」

その言葉を聞いてもなお、お兄様の方を真っ直ぐに見つめながら、そんなふうに声をあげるルーカスさんに対して、未だ、怒り心頭に発している様子の兄は……。

それでも、お父様の手前、それ以上、怒りをぶつけるようなことは出来ないと思ったのか、押し黙ってしまった。

「……まさか、エヴァンズ家の子供に、一杯食わされるとはなっ。だが、全てのことを決めるのは、アリスだ。その意思を無下には出来ないし、そこだけは、履き違えるなよ？」

「勿論です、陛下……。皇帝陛下の名の下に、今、この場では嘘偽りなど、一切、述べていないことをここに証明します」

それから、大事な契約とかでしか出ることがない正式な言葉でお父様にそう言って。

にこり、と此方を見て、笑顔を向けてくるルーカスさんに……。

「……⁇」

未だ、話の流れの大半も読めていない私は、ただひたすらに困惑することしか出来ない。

先ほど、お父様から言われたことを推測するに……。

私がこれから皇女として『どういうふうにしていくつもりなのか』とか、皇族としての品位について聞かれていたのではなかったのだろうか、と思ってしまうんだけど。

お兄様はまだしも、そこに、どうして、ルーカスさんが関わってくるのかも分かっていない状態で、おろおろしながら、成り行きを見守ることしか出来ない私に、お父様が一度、わざとらしく、自分に注目を集めさせるため、コホンと咳払いをするのが見えた。

……そのあとで、私の方へと真っ直ぐに視線を向けたお父様の口から。

「そこまでお前が考えているとは思わなかった……。先ほどの皇女としてのお前の言葉は、ちゃんと後で話し合うとして、一先ずは、此方の用事から済ませてしまおう」

と、言われてから……。

「お前への、婚約の申し込みだ、アリス。しっかりと吟味した上で、どうするのかは、お前自身が決めればいい」

と、次いで、お父様から、私へと放たれたその一言は……。

——特大の爆弾だった。

「……えっと、婚約、です、か？」

今、お父様から言われたその言葉が信じられなくて、この場にいる、お兄様とルーカスさんとお父様の表情を何度か往復するように確認してみたけれど。

みんなが、揃いも揃って、真剣な表情を浮かべていたから……。

——これは、突然のドッキリとか、そういう類いのものではないのだろう。

「あぁ、婚約って言ってもさっ、あくまでも形式的なものね？　ゆるーく、かるーく、簡単に考えてくれて全然いいんだよ。大人になったら、皇女様の意思で破棄が出来るくらいのもの、って言ったら分かりやすい？」

私が一人、突然言われた婚約の話に戸惑ってしまっている間にも、まるでプレゼンをするかの如く、流暢に、ルーカスさんが私の困惑に答えるように声を出してくる。

お父様の言葉に、動揺しているのは私だけではなく、私と一緒に、この場について来てくれていたセオドアもだったんだけど……。

何か言いたげな雰囲気ではあったものの、お父様もいる手前、喋ること自体が許可されている訳ではない護衛騎士の立場だからこそ、何も言えない様子で押し黙りつつ。

多分、私のことを心配してくれながら、ルーカスさんに対して、どこまでも険しい表情を浮かべてくれているのが見えた。

あまり話したこともない人なのに、いきなり持ち上がってきた突然の婚約の話に驚いたのは勿論のこと。

（婚約するのに、簡単に破棄することが出来るだなんて……）

――それは、一体、婚約する意味なんてあるのかな？

と、今、ルーカスさんにかけられた言葉で、余計、意味が分からなくなってしまって、必死に頭の中で、その言葉を噛み砕いて解釈しようと試みてみたけれど、現状の説明だけでは、更に、こんがらがることしか出来ない私に。

「……今、皇女様が自分に足りていないものって、なんだと思う？」

と、ルーカスさんから、まるで謎掛けのような言葉をかけられて。

「たりない、もの……？」

と、その言葉を、一生懸命、頭の中で考えながらも。

……皇女である私に足りないものは、それこそいっぱいあると思うけど、と感じながら、ルーカスさんが、一体、何のことを言っているのかが分からず、直ぐには答えが出せなかったものの。

ややあって……。

「皇女として、皇族としての役割をこなすだけの、知識。……とか、でしょうか？」

と、私は、お父様やウィリアムお兄様の注目も浴びているこの状況下で、ルーカスさんに向かって、その質問に慎重に答えるように、声を出す。

巻き戻し前の軸の時も含めて、きちんと出来ていなかったという後悔があるから、皇女として、皇族として、どう考えても、勉強不足であるということは何よりも自分が一番分かっていることだし。

今は、それが、どんなものよりも一番、急務で必要だということは認識している。

だけど、私のその返答は、今、この場で求められているものとは違ったのか……。

――ルーカスさんが苦笑しながら。

「それはこれから先、皇女様自身が頑張れば、どうにでも出来る問題だから不正解かな。……正解は、後ろ盾だよ」

と、わざわざその答えについて、私に向かって教えてくれた。

「うしろ、だて……ですか？」

今の今まで、自分では全く予想もしていなかった回答すぎて、思わず懐疑的な声になってしまった。

だけど、ルーカスさんはそんな私を咎めることもなく、目の前で口元を緩め、ふわりと柔らかな笑みを溢しながら、こくり、と私に向かって一度、頷いたあと、そのことについて説明し始めてくれる。

「そう。……皇族でありながら、レディーの立場は現状、あまりにも弱すぎる。皇族として、これから先、ちゃんとした貴族の後ろ盾は持っておいた方がいい。じゃないと、直ぐに潰されかねないからねっ……。ちゃんと何かあった時に守りますよって、意思表示して、支持してくれる貴族を探しておくべき」

……はっきりと告げられたその言葉には、私自身も納得することが出来た。

そう言われてみれば、私には確かに支持をしてくれるような貴族なんて誰もついていない。

巻き戻し前の軸でも、碌でもないような人達が私に近寄ってきて、傀儡《かいらい》にしたいと思われるようなことはあったけど。

それでも、私の目に見えている範囲で、私のことを本当の意味で支持してくれるような『そういう人達』がついていなかったからこそ。

――私が犯罪者として濡れ衣を着せられて檻の中に捕らえられ、冤罪で、殺されてしまっても……。

多分、誰もそれを不当なことだと、そういう訴えを起こしてくれなかったことから考えても、後ろ盾として『貴族』がついてくれるっていうことは、それだけ大事なことなんだろうなと、今の私でも何とか理解することが出来た。

一番、今の私の後ろ盾についてくれる可能性があるのは、公爵家として、お母様の実家である、お祖父様の存在だけど。

お祖父様はその立場から、一言、何かを発しただけで、あまりにも今、平穏を保っている皇宮のバランスを崩しかねないほどの強大な影響力を持っているからこそ、常に公正であることが求められ、私の後ろ盾になろうと思ってくれても、表立っては動けないというか……。

それこそ、お祖父様が本気で私の後ろ盾になってしまうと、身内への贔屓だとも取られかねなくて、不用意に、周囲の貴族の反発も招いてしまう恐れがあるから、難しいんじゃないかな。

それでも、私に、何かあった時には力を貸してくれそうな雰囲気だったけど……。

たとえ、孫の立場であろうとも、この間、お会いした時、お祖父様本人が、そういった政治や皇宮のことについては、あまりにもシビアな目線を持っていたから、きっとお祖父様は、私だけではなく、皇宮のことも、国のことも加味した上で、その辺りの判断を下すだろう。

でも、だからといって、ルーカスさんが……っ。

この国の貴族の中でも、特に『有力な家柄』だと名高いエヴァンズ家が、私についてくれる理由ってなんだろう？

「あのっ、でも、それで……。なぜ、普段、お兄様の傍についているはずのルーカスさん、が……私を？」

困惑しながらも、その理由に関しては一切、心当たりがなくて、問いかけるように質問すれば。

「だからこそだよ。俺が、普段、殿下の傍についているからこそ、皇女様の婚約者になるのが一番適任なんだ」

と、真面目な表情を浮かべたまま、ルーカスさんがしっかりとした口調でそう言ってくる。

「……え、？」

その言葉に、一体、どういう意味なのかと首を傾げるしかない私に……。

「普段、殿下の傍についている俺が、皇女様の婚約者になることで。対外的に、殿下と、皇女様は仲がいいって、思わせられるでしょ？　……で。それは、皇女様自身が、殿下がこの先、皇帝陛下になるということを、実質的に認めているってことのアピールにもなる。それこそ誰かが、二人を敵対させることも出来ないくらいにね？　それは、レディーの今後を守るためにも必要なことだ」

その上で、まるで、芝居染みたような雰囲気で力説してくるルーカスさんのその言葉に、びっくりして、私は思わず言葉を失ってしまった。

「……っ、」

今まで、そんなことは、思いつきもしなかったんだけど。

確かにその方法なら……。

――必然、私の意図も周囲に酌んでもらいやすくなるのだろうか……？

そう考えたら、確かに私にとっても悪い話ではないのかもしれない。

お兄様と敵対する意思はないけれど、みんなのことも守りたいと思っている私にとっては、寧ろ、有り難い申し出のような気もする。

（あ、れ……？）

そこで、不意に、違和感に行き当たった。

「……じゃあ、さっき、お兄様が怒っていた理由、って……？」

この話で、ウィリアムお兄様自身は何も失わないどころか、私が明確に公の場で、お兄様と敵対する意思はないとアピールをすることで、得にもなると思うんだけど。

どうしてさっき、あんなにも珍しく、普段、無表情であることが多いその瞳を吊り上げてまで、ルーカスさんに対して怒っていたのだろうか？

（もしかして、私が将来、ルーカスさんと結婚するのが耐えられないからとか？）

ルーカスさんは、お兄様にとっては一番の側近だから、私みたいな人間とルーカスさんが形だけでも婚約するのが嫌だったとか、そういう理由なんだろうか……？

思わず、問いかけるように出した私の言葉を聞いて……。

お兄様がどこか、ばつの悪そうな表情を浮かべて、ふいっと、私から視線を逸らしたのが見えた。

「……勘違いするなよ。こうやって、だまし討ちみたいなことをしているルーカスが気に食わなかっただけだ」

「……??」

そうして、お兄様から降ってきた言葉は、私の予想していた内容よりもずっと斜め上のもので、ますます混乱してきてしまう。

「……お前と事前に話をした上で、婚約の話を断りにくくさせているコイツのやり口が好きじゃない」

そのことに、一人、戸惑って、混乱したままの私を見て、不憫に思ったのか……。

補足するように、お兄様からそんな言葉が返ってきた。

その言葉に、私は思わず目を丸くしてしまった。

(私が、婚約を断りにくくなるから、ルーカスさんのやり口が好きじゃない、？)

それって、まるで……。

何だか、お兄様が、私のことを思って、そう言ってくれているようにも聞こえてしまうよね？

(ううん、流石に、そんな訳はないかな……。まさか、お兄様が私のことを思って、そんなことを言ってくれるはずがないんだから、きっと、私の勘違いだよねっ！)

私が一人、もしかして私のことを考えてくれて『ルーカスさんに対して怒ってくれたのかな？』と、お兄様の行動について、そうなのかもしれないと感じつつも。

ぶんぶんと首を横に振り『セオドアやアルみたいに、私のことをお兄様が考えてくれている訳がないんだから、きっと勘違いだ』と直ぐさま、浮かんできた自分の考えを、真っ向から否定している間にも……。

「やだなぁ、殿下。俺はお姫様の意見も聞いた上で、誰にとっても一番いい方法を模索したつもりだよ？」

と、ルーカスさんとお兄様の会話の遣り取りは続いていて……。

「……嘘をつくな。この間、アリスをデートだと言って外に連れて行った時に、もう暫くしたら、アリスの意思に関係なく会えると思うとかほざいていたのはどの口だ？　あの時からもう既に、頭の中ではこうなる未来を、はっきりと描いていたんだろう？」

「……別に、嘘はついてないよ。実際問題、最終的に判断するのは俺じゃなくて、お姫様自身だからねぇ……。頭の中に、そのプランがあるだけじゃァ、ただの空想にすぎないでしょっ？　事前に教会で偶然出会ったことで、皇女様《レディー》の意見も聞けた上で、やっぱり俺の考えていたプランがベストなんじゃないかなって、思っただけで」

「……はっ、よくも、そんなにもつらつらと、舌が回るな？」

「お褒めいただき光栄です、殿下」

ポンポンと、軽快な遣り取りをしながらも、一応、皇太子という立場であるはずのお兄様に対しても一切、臆することなく、その遣り取り自体も、普段から、そうしているのだと分かる態度で。

眉を寄せて怒ったままのお兄様の言葉を軽くあしらって、ルーカスさんの瞳がお兄様から、私の方へと向いたのが見えて……。

急に視線を向けられたことと、穏やかな表情ながらも、ジッと、まるで見透かすかのように私の方を見つめてこられたことで、なぜだか分からないけれど、思わず、その視線にドキリとしてしまう。

「まぁ、俺がこうして皇女様の婚約者にならなくても、今後、皇女様を支持したいっていう、貴族は、きっと沢山出てくるとは思うよ。……婚約者候補もね？　でも、デメリットで言うなら、その全てから、皇女様自身が、自分にとって最良の後ろ盾や婚約者候補を選ばなければいけなくなるってことと。第一皇子《殿下》と争うつもりがないっていうその意思があるのなら、俺以上の適任者は、自分で言うのもあれだけど、これから先、いないだろうってことだ」

――今、この場所で、ルーカスさんのその話を聞けば聞くほどに、よく出来ているなぁ、と感じてしまった。

目の前で、傍から見れば十歳にしか見えない私にも分かりやすく説明してくれる『ルーカスさんのその話』の内容に、どこにも、問題視するような要素は存在しない。

文字通り、私のことも、お兄様のことも考えて持ってきてくれた話なのだろう……。

「……はい、そうですね……」

こくりと頷いた私に向かって、ルーカスさんが、柔らかい笑みを浮かべてくる。

そうして……。

「……うーん、そうだなぁ、六年。お姫様が、成人になる年の十六歳になるまでは、俺と婚約しておく。その先の未来はまた、お姫様自身が考えればいいとは思うんだけど……、それまでに好きな人でも出来たら、別に破棄してくれてもいいしね？　どう？　悪い話じゃないと思うんだけど」

「……っ、」

言われたその言葉に、思わず、びくり、と身体が震えてしまった。

「ろくねん……」

震える声色で、その言葉を復唱するように声をあげれば。

「うん？　どうかした？」

と、ルーカスさんが私に向かって首を傾げながら、問いかけてくる。

（……おちつけ……っ）

——十六歳になるまで……。

その数字に意味があるだなんて、当然、ここにいる全ての人間の中で、私しか知らないことだ。

六年後の未来、私は二番目の兄に殺される。

その未来が、今の段階で、回避出来ているのかどうかもよく分からない。

フラッシュバックをするかのように、あの日の情景が目の前に、あたかも今起きていることかのように、生々しく浮かんでくる。

ありもしない罪をでっち上げられて、自室に重々しくガチャガチャと鎧を鳴らしながらやってきた騎士達。

ウィリアムお兄様が戴冠式を行って、お祭りムードだった世間の波に逆らうかのように、暫くの間、暗い牢屋に捕らえられた私……。

そうして、ローラがどこから手に入れてきたのか、きっと命がけだったと思うんだけど、鍵を持って、鉄格子で覆われた私の牢屋の扉についていた錠を開けてくれて、それに気づいた騎士にローラが刺し殺されてしまったこと。

必死で、逃げている状況下で、二番目の兄であるギゼルお兄様に見つかり、そうして私は胸を刺されてしまったこと。

あんな思いはもう、二度と味わいたくないし。

何としても、少なくとも、ローラが殺されてしまう未来については、絶対に回避しなければいけない。

「いえ。ごめんなさい、なんでもありません。……あの、幾つか、聞いてもいいですか？」

……私は、目の前に浮かんできた六年後の、その嫌な映像を振り払うかのように、ルーカスさんの顔を真っ直ぐに見つめて声をあげた。

「……うん、いいよ」

私の問いかけに、ルーカスさんが、誠実に見えるような表情を浮かべて、こくりと頷いてくれる。

その姿を確認してから、私は今、婚約の話を聞いてから、なるべくそのことを頭の中で整理して纏めたあと、幾つかの疑問点について質問してみることにした。

「私と婚約している間、ルーカスさんは、その六年を棒に振りませんか？　その場合、私以外の誰ともお付き合いをすることも出来ない訳ですよ、ね？」

「……まぁ、確かにねぇ。でも。そうなってもその時、俺の年齢は二十二になっているかどうかだし。そこから、縁談の申し込みとかが、一切、ない訳じゃないと思うんだよねぇ。一応、侯爵家の人間だからね、俺も。……だから、それについては、皇女様が気にするようなことじゃないよ」

「……そう、ですか……。じゃぁ、質問を変えますね？　今の話を聞いていると、きっと、それは、私にとっても、お兄様にとっても利があるお話なのだと思うのですが。ルーカスさん……、エヴァンズ家にとっては……。このお話は、メリットのあるものなのでしょうか？」

「うん、間違いなくあるよ。エヴァンズ家にとっては、どっちに転ぼうとも、将来、君主に就く可能性の高い二人の両方ともを、支持することが出来る訳だからね。この間も似たようなことを言ったと思うけど、皇女様は最早、その御身《おんみ》に価値があるってこと、ちゃんと知っておいた方がいい」

「……っ、」

「気になることはもう、終わりかな？」

「最後にひとつだけ……。もしも、仮に、将来の私に誰か。政略的な事情で、いい人が見つからなかった場合、ルーカスさんは、そのまま私と結婚をすることになってしまうと思いますけど、それは、嫌ではないんですか？」

「……それ、はっ……」

私の口から出る複数の質問に対しても、特に嫌がる素振りも見せず。

その全てに、流暢に回答してくれていたルーカスさんが、最後の私の質問で、ここに来て初めて動揺したように、その口を閉じたのが目に入ってきた。

そんな質問をされるとは『夢にも思っていなかったのだろう』ということは、その表情からも、読み取ることが出来る。

「……こんな話を持ちかけてきている訳だからねぇ。当然、皇女様と結婚する心づもりはあるつもりだよ。ただ、今の皇女様のことを、恋人の対象として見られるかって言われたら……。まだ幼すぎて、そういう対象っていうよりは、妹みたいな感覚に近いって言った方が正しいかな？」

ほんの少しの間があって、どこまでも慎重にルーカスさんが出してくれた言葉に、私自身も、一先ず、ホッとする。

これで、もしも『好きだ』とか、そういう感情があるって言われていたら疑っていただろうし、きっと、びっくりしていただろう。

……それに。

今、まさに、そういうふうに言われたことで『ルーカスさんのその態度』が、一応、婚約関係を結ぶものの、これから先の未来で、私と結婚をすることになるとは思っていないのだろうというのは明らかだった。

(多分きっと、どこかで破談になるだろうって……)

――そう思っている、ひとの顔だ……。

ルーカスさん自身は「将来、私に好きな人が出来たら破談にしてくれてもいい」と、私の前ではそう言ってくれているけれど……。

婚約を、今、申し込んできた人が……。

これから先、政治的なものが絡んできて破談になってしまうとは言いにくいから、わざと、そういうふうに言ってくれているだけにすぎないのだとは思う。

最初から……。

将来、自分自身で『相手を選ぶことが出来る』だなんて、そんな考えは、私にも毛頭ない。

だから、私とルーカスさんの婚約がもしも、破談になるとしたら……。

お父様が私に、他にいい人を見つけたと、話を持ちかけてきた時だけだろう。

(多分、ルーカスさんは、お父様が、いつかどこかのタイミングで、この婚約を破談にすると思っているんじゃないかな?)

皇女である私の役割は、将来、君主になることがないのなら……。

この先、必然的に『政略結婚』という道が、皇女としては一番、国のために役割を果たせることになるだろうというのは、自分でも理解している。

……他国に嫁ぐことになるのか、そういうのまでは、まだ分からないけど。

（一応、こんな自分でも……。友好の証しとしては、強力な手段になるだろうから）

紅色の髪さえ、持っていなければ、本当はもっと役に立てたはずだけど。

――それはもう、今さらどうしようもない問題、だ……。

そして、今、この状況で……。

一応、私のことを考えてくれた上で、この話を決めるのは『私』でいいと、お父様も言ってくれているけれど。

こうして、お父様の立ち会いの下で、説明がされている以上。

……この話を、私自身が引き受けることこそが、最善だということには変わりがないと思う。

（お父様だってきっと、今の今まで、ウィリアムお兄様が自分の跡を継いで皇帝になる未来しか考えていなかったはず）

――そのために、お兄様は早い段階からずっと、帝王学を学んできたのだから。

私達が無駄な争いをするというのは、きっと望んでいないはずだ。

だからこそ、そういう意味でもルーカスさんの言う通り、ルーカスさんと私で、仮初めでも、今ここで『婚約を結ぶ』というのが、きっと、一番いい方法なのだろう。

「……っ」

そこまで自分で分かっているのだから、この話を引き受けるのが一番いいのだということは頭の中で理解していた。

でも、どうしても、今直ぐに答えを出すには……。

あまりにも考える時間が少ない上に、突然のことすぎて、頭の中が追いついてこない。

仮にもし、私が『結婚適齢期』になった時、お父様が、この婚約を破談にしなかったとしたら……。

ルーカスさんの一生をも『縛ってしまう』ことになる。

(私はその時、ルーカスさんを愛せる、だろうか……?)

そう思ったら、途端に、恐くなる。

誰にも愛されたことのない私が、恋愛面で、人を愛することが出来るのかどうかも、分からないから。

それに……。もしも、万が一。

——お母様みたいに、なってしまったら……っ？

色々なことが頭の中を過ってしまって、いっぱい、いっぱいになってしまいそうな頭の中で。

私自身、ルーカスさんのこと自体、まだあまり知らないし、その人となりもよく分からないということもあるんだけど。

それでも、全然知らない人と婚約を結ぶという状況と比べたら、凄く有り難い条件ではあるはずなのに、どうしてか、ツキン、と胸が痛むような思いもしてきて、自分のその感情に上手くついていくことが出来ず、おろおろしてしまう。

「あぁ、まぁっ。……今、突然、そう言われても頭の中も混乱するよなァ？」

そこまで、考えて、不意に、ルーカスさんから穏やかな口調で話しかけられたことでハッとした。

「お姫様が賢いから、お姫様に対してこんな話も普通に出来ていて、許嫁《いいなずけ》的な感じで親同士の同意の下、婚約が決められていたりってのもよくある話だけど。まだ幼い場合は、よく分かってないことの方が多くて、本来は、結婚のことだなんて、その年で考えることが出来る方が珍しいからさ。陛下からもゆっくりと考えて答えを出すといいって言われてるし、とりあえず、直ぐに答えは出さなくていいから、お試しで、暫く一緒に過ごしてみる？」

私が、一人、何も言えずに、この場で黙りこんでしまったのを見て……。

ルーカスさんから、そう提案してもらえたことで、私は心の底から安堵する。

「……はい、ごめんなさい。配慮していただいてありがとうございます」

「そう言われると、何ていうか……。もの凄く、イケないことを強要してるみたいで、本当に胸が痛くなるんだけど。まぁ、これからゆっくりとお互いのことを知っていこうか？」

そのあとで、苦笑しながらそう言われて、私はルーカスさんのその言葉にこくりと頷き返した。


それから……。

「アリス、あくまでも、今決める必要などはないからな？　エヴァンズからの持ち込みでその話があったというだけで、お前の後ろ盾が必要ならば、わざわざ、婚約者などとお前の将来を縛ってしまうものではなく、別で、私が用意することも厭わないのだから」

と、ルーカスさんと、私の遺り取りを断ち切ったのは、お父様だった。

デスクの前に置かれている椅子に座ったまま、コホン、と一つ、咳払いしたあとで、私を見たお父様は……。

「……今、互いに結婚する意思がなく、実際には、それが仮初めのものであろうとも。一度、取り決めた契約には、どうしても効力が発生してしまうからな……。それが、たとえ、最善の道のように思えるものであっても、わざわざ、エヴァンズの息子の言う通りにする必要などはないということは、頭の中に入れておきなさい」

……気休めではあるのだろうけど、私に向かって、そんなふうに声を出してくれた。

だけど、私でも、この婚約の話は、ルーカスさんから話を聞いた時点で、お兄様のためにも私のためにもなるものだと理解することが出来ているのだから。

きっと、誰よりも、お父様自身が一番この話の有用性については理解しているはず。

お父様が私のためを思って用意してくれた『後ろ盾』になってしまうと、そこにどうしても皇帝の圧力みたいなものが生じてしまう。

そして、私が皇族の子供として、お父様に『贔屓』されていると、貴族達や世間から受け取られてしまいかねない。

……そのことで、余計、いらない火種が生じてしまう可能性については、否定しきれなくなってしまうし。

普段のお父様だったらきっと、私の確認を取るまでもなく、この話を一も二もなく頷いて了承していたはず、だ。

国に多大なる貢献をしてきたという名門『エヴァンズ』ならば、私が『降嫁』する相手としては不足がないと思われるだろうし。

仮に、皇室の都合で、私の嫁ぎ先にもっと相応しい場所があると、他国などに行くことになって、この婚約が破談になったとしても、元々、エヴァンズ家もその可能性を考えてくれた上で、この婚約の話を持ちかけてきてくれているのだから問題もない。

もしかしたら、私の年齢がまだ幼いというのを考慮してそう言ってくれたのだろうか？

どちらにせよ、考える時間が欲しかった今の私にとって、それは有り難いことに違いなく。

「……はい、ありがとうございます、お父様……」

と、お父様にかけてもらった言葉に、こくりと、頷けば。

自分の言いたいことが言えて、納得したような表情を見せてきた、お父様が……。

「……しかし、お前がそこまできちんと自分のことを考えていたとはな。皇女としての自覚を持つというのはいいことだ。勉強がしたいのなら、お前の望むように、家庭教師もマナー講師も再度、来てもらうよう手配しよう」

と、私に向かって、そう言ってくれる。

その姿にホッと安堵しながら、お父様の提案に「ありがとうございます」とお礼を伝えて、こくりと頷いた私は……。

次いで、お父様の執務室にある、書類が沢山入っている棚の前に立っているお兄様へ視線を向けてから、未だ、ルーカスさんとの婚約について、セオドアと同様、よく思っていなさそうなお兄様に向かって、おずおずと問いかけるように言葉を出した。

「あの、それでっ……。お伺いしたいことが一つだけあったのですが、お兄様っ……」

「……どうした？」

まだまだ、お兄様に対する苦手意識のようなものが払拭出来ず、恐る恐る問いかけた私の言葉に、『俺に用事があるのか？』と言わんばかりに、此方を見てくるその視線は、相変わらず、無機質で冷たいもので。

その姿に、事前にロイから『マナー講師』の話は聞いていたものの……。

やっぱり、お兄様が私のために動いてくれているとはどうしても思えずに、一度、たじろいでしまった私は、それでもなんとか勇気を出して、続きの言葉を出すことに成功した。

「……今まで、私についていたマナー講師が、解雇されたと聞いたのですが……っ」

「……あぁ。お前の耳にも、もう入っていたのか」

私の問いかけに『何だ、そんなことか』と、視線だけでそう告げてきたあと、お兄様が平然と答えるのが聞こえてきて。

『ロイが言っていたことは本当だったんだ！』と、この話が、どこまでも真実味を帯びていることを知った私は……。

「では、お兄様が、マナー講師を……？」

と「どうして、わざわざ、そんなことをしたのですか？」という意味を込めて、問いかけるように視線を向けて声をかける。

私とお兄様の『マナー講師』は、確か同様の人だったと思うけど、既に、お兄様はマナー講師からマナーを教わるという課程自体を終えていて、直接、今は関わっている訳でもない。

それなのに、何故、お兄様がマナー講師をわざわざ解雇したのかと、ただひたすらに困惑するしかない私の方を真っ直ぐに見つめてきたあと。

お兄様は一度「はぁ……」と、どこまでも呆れたような深いため息をついてから、私を見て。

「……躾」

と、全く意味の分からない単語を口にする。

「……？　えっと……？　しつけ？」

その言葉に、動揺しながらも、何のことを言われているのか全く分からずに首を傾げた私が、お兄様に向かって、言われたことをなぞるように、オウム返しをすれば……。

「暴言」

「……？」

「……それから、わざわざ見えないところへの体罰だったな」

と、続けざまにお兄様が、普段、無表情なのに、ほんの少しだけ眉を寄せて険しいとも取れるような表情を浮かべてきたあとで、そう言ってくる。

「……、っ?? あの、おにいさま？」

「これらのことに身に覚えが一切ないとは、言わせないが？」

そうして、はっきりとそう言われて、思わずたじろいでしまった私は……。

「……！ あ、えっと……っ、それ、は……」

と、『躾、暴言、体罰』という三つのワードが示す意味に行き当たって、しどろもどろに声をあげた。

私と、マナー講師の二人しか知り得ないはずのその情報を、お兄様が知っているということは、わざわざ、マナー講師からそのことを聞き出したのだろうか？

目に見えて視線を彷徨わせ動揺してしまった私を見て、お兄様が深いため息とともに。

「……父上に相談の一言でもしていれば違っていただろう？ どうして今まで、黙っていた？」

と、問いかけてくる。

自分の能力で『時間を巻き戻している』私にとって、それは遠い記憶の彼方にあった出来事であり。

もう随分と、当時の傷も痛みも癒えていて、今は本当になんとも思っていないもの、だ。

だから、今回の軸では、別にそのことを隠していた訳じゃないんだけど。

そのことを、そのまま馬鹿正直に伝える訳にもいかないだろう。

――ウィリアムお兄様は、私が、魔女だということは知らないんだから……。

「……べつに、黙っていた訳では……」

思考を巡らせながら、どういうふうに答えれば、当たり障りがなくて一番いいことなのか、色々と考えた結果、適切な言葉が見つからなかった私に、怒ったような冷たい目をしたお兄様の視線が、ぴしゃりと、こっちに向いてきて、思わず、びくりと身体が震えてしまった……。

「まぁ、いい……。どちらにせよ、皇宮で働くには不要な人間だと判断したまで、だ」

お兄様がかけてくる、冷たいその一言に、私達が一体、何の話をしているのか、話の流れが全く読めなかったのか。

「……っ、ウィリアム、それは一体、どういうことだ？」

と、お父様が、問いかけるように私達の会話に入ってきた。

……瞬間、お兄様の冷たい視線は私から外れ、デスクの前に座っているお父様の方へ向いたことで、私は息が詰まるような心地から解放されて、ホッと胸を撫で下ろした。

「……アリスはずっと、体《てい》のいい躾という名目で誤魔化されて、マナー講師から鞭で体罰を受けていたんです」

「……なん、だとっ⁉」

それから、隠すようなことでもないと思ったのか、お兄様がお父様に対して詳しい事情を説明するように、声を出したことで。

お父様が、その額に青筋を立てて、一度、目の前の机を乱暴に叩いたかと思ったら、ガタリと椅子から立ち上がるのが見えた。

憤怒の形相をしながらも、私の方を向いたその瞳には、『本当なのか？』という確認の色が強く乗っていて……。

別に、故意に隠していた訳ではないんだから、申し訳なさを感じる必要もないんだけど、何となく大事《おおごと》になってしまいそうな雰囲気に罪悪感を感じつつ、そのことに、こくり、と頷けば。

「……っ！　今すぐ、ソイツをここに呼べっ！」

と、お父様が苛立ったように、お兄様に向かって声を荒らげたのが聞こえてきて、私はびっくりしてしまった。

「……あのっ、落ち着いてください、おとうさまっ。お兄様が、対処してくださったみたいですし、今は別になんともありません、ので」

そのことに、あわあわしながら、お父様を制止するように声をかければ……。

その場にいたみんなの視線が、私に一斉に向いて『一体、どういうことなんだ？』と問いつめられてしまうような雰囲気で、特にセオドアから心配の表情で見られたこともあり、思わず、その圧に耐えきれずに私は視線を逸らしてしまった。

「……なぜ、今まで私に一言も言わなかったんだ？」

「……その、今までは、お父様はいつもお忙しそうにされていて、必要最低限の会話をすることしか出来なかったので、私のことで煩わせる訳にもいかないな、と思いまして。それに、私が、お兄様より、不出来な人間であることは間違いないことですし、何度やっても物覚えが悪くて覚えられなくて……。マナー講師に、不出来で劣等生だと思われてしまうのは、当然のことだった、ので……。おかしい、とも思わなかったのです……」

最終的に、どこまでも尻すぼみになりながらも、お父様に向かって『伝えた言葉』は、確かに私の本心だった。

お兄様達と比べて『自分が不出来だった』ということは、変えようもない事実だから。

マナー講師からお兄様達二人と比べられて、いつも厳しくそう言われてしまうのも、体罰に関しても、ある程度は仕方がないことなのだと諦めてしまっていた部分はある。

それに、巻き戻し前の軸では、お父様やお兄様達には何を言っても信じてもらえなかったし……。

そもそも、巻き戻し前の軸では『味方』が殆どいなかったから、言うまでもなくではあるんだけど……。

仮に、今回の軸で、私の傍についてくれている人達に『このこと』を伝えても、その事実がお父様に辿り着くその前には、握りつぶされて、なかったことにされてしまっていただろう。

——宝石が盗まれたのだと本当のことを言っても、誰にも聞き入れてもらえなかったように。

たとえ、ローラに事実を伝えていたとしても、直接、お父様にそのことをローラが伝えられる訳がなく。

それを最終的に判断するのは、侍女長や、ハーロックになる訳で……。

……お父様にまできちんとその事実が届けられたとは、とてもじゃないけど思えない。

それに、六年も時を巻き戻せば、実際にそれを体験したのは本当にかなり前のことで。

巻き戻したあとの今の軸では、ロイが『マナー講師が来ないように』と止めてくれていたこともあって、被害もなかったというのが一番、大きいのだけど。

「……っ」

どこか後悔を滲ませたような瞳で、お父様が私を見てきたあとで。

「……ウィリアム、その事実を知っていて、お前は私に何の報告もなく、マナー講師を解雇にしたのか？」

と、お兄様に向かって、ほんの僅かばかり非難するように声をあげたのが聞こえてきた。

「いえ、今後、処罰に関してどのようにも出来るように、先に、解雇という通達を出しただけで、その身柄は、まだ俺の手の内にあります。今日、そのことを伝えようと思っていたのですが、アリスに問われたので、このような形での報告になってしまい申し訳ありませんでした、父上」

「……そうか」

そうして、お父様の質問に、しっかりと答えるように出されたお兄様のその言葉で、ほんの少しだけ溜飲《りゅういん》を下げたのか、険しい表情を、幾分か和らげたあと、お父様は私の方へと視線を向けてきた。

「……こんなことになってしまったのは、私にも責がある。次の講師は、きちんと吟味して選ばねばならぬな」

そのあとで、そう言ってくれたことに、内心で安堵していると……。

「……お二人とのお話中、申し訳ありません、陛下。見たところ、俺には、劣等生などと謂われのない言葉を受けるほど、皇女様がマナーが出来ていないとは思えないんですけど……。勿論、全部を見た訳じゃないので、全てが分かる訳じゃないですけど、傍から見ても、基礎はしっかりと、出来ているように思います」

と、私達の遣り取りに、ルーカスさんが横やりを入れるように入ってきて、お父様に向かってそう言ってきた。

「……何が言いたい？」

かけられた言葉の意図が分からなくて、首を傾げる私を置いてけぼりにして、ルーカスさんが次いで声を上げる。

「エヴァンズ家が、周囲の貴族からどういうふうに見られているかは、ご存じでしょう？　こと、マナーに関しては、ウチの母以上に淑女の象徴として見られている人物はいない。そんな環境で育っている人間なので、俺でも充分、皇女様にマナーについては教えることが出来ると思います。……知らない人間を雇うより、皇女様にとって負担の少ない知っている人間から教師を選ぶのも、一つの手かと思いまして」

私達の目の前で、ルーカスさんがかけてくれたその言葉に、珍しくお父様がグッと言葉を詰まらせるのが見えた。

「……確かに、それは、一理ある、が……」

「俺も、色々と家のことで、次期侯爵としての仕事を任されてはいるものの。実際、今はそこまで忙しくもありませんし……。丁度、さっき、婚約の話もあって、暫く一緒に過ごしてみる？　って、皇女様に提案したばかりですしね。週に何度か、此方に来て、皇女様にマナーを教えることは出来ますよ」

「……っ、私相手に、なかなか上手い交渉をしてくるものだな」

「陛下、もしかしてそれって、褒めていただいてます？」

「呆れているんだ。全くエヴァンズは、とんだ狸を育て上げたものだなっ。……アリス、エヴァンズの息子はこう言っているが、お前はどう思う？」

「……あ、はいっ。私は、そのっ、どなたが教えに来てくれても大丈夫です……っ」

交渉術に長けた様子で、にこにこと屈託のない笑みを溢しているルーカスさんに向かって、お父様が深いため息を溢して、言葉を出しているのを聞きながら……。

突然、話を振られたことで、私は慌てて、反射的に声をあげた。

ルーカスさんが、私のマナー講師になってくれるだなんて、今の今まで全く予想もしていなかったけど。

確かに、一度も会ったことがない『よく知らない人』が教えにきてくれるよりは、少しでも知っているルーカスさんが来てくれるのなら、私自身も、ちょっとは安心することができる。

ルーカスさんを見つめるお兄様の視線が、もの凄く……。

『一体、何を考えているんだ？』とでも言いたげに、ビシバシと、冷たく向いているけれど。

……ルーカスさんは相変わらず、お兄様のその瞳への耐性が強いのか、それら全てを華麗にスルーしながら、私の方へと、にこりと笑いかけて。

「皇女様、改めて、これから宜しくね？」

と、その手を差し出してきた。

「……っ、はい、ありがとうございます。よろしくお願いします」

私に向けられているものじゃないとはいえ、お父様に呼び出されてこの執務室に来てから、ルーカスさんとの婚約の話が持ち上がったことで……。

それ以降、ルーカスさんに対して、ずっと物言いたげに険しい表情を浮かべていたセオドアの視線と、更に、お兄様の厳しいようにも思える視線に、どこまでも居心地の悪いものを覚えながらも、差し出されたその手を取って、私はルーカスさんのその言葉に、こくりと頷き返した。

子供の頃の二人

「オイ、ルーカスッ。一体、どういうつもりだ……?」

話も終わり、お父様に挨拶をして、執務室から廊下に出たあと。

私とセオドアのあとを追うような形で出てきたお兄様が、怒ったような口調で、同じく廊下に出てきたルーカスさんに向かって声を上げたのが聞こえてくる。

そこまで、大きな声ではなかったものの、皇宮の廊下に響かせるには充分な声量で、お父様の執務室前ということもあって、私達以外に、全く人の姿が見えなかったことが幸いだったけど。

もしも、この場に誰か他の人がいたら、絶対に、何事かと注目を浴びてしまっていたことは間違いなくて……。

「……婚約のこと? それとも、マナー講師のこと? 何で怒られているのか、全く理解出来ないんだけど、殿下。俺は、あくまでも皇女様のためにも、殿下のためにもなる道を選んだつもりだよ？」

　それに対して、どこまでも飄々とした態度を崩すこともなく、ルーカスさんがお兄様に向かって反論するように声を出したのが聞こえてきて、何もしていなくても勝手に耳に入ってくるその遣り取りに……。

　私は、内心で一人、はらはらしながら、二人の遣り取りを聞いていた。

（……そういうのは、私がいない時に、お願いしたいですっ）

　──なまじ、自分もそれに関与している状態である分、余計……。

　ここまで、口を挟まないようにと気をつけながら、私の傍に控えてくれていたセオドアがいなかったら、きっと、もっと居心地が悪かっただろう。

「俺のためにも、アリスのためにもなる道だと……っ？　体のいい言葉で、俺が誤魔化されると思うなよ？」

「ソイツは、俺も同感だ。……アンタ、一体、何を考えていやがるっ？」

　そうして、声を低くしながら、怒るようにルーカスさんに向かって言葉を出してきたお兄様の追及に、同意するかの如く。

　私の直ぐ後ろに立ってくれていたセオドアも、多分、私のことを心配してくれた上で、一緒になってルーカスさんの方へと怒った表情で『私達の婚約について』どういう意図があったのかと、問いかけてくれると。

「……あーあ、こういう時だけ、二人で結託して手を組んじゃってさァ」

と、二人から一斉に非難されるように言葉を向けられたルーカスさんが、どこか仲間はずれにされてしまい『拗ねた子供のような雰囲気』で、口を尖らせたあと。

「殿下も、騎士のお兄さんも……。こんなにも寄ってたかって、俺に問い詰めてきてさぁ。本当、この人達、嫌になっちゃうよなァ。……ねえ？　お姫様もそう思わない？」

と、困ったような表情を浮かべて、私に、助けを求めるかのように話を振ってきた。

まさかそこで、私に向かってルーカスさんが話しかけてくるとは予想もしていなかったため、動揺で、びくりと反射的に身体が跳ねたあと。

「……え、っと……あの」

と、突然の問いかけに、何て答えればいいのか分からなくて戸惑う私を見て。

尖らせた唇を元に戻したルーカスさんが、一転、にこりと人懐っこい笑みを浮かべてくる。

何ていうか……。

——どことなく、この状況を楽しんでいるようにも見えるのは、私の気のせいなんだろうか？

「別に俺は、この犬と手を組んだつもりはないし、今後もそうなるつもりもない」

「俺も、それには同意見だ。たまたま、偶然、意見が一致したってだけで、結託するなんざ、万に一つもあり得ねぇよ。それより、会ったばかりなのに、図々しくも姫さんと婚約しようとするのも意味が分からねぇんだけど。何なんだ、コイツは。……つぅか、あんた第一皇子だろ？　だったら、コイツの手綱くらい、ちゃんと握っておけよっ！」

「……この馬鹿は、俺がどれだけ注意しても勝手に動き回るんだよ。いっそ、エヴァンズ家に熨斗《のし》をつけて返品してやりたいくらいだ」

「……ねぇ、殿下。馬鹿って俺のこと？　ちょっと酷すぎない？　多少どころか、俺ってば、かなり有能な人間だと思うんだけど」

そうして、そのまま会話が途切れることもなく、自分達の自室がある棟まで、何故かみんなで帰ることになってしまって。

そのことに緊張しつつも、一人だけ身体の小さい私に合わせてくれるように、セオドアだけじゃなく、みんなが私の歩くペースで、ゆっくりと歩いてくれていることに気づいて有り難いなと感じつつも。

私を挟んで、まるで言い合いをするかのように、水と油みたいに相容れないお兄様とセオドアの遣り取りを聞いて。

ここまで、二人から……。

特にお兄様から、一方的に酷い言われようだったルーカスさんが、目の前で『傷ついた』と言わんばかりに、ショックを受けた様子でオーバー気味に肩を落としたのが目に入ってきた。

その芝居がかった雰囲気で、実際には全く『本人には、ダメージはないのだろう』ということくらいは、私にも直ぐに分かったんだけど。

もしかしたら、このくらい逞《たくま》しくないと、お兄様の傍ではやっていけないのかもしれない。

「それに、俺の提案は実際問題、理に適っている話だから。それに対して、指摘するところもなかったから、陛下も、最終的にはこの案を受け入れてくれた訳だしね？」

お兄様とセオドアに厳しい表情を向けられても『何のそのっ！』といった感じで、おどけた素振りを見せながらも、今、此方に向かって力説してくるルーカスさんは、私から見ても正しいことを言っているように思えた。

この場で『セオドアが怒ってくれている』のは、今までの私の境遇が悲惨だったせいもあって、私に近寄ってくる人を、必要以上にきっと、裏があるのかもしれないと警戒してくれてのことだと分かるんだけど……。

お兄様はどうして『この件』について、ルーカスさんに、そんなにも当たりが強いんだろう？

まだ、ちょっとしか関わっていないけど、お互いの遣り取りを見る限りでは、二人の間に『信頼関係』みたいなものが一切ない訳ではないと思うし。

寧ろ、お兄様は嫌いな人間がいたら、その傍に置くことすら許さない気がするから……。

——別段、ルーカスさんがお兄様に嫌われている訳じゃないとは、思う。

それに、ルーカスさんの言うとおり、お兄様にとっても、この話は決して悪い話じゃないはずで。

……ただ、なんとなく、二人の会話からも、ルーカスさんは誰にも相談することなく『この件』をお父様に持ってきたみたいだと、私でも察することが出来たし。

お兄様はさっき、お父様もいる前で私に配慮してくれるような感じで『ルーカスさんのやり方が気に入らない』と言ってくれていたから……。

（……やっぱり、だまし討ちみたいな感じじゃなくて、事前に相談してほしかったとか、そういうことなのかな？）

私達、三兄妹の中でも、ウィリアムお兄様が一番、お父様に似ている部分があるし。

お兄様が巻き戻し前の軸も評判が良く、公正に、物事を判断することに長けている人だというのは有名だったから……。

ルーカスさんが自分に何も言わずに、勝手に動いたということが嫌だったのかも。

それに……。

将来、自分の利益にもなる話だとはいえ、今日、その話を聞かされて、特別、仲も良くない妹の私とルーカスさんの婚約の話が、突然、持ち上がってしまったことには、少なからず驚いただろうし。

私が『お兄様と敵対する意思はない』というのも、私自身は、巻き戻し前の軸の時から思っていたことだったとはいえ、今まで、お兄様にもお父様にもそういった話をする機会自体がなかったから。

私がそんなことを思っているというのも、今日初めて知ったであろうお兄様からしたら、何か裏があるのかと勘ぐられて、慎重になってもおかしくはないことなのかもしれない。

「あの、お兄様……。私は本心で、お兄様が将来お父様の跡を継ぐのに相応しいと思っています」

――だから、絶対に、自分が跡を継ごうだなんて思ってもないので、どうか、安心してください。

という、意味も込めて、おずおずとお兄様の顔を見上げて、そう伝えれば。

「……馬鹿正直にいちいち、お前にそんなことを言われなくても、それが本心かどうかくらいは分かっている」

と、言われてしまった……。

気づけば、普段、一緒にいることのない私達が揃って皇宮の中を歩いているということで、思いっきり目立ってしまって、皇宮で働いている道行く人達が、二度見をするように『珍しいものを見た』と言わんばかりに、私とお兄様の方を見てくる状況に、居心地が悪いなぁと思いながらも。

そのあとで、深いため息を吐いてから、どこか『そういうことじゃない』とでも言いたげな視線を送ってくるお兄様に、ルーカスさんが、にぱっと明るい笑みを溢しながら、私達の会話に入ってくる。

「はいはい。殿下のその苛立ちに関しては、もっと、個人的な感情から来るものでしょ？　八つ当たりに近い感情だなんて、いつも、殆ど無表情で、その感情を見せない殿下らしくないよ？」

「……っ、！」

「……？」

それから、ルーカスさんのその言葉の意味が分からなくて首を傾げた私は、目の前で、お兄様が痛いところを突かれたと言わんばかりに、一瞬だけ苦い表情をその顔に浮かべるのが見えて、そのあまりにも珍しい姿に目を瞬かせた。

「おにいさま……？」

だけど、お兄様のその表情は、私が問いかける前にはもういつも通りに戻っていて。

「……何故、俺がお前に八つ当たりをする必要がある？　馬鹿なことを言うな」

無機質で、どこまでも冷たい視線をルーカスさんに投げかけて、お兄様がはっきりと私達の前でそう口にする。

「あれ……？　俺は別に、殿下が誰に八つ当たりをしているのかまでは言及していなかったはずだけど？」

その言葉を聞いてもなお、どことなく、楽しんでいる様子のルーカスさんが明るい表情のまま、そう伝えてくれば……。

深いため息とともに、何の感情も乗っていない様子のお兄様の口から、突き放すように……。

「それで俺のことを揺さぶっているつもりか？　巫山戯るのも大概にしろ」

という言葉が降ってくる。

「……あーあ。折角、珍しい姿が見えたと思ったのに、もう戻っちゃったかぁ……」

……心底、残念そうな口ぶりではあるものの。

本当に、そうだとは思っていない様子で、お兄様から、どこまでも冷たい態度を向けられても、ルーカスさんの顔色は、良い意味でも悪い意味でも一切変わることがない。

ただ……。

「……本当に、困ったひとだよねぇ、殿下は」

と、続けて、苦笑しながらそう言ってくる姿からは、嫌な感じは一切しなくて……。

どちらかというと、気心の知れた人に対する呆れたような物言いに近いだろうかと、私はただでさえ読みにくいルーカスさんの『細やかな感情の機微』を、今ここで悟る。

いつだって、私には全然、何を考えているのか全く分からない『お兄様の些細な感情の変化』も分かるくらいに。

それだけきっと、ルーカスさんが、お兄様のことを本当に良く知っているということの証しなのだろう。

皇宮の廊下を歩きながらも、目の前で繰り広げられている友人同士としての二人の遣り取りをジッと見つめていたら、私の視線を感じとったのか、ぱちりとルーカスさんと目が合った。

「……お姫様、俺の顔に何かついてる？」

「……あ、いえ。私では分からないお兄様の些細な感情の変化も、ルーカスさんには分かるんだなあって、思って……」

「……あー、まぁ、殿下とは腐れ縁みたいなものだからね」

「オイ。……さっきの話を俺は認めてないし。違うってことを明確に、態度に出していただろうがっ？」

「そりゃァ、幼い頃から一緒に過ごしていたらねぇ」

お兄様の言葉を無視して、私にだけしか視線を向けてこないルーカスさんが、続けてそう言ってきたあとで。

「人の話を聞けっ……！」と、お兄様が怒ったような口調で、声をかけるのを。

聞こえているだろうに、全く動じるような様子もなく、ルーカスさんは私に、にこりと人好きのするような顔で笑いかけてくる。

その状況に、私自身『お兄様のことを無視するような感じになってしまって本当にいいのかな？』と、不安な気持ちが出てきてしまったものの。

初めて聞くお兄様の話に、好奇心がそそられてしまって、ついつい、ルーカスさんと話すのを優先してしまった。

「ルーカスさんは、お兄様と一緒に過ごして長いんですか?」

「うん、そうだねっ。……殿下とは五歳の時に初めて出会ってから、以降、ずっと幼なじみやってるから」

――お兄様が五歳の時ということは、まだ私が生まれてもいない頃の話だ……。

それが本当なら、もうかれこれ十一年くらいは一緒に過ごしていることになる。

「じゃぁ、ルーカスさんは私よりもお兄様と出会ってからの期間が長いんですね」

ぽつり、と呟くように問いかけたその一言に、ルーカスさんが驚いたような表情をして、私の方を見つめてくる。

「あー。考えたこともなかったけど、そうだね。幼い頃の殿下ったら、生まれてくるきょうだいにプレゼントをしたいからって、四つ葉のクローバーを俺と一緒に探すのを手伝ってほしいって言って懇願してきたんだよ?」

「……えっ?」

「……オイっ、有りもしない出来事を勝手にねつ造するな。四つ葉のクローバーを生まれてくるきょうだいにあげたいって、最初に言い出したのはお前の方だろうが。あれから泥だらけになって怒られたのは、一体、誰の所為だと思っている? 本当にお前は昔から、碌なことをしない子供だった」

そうして、幼い頃のお兄様の話を暴露するかのように、ルーカスさんに教えてもらったことで、びっくりしていたら、お兄様の方から訂正するように突っ込みが飛んできた。

――泥だらけになって怒られているお兄様の姿を想像することなんて出来ないんだけど……。

その表情から、どっちが本当のことを言っているのかは明白で、これは、ルーカスさんの冗談なんだなということは、私にも理解することが出来た。

ただ、それでも四つ葉のクローバーを採りに、皇宮の敷地内だろうけど、ルーカスさんと一緒にお兄様が外に出たというのは本当のことなのかと、驚きに目を見開いてしまう。

お兄様が、子供らしく外を駆け回り『無邪気に遊んでいる』ような姿だなんて、一切、想像することが出来ない。

……それよりも、今の言葉で気になる単語が出てきてしまったことに、興味が湧いて。

「ルーカスさんって、ごきょうだいがいたんですか？」

と、声をかければ……。

「あー、いや。……残念ながら、俺のきょうだいとしては、生まれてこれなかったんだけどね」

「あ、えっと……ごめんなさい、私、知らなくて」

ほんの少し歯切れが悪く、苦笑しながらそう伝えてくるルーカスさんに、いけないことを聞いてしまったのだと感じて、私は慌てて頭を下げて、その場で謝罪した。

「大丈夫だよ。別に気にしてないから」

どこまでもあっけらかんと笑うルーカスさんに、本当に気にしていないんだろうなとは、感じることが出来たものの。

言いにくいようなことを、私が聞いてしまったという事実には変わりがない。

「それより殿下の話だよ。さっきのは俺の冗談にしても、昔から殿下は、今みたいに感情表現の乏しい仏頂面の子供でさぁ。……そんで、なまじ勉強とかも出来て成熟してるもんだから、まァ、可愛くねぇのっ！　子供の頃って普通、どんな子供にも、ちょっとは可愛げってものがあるものじゃん？」

そのあと、一瞬だけ暗くなりかけてしまったこの場の雰囲気を明るく変えてくれたルーカスさんは、お兄様の真似なのか、キリっと表情を整えて真面目な顔をして。

「もう、ずっと、こんな顔をしてるんだよ？」

と、私に教えてきてくれる。

お兄様の子供の頃がどんなものだったのか、私自身、よく知らないけれど。

ルーカスさんが話してくれることは、今度は『本当のことなんだろうな』と思えるくらいには、その姿が、あまりにも想像出来てしまった。

……お兄様が笑っている姿だなんて、それこそ、私も、本当に見たことがないくらいに想像がつかないから。

子供の頃から『この感じ』というのは、それはそれで、どこか不思議な感覚もしてくるけれど。

それでもお兄様が、小さい頃から表情に乏しいと言われても、何となく納得が出来てしまう。

「おい、勝手に人の昔話をするな」

「……本当、昔から堅物なんだよなァ。有力な貴族は誰だとか、近隣諸国の情勢がどういう状況なのかとかは、すんなりと答えられるくせに。俺が言わないと、四つ葉のクローバーが何なのかすら知らなくてさぁっ、……あ、痛っ！」

　そうして、構わず『お兄様の昔話』を披露してくるルーカスさんの頭に、とうとう我慢出来なかったのか、お兄様から、拳骨《げんこつ》がひとつ落ちてきた。

　……それを、傍から見ていて、痛そうだなぁと思いながら、内心で大丈夫なのかと、心配になりつつ、おろおろとしていると。

「いい加減にしろ」

　と、お兄様が怒ったような、呆れたような口調でルーカスさんに言葉を投げかけたのが聞こえてきた。

「えー、何でだよっ！　折角、俺が殿下の幼い頃の話をお姫様にしてあげて、ちょっとでもお姫様の殿下に対するイメージが良くなるようにしてあげてんのに……」

　その対応に、恨めしそうな表情を浮かべながら、『俺ってば、滅茶苦茶良いことをしてあげてるでしょ？』と言わんばかりに、謎の自信に満ちあふれたルーカスさんがお兄様の方を見つめていて。

　なんていうか、お互いに、本当に旧友にするような遠慮のない態度だということに気づいた私は、どちらかというと、二人のその遣り取りを微笑ましく思ってしまう。

「余計なお世話だ。そんなものを、頼んだ覚えはない」

「……あのっ、でも、お兄様の子供の頃のお話が聞けるとは思っていなかったので、貴重なお話が聞けて良かった、です」

　だから、二人に向かってそう伝えたのは、少なからず私の本心だったのだけど。

「……お前もコイツに合わせて、わざわざフォローしなくていい」

と、ムスッとして険しい表情を浮かべたお兄様から、視線を逸らされたあと、そう言われてしまった。

丁度、そのタイミングで、自分の部屋に着いた私は、そこで、ハッとする。

ここまで話しながら歩いていたこともあってか、ここに来るまであまり意識していなかったけれど、お兄様の部屋がある場所は、もう、とっくに過ぎてしまっていることに気づいてしまった。

寧ろ、官僚などが多く働いている棟を出て、暫くは一緒の道を歩いていても、途中で別の道に別れるのが、正解だったのに……。

私の部屋って、本当に皇宮の一番端の奥の方の、他の皇族の人達とは隔離されたような場所にあるから、ここまで、一緒について来られたら、大分、戻ってもらうようになってしまう。

会話が途切れることがなかったから、二人とも何も言わずに私に合わせてここまでついてきてくれたのだろう。

……それは、お兄様の足取りがここまで一切、迷いなく進んでいたことからも読み取ることが出来た。

「あの、お兄様、ルーカスさん、申し訳ありません。わざわざ、私の自室までついてきていただいて……。ここまで、送っていただいてありがとうございました」

――道中、特に何も起きなかったものの。

「ううん、全然。俺も、これから会うのなら、お姫様の部屋の位置は確認しておきたかったしね。

丁度、良かったよ」

一応、礼儀として頭を下げて、二人に向かってお礼を伝えれば、にこにこと笑顔のままルーカスさんがそう言ってくれた。

そういえば、折角、ルーカスさんと話すことが出来たのに、お兄様の子供の頃の話に夢中になってしまって、その件も含めて『結局、何も相談できなかったなぁ……』と思っていたら。

「週に三回くらいでいいかな？　また陛下を通して来る日は伝えるつもりだけど、ダメな日とかある？」

と、ルーカスさんの方から、私のスケジュールを聞いてくれて……。

「いえ、私は基本的にはいつでも大丈夫です。家庭教師との兼ね合いがありますので、そちらをお父様に確認していただければ嬉しいのですが」

「オッケー、分かった。確認しておくよ」

と、二つ返事で言葉を返してくれた。

……この件に否定的な様子だったお兄様も、今はもう決まってしまったことを、渋々ながらも受け入れてくれているのか、ルーカスさんの方から『その話題』が出た一瞬は、セオドアと一緒に難しい表情を浮かべていたけれど。

——それでも、私達の遣り取りを止めるようなことはしないままで……。

簡単に、ルーカスさんとそれだけを話して、会話が途切れたタイミングでぺこりとお辞儀をしたあと。

「それでは、失礼します」

と、声をあげれば。

「あぁ……」と、私に向かって一言だけ声を出したお兄様が、私に背を向けて来た道を戻っていく。

その姿を追いかけるようにして、ルーカスさんも「じゃぁ、またね」と声をかけてくれてから、私に背を向けて歩き出したのを見送って……。

そのタイミングで、ここまで、殆ど喋らずに私についてきてくれていたセオドアが、私が開ける前に扉を開けてくれると。

私は、遠ざかっていくお兄様とルーカスさんから完全に視線を切って、セオドアにお礼を伝えてから、自分の部屋へと戻った。


自室に戻ったら直ぐに、ローラが……。

「戻って来られるお姿が見えたので」

と言いながら、私の部屋にある丸テーブルの上まで、ミルクティーを持ってきてくれた。

そのタイミングで……。

「帰ってきていたのか、アリス」

と言いながら、一度、ノックをしてくれたあとで、アルも私の部屋に入ってきてくれる。

二人とも、お父様から急遽、呼び出されてしまった私のことを心配して気にかけてくれていたんだと思う。

アルと一緒に、丸テーブルを囲っているアンティーク調の椅子に腰をかけて、ローラにお礼を一つ言ってから、ゆっくりとティーカップの縁に口をつけたあとで……。

「陛下からのお話は一体……？」

と、心配そうな表情を浮かべたローラから、問いかけられたその言葉に。

「婚約の話だったよ」

と、特に隠すようなことでもないため、サラッと声を上げれば。

「婚約ですか？　一体、どなたとのっ……？」

と、即座に返ってきた『ローラの不安』が入り交じったような声色に、私は、なるべく安心してもらえるように、落ち着いた声を出す。

「うん、あのね、ルーカスさんと」

「……っ!?」

「……皇女様っ。ルーカス様といいますと、エヴァンズ家との婚約になるということでしょうか？」

私の口からルーカスさんの名前が出たことで、目の前で絶句したような表情を浮かべたローラとは対照的に、ローラと一緒に私の部屋に来てくれて、傍に控えてくれていたエリスが私に向かって窺うように問いかけてくる。

こくりと、その言葉を肯定するように、頷けば……。

「あの方は、一体何を考えてっ……!?」

と、怒ったような口調でローラがそう言ってくるのが聞こえてきたことで、私は思わず苦い笑みを溢《こぼ》してしまった。

近くでは、人間の『婚約』というものが今ひとつ、よく分かっていない様子できょとんと不思議そうな表情を浮かべたアルと、ここに来るまで、ずっと険しい表情を浮かべたままのセオドアの姿も見えて……。

確かにこの間、教会でルーカスさんに出会った時のことを考えると、ローラや、セオドアがこうして、私のことを必要以上に心配してくれるのも頷ける話ではあったから。

――そんなローラの姿に、私は慌てて、補足するように声を出した。

「心配してくれてありがとう。でもね、多分、大丈夫。お兄様と私のこれからの関係性のことも考えた上での、ちゃんとした理由のある婚約だったから。……少なくとも、変な婚約の話ではないと思うっ！　私の返事も待つって言ってくれていて、婚約自体も、まだ正式に結んだ訳じゃないし。それに、ルーカスさんは私と婚約をしても、いずれはこの婚約が破談になるだろうって確信しているような素振りだったから……」

「……それは、一体どういうことなのでしょう、か？」

私の話を聞いて動揺したように視線を彷徨わせ、戸惑いの声を上げるローラに、私は、お父様の執務室で話し合った内容を一から説明することにした。

ルーカスさんが将来『君主になるであろうお兄様』と、君主になるつもりだなんて一切ない私のこれからの関係性を踏まえた上で、婚約という提案を出してくれたこと。

皇宮での立場が弱くて後ろ盾が必要な私に、エヴァンズ家が後ろ盾になってくれるということ。

これは、あくまで私の考えだけど、多分、お父様の采配で、将来、私と自分の婚約が破談になると確信しているんじゃないか、ということ……。

あと、これから親睦を深めるためにもルーカスさんが『私のマナー講師』として来てくれるようになったことなども含め、かいつまんで、色々と手早く説明した私の話を聞き終えてから。

「そうです、か……」

と、口ではそう言ってくれつつも、どこか納得出来ていないようなローラのその姿に、私は首を傾げた。

——何か、今の話で、変なところでもあっただろうか……？

「……確かに、その話を聞く限りでは、聞こえのいい言葉で此方には一切不利なことはないように思えますが。でも、それでは、アリス様は将来を縛られたも同然ではありませんかっ？　婚約破棄は余程の事情がない限り、認められないはずです。一度、婚約関係を結んでしまえば、ルーカス様と結婚をされずとも、いずれは、どこか他国に嫁ぐようなことだって……」

どこまでも浮かない表情を浮かべながら、気遣うように言われたローラのその言葉に、ローラが何の心配をしてくれているのか、ようやく、そこで私自身も合点がいって、私は苦笑しながら声をあげる。

「うん。そうなったら、多分、お父様がこの先、話を持ち込んできた方と結婚することにはなると思う。私の髪が紅色なのだけがネックだけど、こんな自分でも、それでも他国との友好の証しになるくらいは出来ると思うし……」

「……っ、そん、なっ！」

わなわなと唇を震わせたあと、ローラがぐっと押し黙るのが見えた。

「……っ、！　姫さん、俺も、侍女さんと同じくこの話には反対だ。……教会で、第一皇子のことを引き合いに出して、姫さんに君主になれだなんて言ってくるような奴だぞ。のらりくらりと、その腹の内に、何を考えてんのかも一切読ませねぇような感じだし。口では、姫さんと第一皇子のことを考えてるって言ってても、その目的は他にもあるかもしれねぇだろ……？」

そうして、ここに来て、真っ向から反対するように私のためを思って声を出してくれているセオドアの言葉に、私もその可能性については、ちょっとだけ考えない訳でもなかったんだけど。

それでも、ルーカスさんが私に対して持ち込んできた『プラン』にはどこにも穴がなかったから、指摘することも出来なかったし。

さっきの、お兄様とルーカスさんの雰囲気を見れば、少なくとも二人が幼なじみで親友同士だということには間違いないだろうから、何となくそこまで心配はしなくても大丈夫なんじゃないかなとも思う。

ただ、セオドアがかけてくれた言葉には心配と、私のことを思いやってくれるような感情しか乗っていないのは分かるから、私はセオドアに向かって、ありがとうという感謝の気持ちを込めて、ふわりと微笑みかけた。

「心配をかけてごめんね。でも、どちらにしてもいずれは、きちんと考えなければいけないことだから……」

仮に、ここでルーカスさんと婚約関係を結ばなかったとしても、私自身が皇女として生まれた以上は、いずれは『強力な友好の証し』として、国のために政治的な駒になるのは避けて通れない道だろうし。

早いか遅いかだけの違いだからこそ、きちんと考えなければいけないと思う。

巻き戻し前の軸の時、自分にそんな話が一切出てこなかったのは、私を他国に出すには、きっとお父様からしても恥ずかしい人間だったからに他ならない。

……ただでさえ、髪の色が紅色なのに加えて。

私の『最悪な評判』は国内だけに留まらず、他国にもそれなりに知られていただろうから。

それで多分、誰にも妃《きさき》としても、貴族の妻としても望まれることがなかっただけだ。

今回の軸では、お父様との仲もそこまで悪いものではなくなってきているため。

これから先、多少、国内での評判も良くなれば、他国の王族と婚姻の話が持ち上がってきても、何ら、おかしくはないだろうし。

髪が紅色の私が『皇后』というような重要なポジションにつくのを求められることは、よっぽど嫁ぎ先が、赤を持つ者に寛容で、変わった考えじゃない限りはあり得ないだろうけど……。

それでも、側室として、第二妃だとか、第三妃みたいな感じで求められてしまう可能性は高いと思う。

さっきまでは、そこまで頭が回らなかったけど。

お父様もきっと、『魔女の能力』を持っている私を、継承権を持つ子供を産まなければいけない皇后のような立場で、皇族や王族での正式な配偶者として送り出すことはしないはず。

魔女の能力は、『遺伝』するものではなく、突発的に現れるものだと言われてはいるものの。

それでも、私が魔女であると分かっていながら送り出した先で、万が一のことがあってはならないとお父様も考えるだろうから。

縁談があって、送り出されるとしたならば、きっと、誰かの側室として。

そうじゃなければ、エヴァンズ家みたいな国内の貴族に、政略的に降嫁することもあるだろう。

どちらにせよ、世間に私が『魔女』であることを知られること自体がリスクのあることだから。

お父様が先ほど、私の結婚の話に躊躇いがあったのは、そういう事情も含まれているのかもしれないなと、今になって思った。

私自身、アルのお陰で、自分の能力を制御することが出来るようになっているから『隠し通せ』と言われれば、これから先、自分が魔女であることは誰にも言わずに黙っていることも出来るけど。

（それで、どこかの国に嫁ぐことになったら、確かにちょっと大変だろうな……）

仮にも、自分の配偶者である人に、一生、そのことを言わないままでいるのは、荷が重い。

あと、思いつく限りで、私に残された道は……。

誰にも嫁ぐ未来がないのなら、この『魔女の能力』を身を粉にして、国に役立てるという未来くらいだろうか。

自分の能力が有効活用出来るものだと思われれば、誰とも結婚をしなくて済む道が残されているかもしれない。

（そうなったら、世間に私が魔女であることを、公言しないといけなくなってしまうけど）

……どちらにせよ、そこまで先の未来になってくると、今考えてもどうしようもないことだけは確かだった。

今は、未来のことを考えるよりも、私との結婚でルーカスさんのことを縛ってしまう可能性の方が重要だ。

お父様に『黙っておけ』だとか『隠し通せ』だとか、そういうことを言われなければ、どこかのタイミングで、ルーカスさんには私が魔女であることをきちんと話しておいた方がいいのかもしれない。

『エヴァンズ家は元々、魔女容認派だから』

って、あの時、教会でルーカスさんはそう言っていたけれど。

実際、妻という立場になる人が魔女だと知ったら嫌かもしれないし。

出来れば、隠さないでいられるのなら、黙ったままではいたくない。

先ほどは、お兄様もルーカスさんもいたから聞けなかったそのあたりのことを、改めてお父様がどういう考えでいるのかは、聞いておいた方がいいだろう。

（……そういえば、お祖父様のことも、報告出来ないままになってしまっていたな）

ふと、お父様に、そちらの報告も、まだだったことを思い出した。

……ここ最近のお父様が、かなり忙しそうな感じであるのを見ると、様子を見て暫く経ってから聞いた方がいいだろうか？

ただでさえ、アルと一緒に暮らすのに、人間としての素性をわざわざ用意してもらったり、毒のことや、御茶会での夫人のこと、今回のマナー講師のことなど、私の周辺のことで色々と迷惑をかけてしまっているのは自覚している。

とりあえずは、この話自体、保留にしてもらっているし。

——今は、大人しく、目先のことを一生懸命勉強するのが先かな？

ルーカスさんとも、ちょっとずつ仲良くなっていければ、私が魔女であることをルーカスさんに言いやすくなる関係性も築けるかもしれないし、その上で、お父様にこの件を言ってもいいか聞いた方がいいだろう。

婚約の相手として、ルーカスさんが嫌だという訳でもないはずなのに、婚約の話が持ち上がってから、どうしてかツキンと痛んできてしまう胸に、言い知れない不安を感じながらも。

まだ、完全にこの話を受けるかどうか自分の考えが揺らいでいる現状では、その話をするかどうかも決めることは出来なくて。

「とりあえず、この話は保留にしてもらっていることだし。今は、勉強を一生懸命、頑張っていきたいから、あまりローラもセオドアも、先々のことを重く考えないで。……っね？」

と、自分の心の中にある原因不明の不安を払拭するかのように明るい笑顔を作りだした私は、「大丈夫だから！」と、声を出して、いまだ、私の方へと心配そうな表情を向けてくれている状態のローラとセオドアに、安心してもらえるよう、にこりと笑みを溢した。

静かな怒り　――ウィリアムSide

カツン、カツン、という靴の音が、地下へと続く鉄の階段を踏んだことで反響するようにこの場に響き渡っていく。

所々に置かれた燭台《しょくだい》の蝋燭《ろうそく》に火が灯り、ここを通る人間が階段を踏み外したりしないように、足場を照らしているのを感じながら、俺は、長く続く階段の、下へ、下へと下りていく。

皇宮の敷地内から続くこの道は、明るくて煌びやかな雰囲気を纏っている皇宮の雰囲気から比べても、まるで異質とも思えるくらいに、薄暗く、ジメジメとした場所である。

俺が、階下まで下りると、近くに立っていた騎士の一人が、俺に気づき。

「帝国の未来を照らす月に、ご挨拶致します」

と、背筋を正して、慌てたように敬礼をしてきたのが目に入ってきた。

「こんなところで、俺に対する正式な挨拶などいらないし、楽にしてくれればいい」

その姿を尻目に、俺は目の前にいる騎士の横を通り過ぎたあと、そっちに視線を向けることもなく、あっさりとそう伝えてから、犯罪者の集まりである、目の前に広がった最下層の人間が捕まっている鉄格子の幾つかを素通りする。

いつも看守をしている騎士とは違う格好をしている人間が通ったからか、ガンガンと鉄格子を叩いて「出してくれ」と懇願してくる奴もいれば、生気をなくしたような瞳で、どこを見ているのかも分からないくらい憔悴しきって虚ろな目をしている者もいるが。

ここにいるのは、基本的に犯罪を起こした人間の中でも、特に重い罪を犯した一級犯罪者達ばかりだ。

国の中でも、刑務所の種類には幾つか区分がされていて、地下にあるこの場所が一番、囚人達にとっては劣悪な環境であることは間違いなく、それだけ、ここには罪が重い人間が収容されているといっていいし、その殆どが、終身刑や、斬首刑などになってしまう者ばかりであることは言うまでもない。

他には、貴族などで罪を犯す前の身分を考慮して、皇宮の離れとして置かれている囚人を収容するための棟に幽閉されるような場合などもあったり、地上にある一般の犯罪者が入る収容所などもあったりするが、今は特に関係のない話だ。

それから更に、幾つかの牢屋を通り過ぎたあと……。

一つの牢屋の前で止まった俺は、まだこの中に入ったばかりで、身なりに関してはそれなりに整っているものの、憔悴しきった様子で、地面を眺めている目の前の男に視線を向けた。

瞬間、俺が来たことには、足音で気づいたのだろう……。

パッと、顔を上げて、どこまでも期待の籠もったような表情を浮かべてくる中年の男に、俺は口角を吊り上げて、僅かばかり、笑みを浮かべた。

嘲るような俺のその笑みにも気づいていない様子で、バッと、勢いよくその場に立ち上がり……。

「で、殿下……っ！　来てくださったのですねっ！　数日前に、何故か、殿下の名前を騙った、マナー講師の解雇の通達が届いたかと思ったら、数日に亘り、騎士達に色々と質問をされた上で、いきなり閉じ込められてしまったのですっ！　私が何故、このような場所に閉じ込められなければならないのですっ⁉　……それも、皇宮でも、一番重い罪を犯したとされる罪人が捕まる、このような場所にっ！」

未だ、頭の中がおめでたい思考に支配されたままなのか、この期に及んでもまだ、俺のサインが入ったきちんとした解雇を通達する書類について、この男は偽物だと思い込んでいるらしい。

それも、騎士達がこの男に質問した内容について、俺が、一切、把握していないとでも思っているのだろうか？

それとも、皇族であり、皇女という立場のアリスに対してなら、何をしても、躾と称して、その身体に体罰を与えるという名目で、暴力を振るうことも許されると思っているのだろうか。

——恐らく、後者なのだろう。

俺がこの場に来てもなお、自分が、一体何故このような場所に捕まっているのか、まるで、分かってもいないらしい。

それが、この男にとっては、どこまでも正しいことだと信じ切っているから……。

(本当に馬鹿げているし、舐められたものだな……)

思わず、その態度に、俺はぎりっと、唇を噛みしめる。

先ほど執務室で会った父上に、この男の身柄を確保していると伝えておいたから、いずれ、父上がこの男の処分については決めてくれるだろうが。

エヴァンズ家の御茶会で、ボートン夫人が腹違いの妹を貶していた時に『他にもこのようなことがあったのか』と、問いかけた俺に。

妹が『マナー講師とか……』と、この男のことを出した時から、俺自身、直ぐに解雇の通達を出した上で、俺の身近にいる信用のおける騎士にその調査は依頼して。

少し手荒になっても構わないから『アリスにしたことを、その暴言なども含めて全て吐かせろ』と伝えていて。

身柄の拘束と『その理由によっては、皇族を侮辱した罪で、適切な牢屋にぶち込んでおけ』とは言っていたものの、今まで妹に対して良くない行動をしていたこの男の事情については、昨日、俺も、その調査報告を目にして知った訳だが……。

元々、それで苛ついていたところに、今日、ルーカスのクソ野郎が、妹に婚約を申し込むだなんて、意味の分からない行動をしてきたせいもあって、更に、腹立たしい気持ちを抱えていた。

「本当に、自分が何をしたのか、一切、分かっていないのか？」

あまりにも低く問いかけた俺の声色に、目を大きく見開いて首を傾げたあと。

「私は、今の今まで真っ当なことしかしてきておりませんっ！　解雇などをされるような謂れもなければ、今まで、皇族の方達を真に思いやって、殿下もまた私の教えで、皇太子としてご立派になられたではありませんかっ⁉」

と、言ってくる目の前の男に……。

気づいていないのだろうが、俺を相手にしてもなお、どこまでも傲慢に振る舞ってくる様子に、そんな権限など欠片も与えた覚えなどはなく。

俺が会っていない『ここ数年の間』に、随分と横柄になることを覚えたものだと、俺は呆れ交じりにため息を溢した。

「開けろ」

俺がこの場に来たことで、さっきから俺の様子を気にしていた、今日の当番である看守の騎士に向かって、顎をしゃくったあと、そう伝えれば……。

直ぐに駆け寄ってきた騎士が、ガチャガチャと複数の鍵の中から、この牢屋を開ける鍵を選んだあとで、錠の鍵穴に挿し入れてくる。

ゆっくりと回った鍵に、カチャンと、音が響き渡ると、地面に向かって錠前がゴトっと鈍い音を立てて、その場に落ちたのが目に入ってきた。

「……で、殿下っ！」

……俺に、解放してもらえるとでも、淡い期待を抱いたのだろうか？

鍵が開いたことで目を輝かせ、希望に満ちあふれた様子で、期待を込めた眼差しで俺を見てくるその姿に、苛立ちを覚えながら、俺は隣に立っている騎士の方へと視線を向けた。

「その鞭を貸せ」

はっきりと告げた一言に、びくりと一度、戸惑うように反射的に肩を揺らした騎士に『早くしろ』と、視線だけで急かして、懲罰用の鞭を半ば強引に受け取ったあと。

今、こんな状況に置かれていても、なおも、呑気に俺に救いを求めてくる目の男の存在自体が吐き気を催すほどに気持ち悪くなってくる。

「躾と称して、皇女のことを鞭で叩いていたらしいな……っ？」

何の感情も乗っていない抑揚のない声色で、目の前の男の方へと無機質な瞳を向けると。

そこで、ようやく目の前の男は、俺が派遣した騎士達に、皇女のマナー講師をしていた時のことを質問されて、自分が……。

（優秀な皇子様達と違って、皇女のマナー講師をするのは本当に大変なんでねっ。ここだけの話、躾として、高貴な証しでもある金を持っていない劣等種である皇女に鞭打ちをしてやったんだっ！……お前達も、私の気持ちが充分に分かるだろうっ？　何故、この私が、皇女などという低俗な人間にマナーを教えなければいけないのかっ！　だが、傑作だったなァっ！　ミミズ腫れのようになったのが痛かったのか、私の躾のお陰で、鞭打ちをする度に大人しくなっていって……っ！　子供を扱うのは本当に、簡単なことだからなっ！）

と、自慢げに豪語してきたことで、ここに捕まえられているのだと悟ったらしい。

調査をする時は、あくまでも皇女にしたことを厳しく吐かせる訳ではなく『最初は、煽てて聞き出せ』と、言っておいたことが、こんなにも功を奏することになるとは俺自身も思っていなかった訳だが。

それで、聞き取り調査をしている時にその話を聞いて、顔色を変えた俺の信頼する騎士達の表情には全く気づかなかったのだろう。

結局、尋問のような形で手荒に聞き出すまでもなく、ペラペラと、あまりにも醜悪なことを、まるでそうするのが当たり前だというような態度で延々と喋り続けていたらしい。

「……そ、それはっ、誤解ですっ！　本当に、ただの躾でしてっ！　だって、ウィリアム様もギゼル様も、私の教えで、いつだってきちんとマナーを覚えてくださっていたというのに。皇女は、劣等種である紅色を持っていることで、本当に、何にも出来ないんですよっ⁉　それに、折角、この私が自ら躾をしてやっているというのに、こっちに向かって近寄るなと威嚇してくるような始末でっ！　あんなの、人間じゃないじゃないですかっ！」

そうして、今、この場においても弁明するように、はっきりとそう告げられた、その一言に、ブツリ、と、頭の中で、どこかの血管が切れたような音がした。

――アリスが紅を持っていることについては、俺自身、思うところがない訳じゃない。

ましてや、『躾』という言葉を免罪符にして、自分よりも高貴な立場であるはずの『皇族』に……、敬わなければいけないはずの存在に、一体、何を為出かしたのかさえも、この男は、碌に理解もしていないらしい。

この感じだと、俺やギゼルに対しては、丁寧に教えていたものも、妹に対しては、その場しのぎで適当なことを言って、マトモに、マナーの勉強を教えていなかった可能性もある。

「黙れ……っ！　その汚い口を今すぐ閉じて、もう何も喋るなっ！」

怒りに任せ、力を込めて、不快でしかない言葉を延々と言い募ってくる目の前の男の腹を思いっきり拳で殴れば、ゴッという鈍い音を立てて、目の前で「……で、殿下……っ⁉」と、後ろに吹っ飛ぶように転んだあと、男が尻餅をついて、恐怖に駆られたような表情で見上げてくる。

そのまま、俺は構うことなく、目の前の男のことを、まるで信じられないと言わんばかりに『醜悪なもの』でも見るような目つきをしていた真っ当な看守に向かって、「服を脱がせろ」と指示を出したあと。

こくりと頷いて、今度は、直ぐに俺の指示に従った看守の行動で、上半身が裸になった男の腹を目がけて、バシっ、と鈍い音を立てながら、無表情のまま、肌が見えている箇所に鞭打ちをする。

瞬間、鈍い痛みが身体に走ったのか、「ヒ……っ！」という、悲鳴にも似たような、声にもならない声を出してきた男が、ずりずりと尻餅をついたまま、狭い牢屋の中で後ずさりをするように、鞭打ちの罰から逃げていくのを感じながらも。

そのことに、一切、何の感情も湧いてこずに、俺は何度も同じところを目がけて鞭を振り下ろしていく。

「あ……っ、あ、あぁ……っ」

最終的に、もう逃げる場所もなく、狭い牢屋の中で壁にぶち当たった目の前の男が、顔面蒼白になりながら、痛みに喘ぎ、自分の腹を庇うように蹲《うずくま》ったのが見えて、俺は今度はその背中に向かって、鞭を振り下ろした。

「オイ、音をあげるには、まだ早いだろっ!? 今日、たった一日の、まだ数分も経っていない罰なんだ。……躾だと言われて、お前に暴言を吐かれながら、長い間、誰にも言わずに耐えてきたアリスの何千分の一にも満たないくらいの痛みでしかないはずだろうがっ？ これくらい、簡単に耐えないでどうするんだっ？」

そうして、無感情なまま、冷酷にそう伝えれば……。

助けてほしいと懇願するような目つきで、俺を見つめてくるマナー講師の口から……。

「で、殿下、ですが、……こ、これは、懲罰用の鞭なので、私が普段、所持していたものとは訳が違います……っ！」

という巫山戯た言葉が返ってきて、俺はまだ、反省もしていないのかと、更に、無慈悲に、複数回連続で鞭を振り下ろす。

目の前で、この男が、泣こうが喚こうが知ったことではない。

確かに看守である騎士が持っている懲罰用の鞭と、馬の調教や躾などに使われるような鞭とではその強度や厚みにも違いがある。

マナー講師が使っていた鞭は、恐らく、そういった類いのものだろう。

だが、どちらも、打たれれば大人の男でも痛いと思うものに違いはなく、それを幼い身体でずっと、何度も受け続けていた妹の身体の痛みは計り知れなかったはずで……。

たかだか、数分、俺にこうして鞭を打たれただけで、こうも、弱音を吐いて助けてほしいと大の大人の男が泣き叫ぶには、恥を知るところから始めなければいけないだろう。

——こんなんで、よく今まで、皇宮のマナー講師が務まっていたものだ。

その性格も何もかもが『醜悪』そのものであると体現したような男に、ここに来るまで、この男の本性を悟ることが出来なかった自分にも苛立ちを覚えつつ。

一切、何の慈悲も湧いてこなくて、暫くそうしたあと、鞭を打った箇所から赤く腫れ始め、ミミズ腫れだらけになった、その身体を見下ろしながら……。

俺は、目の前の男に向かって、はっきりと声を出す。

「国のトップである皇族を敬うことも出来ない者に、皇宮にいる資格などどこにもない。お前が今、この場で貶しているアリスは、皇族として俺達と並んで尊い血を持つ者だ。寧ろ、その血統だけでいうのなら、アリスが一番、皇族の血を色濃く受け継いでいるといっても過言ではない。……たとえ、その身に紅を持っていようとも、一介のマナー講師でしかないお前如きが貶していい存在じゃないということを知れ」

俺の手によって懲罰を受け「はぁ、はぁ……」と、荒い息を溢しながら、涎を垂らしている目の前の男の、その髪をぐっと掴んで、顔を持ちあげたあと、そう伝えた俺は……。

こういう手合いは再起不能になるまで痛めつけないと、多分、分からないだろうなと思いながら、蹲っていて、地面につけているその手をグッと足で踏んで、ぐりっと、踏みつけるように左右に動かした。

まるで、自分のことのように湧いてきてしまった怒りが抑えきれなかった。目の前の男は見下ろす俺のことを、もう、見上げることも出来ず。

「……ぐぁっ！」

と、痛みに打ち震えながら、その手から鈍い音がしたから、もしかしたら折れまではしていないかもしれないが、ヒビは入ったかもしれない。

「それに、お前が妹を傷つけた行為は、躾などという高尚なものではない。……ただの暴力だ。皇族を痛めつけて悦に入ることが出来るという、お前自身の仄暗い欲求を満たすだけの、な」

そうして、怒りに任せたまま、お前のやったことは、紛れもなく『重罪』であり、当然『罰』を受ける必要があるものなのだと、はっきりと分からせるようにそう告げれば。

その目からは涙がこぼれ落ち、ひゅー、ひゅー、という音にもならない空気が、口から出たあとで……。

「……も、申し訳ありません。……殿下、お許しください、二度と、皇女様を貶すようなことはしないと誓います……っ！　皇女様にも、酷いことをしたと、どうか、謝罪させてください」

と、叫ぶように、マナー講師だった男が此方に向かってそう言ってくるのが聞こえてきた。

今は、俺の鞭打ちの罰から逃れたくてそう言っているのだろうが、この男の本心はさっきの言葉で透けて見えたから、到底、信じられないし。

「二度と皇女様を貶さないと誓う」などと俺に伝えてきたとしても、この男はもう陽の光が当たるような場所へ戻れるようなことはないと、既に、決定づけられているのだから、たとえ、許しを乞うてきても仕方のないことだ。

別途、父上がその処分についてはどうするのか決めるだろうから、俺はそこに関与は出来ないが。

皇族に躾と称して、長年、暴力を振るって来ていたこの男のことを、父上が、許すとは思えない。

……どこまでも、厳しい処罰を下すであろうことは、俺が、父上にこの話をした時から、既に、分かりきっている。

ここに来ても、自分の保身しか考えていない様子の男に思うところがなかった訳じゃないが、俺は、その言葉でようやく、溜飲を下げ、今の今まで罰として下していた鞭を振り下ろすことをやめた。

それから、起き上がるような気力はもうどこにもなかったのか、そのまま地面に這いつくばるようにして、呻くような声を出している目の前の男に、一切の興味をなくしたあとで。

「父上が適切な処分を下すまで、この男のことは特に見張っておけ。……皇族に対して、暴言を吐いて貶しただけではなく、鞭を振るうなどという、自分の身分さえも理解せずに馬鹿げた重罪を犯したんだ。決して、甘い対応など、欠片も見せるなよ」

と、俺は看守の騎士に、今自分が持っていた懲罰用の鞭を返したあとで、そう声をかける。

……瞬間っ。

「はっ！　承知致しました、勿論です、殿下っ！　他の看守にも、この囚人のことは特に気をつけるようにと、指示を出しておきます」

と、俺と一緒にこの暗い鉄格子の中から出たあと、万が一にも、この犯罪者が出てくることのないように、再び、がっちりと厳重に鍵をかけ、俺のことを真っ直ぐに見つめてきながら『お任せください』と言わんばかりに、看守の騎士が、ビシッと背筋を正して敬礼をしてきたのが見えた。

ダンスの練習

あれから……。

一人で婚約のことについてあれこれと考えている時間もそう多くはなく、ルーカスさんが私の許へ、マナー講師として来てくれる日は直ぐにやってきた。

──やってきたん、だけど……っ。

「あのっ……おにいさま……？」

「なんだ？」

何故だか分からないんだけど、皇宮の奥の奥にある殆ど、通りがかってくるような人もいない私の二つある自室のうち、来客があった時用に使っている応接室まで時間通りにやって来てくれたルーカスさんの後ろに、ぴったりとウィリアムお兄様が立っているのが見えて。

思わず、その姿に『ルーカスさんだけが来てくれるんじゃなかったのかな？』と、びっくりして、廊下に繋がっている応接室の扉を部屋の中から開けたまま、ルーカスさんとお兄様の顔色を交互に見比べてしまった私に、目の前でルーカスさんが苦笑しながらも……。

「ちょっと、うるさい人がついて来ちゃったんだけど、気にしないでね、お姫様」

と、私に向かって声を上げてくれるのが聞こえてきた。

「……えっと、その……っ、お兄様は、お忙しいのではありませんか？」

――この時期のことを、私自身はよく覚えていないんだけど。

いつからか、私が気づいた時にはもう、お兄様はお父様の仕事の手伝いを始めていたように思うし……。

それは、お兄様が皇帝としてお父様の跡を継ぐ六年後の未来よりも、もっと前からのはずで。

今の時期に、もう既にその手伝いをし始めているかどうかは、私にも分からないながら、そうじゃなくても、お兄様はお兄様のしなければいけないことや、帝王学の勉強などで忙しいはずなのに。

（一体どうして、ルーカスさんについて、わざわざこの場にやってきたのだろうか？）

と、戸惑いながら声をかけた私の質問に、お兄様が不服そうな表情を一瞬だけ浮かべたあとで。

「……父上の仕事を手伝っているから、忙しくない訳じゃない。だが、お前と、コイツの遣り取りを監視するのも父上に任された仕事の一つなんだよ」

――だから、仕方なく俺は今、ここにいる。

と、言わんばかりに、面倒くさそうに声をあげるお兄様に、私は目を瞬かせたあとで首を傾げた。

「お父様が、ルーカスさんと私の遣り取りを監視しておかなければいけない理由なんてあるんですか？」

（お兄様が手伝っていた、お父様の君主としての仕事の優先度を、わざわざ下げてまで？）

その言葉の意図がよく分からなくて、そう問いかければ、お兄様は呆れたような瞳で私を見てきたあとで。

「前任が酷いものだったからな。……父上も、お前のことを心配しているんだろう」

と、そう伝えてきてくれる。

「えっと、は、い……。えっ？　あの、でも、今日、私にマナーを教えに来てくれたのって、ルーカスさんですよね？」

前任のマナー講師が私に対して当たりが強くて酷かったというのは言うまでもないんだけど。

今回、私のマナー講師になってくれたルーカスさんは、お兄様の友達でもあるんだし。

別に知らない人が来た訳じゃないのに『どうして……？』と、私は、更に訳が分からずこんがらがってしまう。

そんな私を横目で見ながらも、お兄様は深いため息を溢して、まるで虫けらでも見るかのような目つきで、ルーカスさんの方へと視線を向けたあと。

「……逆に聞くが、お前は、コレのどこを見て安心だと思っているんだ？」

と、真顔で私に問いかけてくる。

「ちょっと、殿下っ……！　本人を目の前にして言うことじゃないでしょっ、それっ！」

全く遠慮なども欠片もないお兄様の、突然のコレ呼ばわりに、「流石に傷つくんだけど」と、口では抗議しながらも、すっかりさっぱり、お兄様のことをもう視界には一切入れずに、此方へと笑顔を向けてくるルーカスさんはルーカスさんで、本当にいつも通りだなぁと思う。

「まァ、それじゃぁ、ぼちぼち始めよっか？　……って言っても、お姫様がどこまで、マナーが出来るのか俺も良く分かってないから、何か苦手なこととかある？」

そうして、問いかけてくれたその言葉に……。

今の今まで扉を開けたまま、廊下に二人がいてくれている状態で話をしていて、応接室の中に案内もしていなかった私は、慌てて、この部屋の中に入ってもらったあと、部屋の真ん中のスペースを陣取るように置いてあるローテーブルを囲んだソファーへと座ってもらうよう促した。

それから、私と一緒になってルーカスさんとお兄様の対面に座ってくれたアルと、いつものように私の後ろに立ってくれて、この場に、ルーカスさんだけじゃなく、お兄様も来たことで、ちょっとだけ警戒の色を強めてくれながら、騎士として控えてくれているセオドアに見守られつつも。

ルーカスさんに「どこまで、マナーの勉強が進んでいるのか？」と、自分の苦手な分野について確認するように問いかけられたことで、ごくり、と息を呑んでから……。

「……のっ、……が、苦手、です……っ」

と、おずおずと、言葉を発すれば……。

「うん？　ごめん、ちゃんと聞こえなかった。一体、何が苦手だって？」

と、ソファーに座ったまま、ちょっとだけ前のめりになって、私の小さい言葉を何とか拾おうとしてくれたルーカスさんに。

「……あのっ、ダンスが、苦手、です……っ！」

と、意を決して、大声で、自分の苦手な分野について教えようと声を出したら……。

目の前で、ルーカスさんが驚いたように目をぱちくりとさせていて。

「えっと、お姫様、ダンスが苦手なのっ？　意外だったけど、まぁ、でも一回覚えちゃえば、ダンスなら、直ぐに出来ると思うよ」

――パターンを、覚えるだけでいいからねっ。

と、穏やかな口調で声をかけてくれる。

でも、違うのだ……。

食事のマナーや、挨拶のマナー、それから、歩き方のマナーなどなど。

他のことは一通り、練習して出来ることは、何とかそつなくこなせるようなところまで、身につけたつもりなんだけど。

でも……、巻き戻し前の軸でも、何度、練習しても一向に上達することがなく、これだけは、本当に出来なかった私は……。

ルーカスさんのその言葉に、切実な気持ちになりながら、ふるり、と首を横に振った。

「……あの、そうじゃなくて、覚えるとかそういう問題でもなく、本当に壊滅的に、出来ないんですっ！　いっそ、ダンスだなんて、この世からなくなればいいのにと思うくらいに……」

と、必死に訴える。

私のあまりにも切実な、鬼気迫った一言に、ルーカスさんは更に驚いたような顔をして私のことを見つめてきた。

「……えっと、じゃあ、一回見せてもらおうかな？　ダンスで、ちょっとでも覚えている曲のものある？」

「……あの、月の雫とか……」

私の本気の訴えに「一度見てみないことには、どれくらい出来ないのかも分からないかな」と、優しく声をかけてくれたルーカスさんが、私に向かってそう提案してきてくれる。

『月の雫』というのは、パーティー会場でよく流れている、この国の人間ならば誰もが知っている一曲だ。

バラードなので、激しい動きも少なく、ダンス初心者の入門の曲としても知られている。

「なるほど、じゃあ、踊ってみようか？」

ルーカスさんが、一度、私に向かってそう声をかけてくれたあと、ソファーから立ち上がり、ほんの少し広くなっている応接室の一角で、同じく立ち上がった私と向き合ってくれて、月の雫の序奏部分のメロディーを歌ってくれながら、私に向かって手を差し出してきてくれる。

ごくりと、一度息を呑んだあと、その手を取った私は、ルーカスさんの口から途切れることなく完璧な旋律が聞こえてくるのを耳に入れながらも、ぎこちなく身体を動かして、マナー講師に教わって自分が覚えているダンスを、ぎくしゃくとこなしていく。

「……うん、分かった」

サビの部分まで歌い上げてくれたところで、ルーカスさんがその動きを止めるのが目に入ってきて、私も、合わせるようにして自分の動きを止めた。

それまでの間に、私が何度、ルーカスさんの足を踏んでしまったかは、最早数え切れない。

――沈黙がとても、恐ろしいもののように感じて……。

「……あの、ごめんなさい」

と、意気消沈しながらも……。

こういう時、マナー講師からは容赦なく鞭で打たれてしまっていたし、嫌みも含めて、暴言を浴びせられることが普通だったから、びくりと身体を震わせて、ぎゅっと、目をつぶり、頭を下げて謝罪すれば……。

「なるほどな。というか、全然、壊滅的ってほどじゃないよっ⁉　きちんと、ダンスの内容は覚えられているし、覚えているダンスを一生懸命こなそうとしているから、頭で考えすぎてワンテンポずれちゃってるんじゃないかな」

と、私に向かって全く怒ってくる訳でもなく、特に体罰を与えてくる訳でもなく、にこりと笑みを浮かべてくれたルーカスさんの口から的確なアドバイスが降ってきた。

「頭で考えすぎて……？」

その言葉に、思わず、目を開けたあと、きょとんとしながら、復唱するようにルーカスさんが今、私に対して言ってくれた言葉を、口にすれば。

「うん、多分、それが一番の原因だと思う。……殿下、ちょっとだけでいいから俺の相手をしてくれる？」

「あぁ」

と、私の目の前で、お兄様の方に向かってさらっと声に出しながら、さっきまで、ソファーに座って、私達のダンスを見ていたお兄様が、ルーカスさんの呼びかけで立ち上がると、阿吽の呼吸で、ルーカスさんの手を取って、それを確認したルーカスさんが月の雫のメロディーを初めからアカペラで歌い始めていく。

私の目の前で、お兄様と二人で踊ってくれながらも、本来は覚えなくてもいい女役も完璧にこなしてみせるルーカスさんは……。

「これが、通常のテンポだよ。で、次。……お姫様のテンポは、こう」

次いで……、同じ箇所を、初めからやり直しながら、今度はさっきのように、お手本としての綺麗なステップではなく、私のステップを再現して見せてくれた。

視覚で見れば、確かに、私が、ワンテンポ遅れてダンスをしていることがよく分かって、納得してしまう。

「オイ、お前。日頃の恨みを込めて、わざと踏んでいるだろう？」

「やだなぁ、殿下。俺がそんな陰湿なことをする訳がないじゃん。あくまでも、お姫様のダンスの再現です」

「……巫山戯るな。再現をするのにお前なら、わざわざ俺の足を踏んでこなくても、踏むフリをすることも出来るはずだろうが。アリスの体重とお前の体重で、一体、どれほどの違いがあると思っている？」

目の前で苛々した様子で出したお兄様の追及にも全く動じることもなく、無言でにこりと笑みを溢したあと、ルーカスさんが一緒にダンスを踊っていたお兄様から視線を外して私の方を見てきた。

「どうかな？　ちょっとは分かった、かな？」

そうして、私の瞳を見つめてくれながら、問いかけるようにそう言ってくれるルーカスさんの説明があまりにも分かりやすくて、こくりと頷いた私は。

「はい、ありがとうございます。お兄様も、ルーカスさんもダンス、凄くお上手です、ね……っ」

と、声を出したあと、結構、というか、もの凄く……。

――与えられた現実に打ちひしがれてしまっていた。

お兄様のダンスが上手だということは『巻き戻し前の軸』でも何度か目にしたことがあるから分かってはいたけれど、ルーカスさんは、女の人のパートも難なくこなしているし……。

わざと、私のテンポに合わせて、見ただけで、ダンスをワンテンポ遅らせることも出来るだなんてっ！

いつも、いっぱいいっぱいになりながら、一生懸命にダンスを踊っている自分からしたら、ダンスを踊れる人のスマートさが、本当に身に沁みてしまう……っ。

みんな、そんな感じで、きちんとダンスを踊ることが出来るんだろうかと、そろりと視線をソファーの上に座っていたアルと、その場に立って私達の遣り取りを見てくれていたセオドアに向ければ……。

「うん？　もしかして、騎士のお兄さんも、アルフレッド君も、ダンス、踊れたりするの？」

と、私の視線を勘違いしたのか、にこりと笑みを浮かべたまま、ルーカスさんが二人に向かって質問するのが目に入ってきた。

そこで初めて、無意識のうちに今、二人に助けを求めるような視線を向けていたことに気づいて、私はハッとする。

「ふむ、月の雫とやらは初めて聞いたが、こんなもの、音と風の流れに乗ればいいだけであろう？　何度か練習すれば踊れないことはないだろうが、堅苦しく決められた踊りに、一体、何の意味があるのだ？」

「……えっと、音と風の流れ？」

「あーっ、えっと、あのっ、アルは、感覚で物事をこなせる天才肌なんですっ！」

まさに、センスの塊と言った感じで、芸術家のようなアーティスティックな回答をするアルの言葉を聞いて、訝しげに眉をひそめたルーカスさんが、私の、補足に納得したように頷いたのが見えた。

「あぁ、成る程な？　……確かに。たまに、そういう天才肌の人っているよなァ。マジで、どこからその表現出てくるんだよっ？　みたいなやつ。……それで？　騎士のお兄さんは、どうなの？」

「今の部分までなら、難なく踊れるだろうが、全部は無理だ」

「あれ？　一部だけしか踊れないってのは、ちょっと意外かも。てっきり、この国の人じゃないから、曲自体も知らなくて全然踊れないか、お兄さんの身体能力なら全部踊れるかのどっちかだと思ったんだけど」

「何言ってるんだ？　だから、今見た部分以外は知らないし、踊れないって言ってるだろっ？」

「……それって、一回、誰かのダンスを見ただけで踊れるようになるってこと？　俺、マジでお兄さんのこと嫌いになりそう」

――そういえば、ここにいる人達は、私以外は、みんな能力がずば抜けて高いんだった。

ルーカスさんが、セオドアの『才能』だとか、最早、そういうレベルでもない発言に「うへぇ……っ！」と、声を溢しながら、目に見えて露骨に嫌そうな表情を浮かべたのが見えて、私自身、『もしかして、ルーカスさんって努力型の人なのかな？』と、思いながらも……。

お兄様だけではなく、セオドアもアルも普通に出来る人達なので、途端に一人除け者になってしまったような疎外感を感じながら、私は、再度、ルーカスさんに指摘されたことに気をつけつつ、月の雫のメロディーを、頭の中に思い浮かべて練習をし始める。

ワンテンポずれちゃうのなら『もう少し速く身体を動かせばいい』と、頭では分かっていながらも、やっぱりどうしても遅れてしまって、上手くいっていない状況を見て、セオドアが私のいる場所まで歩いてきてくれたあとで、私の手を取ってくれた。

「ていうか、姫さんの踊りがワンテンポずれるんなら、こんなふうにリードする方が、ワンテンポ早めに手を動かしてやればいいだけだろ？」

そうして、一切の無音である状態にも拘わらず、ふわり、とセオドアの手の誘導により、いつもよりも格段に速く動けるようになった私は、頭の中で流していた音楽と綺麗に初めて自分の身体が一致するのを体感して……。

（うわぁあっ！　初めて、誰の足も踏まないで、ダンスをきちんと踊ることが出来てるっ！）

と、かなり、感動していた……。

セオドアのリードのお陰もあって、本当に、動きやすいし、踊りやすくって。

――これから先ずっと、セオドアが私のパートナーになってくれたらいいのに、と思わず、切望

してしまいそうになるほどだった。

「はいっ、そこっ、甘やかさないっ！　それが出来るのはお兄さんだけだからっ！　全員がそんなこと、出来ると思わないでよっ！」

「はぁっ……？　リードをするのに、アリスのことを速く動かしてやればいいだけなら俺にも出来る」

「ちょっと、殿下っ！　そんなところで、いきなりお兄さんに張り合ってこないでよ！　っていうか、ややこしくなるから、余計な口を挟まないでくんないっ⁉　あんたら、マジで本当にチートだなっ！　それじゃァ、根本的な解決にはならないでしょ」

この場で、お兄様もセオドアもいる中、ルーカスさんが突っ込みの役割に回っているのは本当に珍しいなぁと思いながらも、今、ルーカスさんが出してきた言葉は正論であり……。

社交界では基本的に複数の人達と踊らなければならず、これで解決した訳じゃないというのは勿論、私も分かっているため、私はセオドアにありがとうとお礼を伝えたあと……。

「もうちょっとだけ、速く身体を動かして踊れるように頑張ります」

と、前向きにルーカスさんに向かって声を出した。

前までは、どうして自分が踊れないのかその根本的な理由さえ、マナー講師には教えてもらえていなかったから、私自身どうしていいのか分からずにいて。

——ただ、出来ないことを詰《なじ》られるだけで、対策も立てようがなかったけど。

ルーカスさんに教えてもらえたことで、どこを直せばいいのか自分で理解出来ただけでも私にとっては一歩前進だった。

それから、暫く……。ルーカスさんの「ワン、ツー」という掛け声に合わせて、どの曲にもよく使われているという基本的なワルツの振り付けを、何度か一緒に、練習させてもらったあとで。

「デビュタントの前くらいには、完璧に踊れるようになってたらいいけど。お姫様って確か、まだ社交界にデビューはしてないいんだよね？　殿下の時は、丁度お姫様くらいの歳の頃にやってた覚えがあるから、多分、もうそろそろでしょ？　いつが、予定なの？」

と、ルーカスさんに問いかけられて、思わずその場で固まってしまった私は……。

「……あ、えっと、それ、は。……私にも分からない、んです」

「……うん？　なんで？」

と、私に聞きながらも、不思議そうな表情を浮かべてくるルーカスさんに苦い笑みを溢しながら、巻き戻し前の軸、自分の社交界デビューが、散々なものだったことを思い出した。

――というか、正確に言うのなら、私の社交界デビューなんてなかったと言った方がいいだろうか。

『デビュタント』といえば、一般的には、成人した貴族の令嬢が初めて社交界にデビューするのを指すことが殆どだけど、それは、貴族の場合であって、この国の皇族の場合は少しその意味合いが異なってくる。

『女性の場合の皇族のデビュタント』若しくは『男性の場合の皇族のデビュー』に関しては、その日の主役として皇帝陛下主催のパーティーが開かれて、お披露目するというのが通例だ。

そして、貴族のデビューが十六歳の成人を迎えてからなのに対し、皇族のデビュー時の年齢は、十歳前後と、かなり若い。

皇族主催のパーティーに、小さい時から否応なく出席しなければいけないことも多いし、侯爵家などの国内の有力な貴族との接点を幼い頃から持っておくべきだという理由もある。

勿論、年齢が幼い時は、父親か母親、いれば成人済みの兄弟の同伴などのもと、貴族の顔を覚える為に出席するような形になるし。

デビューさえ一度経験しておけば、普通にいけば、皇帝陛下直々にお披露目されたあと、貴族から社交界へのお誘いの手紙なども格段に増えることになるんだけど。


――巻き戻し前の軸。

私も、当然、妹として、二人の兄のデビューの時には、形式的に参加させてもらったし……。

式典とかだけなら、他の貴族がいる前での顔出しを、これまでにも何度か経験したことがあるものの。

だけど、結局、十六歳の成人を迎えてギゼルお兄様に殺されてしまうまで、私だけのデビュタントのパーティーなんていうものを、お父様から開いてもらえることは一度もなかった。

式典や、上二人の兄のデビューの時を除けば……。

どうしても出なければいけないと言われた、貴族主催のパーティーに『出席した』のが最初だったから……。

「……私、自分のためのデビュタントのパーティーを、お父様に開いてもらえるんでしょうか？」

そもそも、上二人の兄の、デビューのパーティーがどんなものだったのかさえ、小さい時の話だったから、あまり覚えてもいないんだけど。

(今なら、お父様との仲もそこまで悪くないから、もしかしたら慎ましくでも開いてもらえるかもしれないなぁ……)

と、ぼんやりと、僅かな可能性について頭の中で考えていたら……。

ぽつりと溢した私の声を拾って、ルーカスさんが。

「いや、絶対に、陛下はお姫様のパーティーを開くつもりでいるでしょっ。……だって、心配だからって俺にわざわざ殿下をつけてまで、その動向を監視してくるような人だよ？　お姫様のパーティーを開かないっていう方がおかしいからねっ!?」

と、此方に向かって、力説してきてくれる。

突然の謎の理論を用いて説明してくれるルーカスさんが、どうして、そこまでお父様が私のためのパーティーを開くことに確信を持っているのかよく分からないけど。

そう言ってくれる分には、有り難いことなので、私は……。

(そうなのかな……？)

と、内心で疑問に思いながらも、ルーカスさんが此方に向かって出してくれる言葉に、自信があまりないながらも、こくりと頷き返した。

「……っていうか、殿下も、その話が決まっているんなら、ちゃんと伝えるべきだと思うよ、俺。陛下も、殿下も何も言わないから、お姫様がこんなにも不安になるんじゃないっ？」

そうして、その上で、ルーカスさんがウィリアムお兄様に向かって、注意するようにそう言ってくれると。

「……まだ、日取りも何もかもが決まっていないんだから、言いようがないだろう？」

と、お兄様が難しい表情を浮かべながら、そう言ってくるのが聞こえてきて、私自身もその言葉には、特にショックを受けることもなく『……やっぱり、そうだよね』と、納得する。

セオドアやアルはお兄様の言葉を聞いて、目に見えて眉を寄せ、険しい表情を浮かべて怒ってくれている様子だったものの、私自身はハッキリ言って、本当に何の期待もしていなかった分だけ、その事実を正面から受け入れることが出来たんだけど。

「……えっ？　冗談でしょっ？」

「事実だ。だが、父上も、何も考えていない訳じゃないだろう。……どこかのタイミングで執り行えるように、調整はしているはずだ」

と、逆に、お兄様から続けて降ってきたその言葉には、驚いて目を瞬かせてしまった。

（お父様が、どこかのタイミングで執り行えるように、調整してくれている？）

巻き戻し前の軸ではあり得なかったことを言うお兄様に、一人、動揺してしまっている私をおいて、ルーカスさんもどこか納得したような素振りで頷いたあと。

「あぁ、なるほど……。まぁ、ちょっと前まで、お姫様は療養してたからおかしいことではないか」

と、声を出してくる。

（そう言えば、ロイが診断書を書いてくれていたから、私はずっと療養していることになってたんだ）

巻き戻し前の軸の時はそれが解除されたあとでも、私のためのデビュタントのパーティーだなんて開いてもらえなかったと思うけど、あの時は単純に、お父様の私への評価が酷いものだったから仕方がなかったのかな？

でも、だとすると……。

「もうすぐ、私のデビュタントが開かれる、ってことです、よね？」

お兄様の言っていることが正しいのなら、近々、そうなる可能性の方が高いのだろうと感じながら、おずおずと出した言葉は、今の私の不安を表すような声色になってしまった。

……どうしようっ？

――全然、ダンスなんて出来ないのに……。

『その日の主役』なんていうものに担ぎ上げられて、みんなの前で披露しなければいけなくなる日が、いつか近いうちにやってきてしまう……っ。

今回はもしかしたら、私のデビュタントを慎ましくでも開いてもらえるかもしれないとか、僅かな可能性だと思って、そんなことを考えている場合じゃなかった。

そうなったら、慎ましくだろうが、豪華絢爛《ごうかけんらん》なものになろうが関係なく、ダンスは絶対に、誰かと踊らなくちゃいけなくなってしまうだろう。

それも多分、ホールのど真ん中で……。

じわじわと、パーティーが開かれる意味に気づいて、私の表情が引きつっていく。

「……あ、あの、お兄様……っ。そのっ……、お父様は大体、今からどれくらいの期間で、パーティーを開くおつもりなのかご存じ……、ですか？」

私の問いかけに、目の前に立ってくれていたお兄様がふいっと、視線を逸らすのが見えた。

「もしも、仮に知っていたのだとしたら、今ここでお前に教えている」

——そう、ですよね……っ！

さっきルーカスさんと話していた遣り取りで、分かってはいたけれど、実際にそう言われてしまうと、もう言葉も出てこない。

「だが、そう遅くはならないだろう。俺も第二皇子《ギゼル》も十歳になる頃には、デビュー自体を恙なく執り行っているからな。そう考えるならば、お前のデビュタントは既に遅いくらいだから、この先、いつ行うと、父上からの発表があっても可笑しくはない」

私が一人戸惑いの表情を浮かべていたのを、もの凄く不憫に思ってくれたのか、次いでお兄様からそう言われて、私はくらり、と目眩がしそうになってしまった。

そうなったら、パーティーで流れる曲のリストも知らなきゃいけないし。

踊るダンスの曲くらいは、きちんとしておかなければいけないだろう……。

「……あのっ、こういう時のダンスって、一曲覚えれば何とかなりますか……？」

今からは、どんなに頑張っても二曲以上は踊れる自信が全くない。

震える声でお兄様にそう、問いかけると……。

「……あぁ、一曲踊ることさえ出来れば大丈夫なはずだ。俺の時は剣の授与で、そもそもダンス自体がなかったが、お前はそういう訳にもいかないだろう。デビュタントのダンスの相手は順当にいけば、ギゼルになるだろうな」

という言葉が返ってきた。

「っ、ぁ、ギゼル、おにいさま……」

(どうしよう……っ)

私の相手が第二皇子になる可能性については、今、ウィリアムお兄様に言われるまで、全然、本当に、これっぽっちも考慮していなかった。

元々、私のダンスの相手については、朧気ながらも、セオドアは護衛騎士という立場だからきっと、無理だろうなと思うことくらいしかしていなくて、ダンスのパートナーになってくれる人も探さなければいけないだろうと、漠然としか、考えられていなかったから……。

ギゼルお兄様相手だと、どう考えても波乱しか待っていないであろうことが、容易く想像出来てしまい。

思わず、口ごもった私を見て……。

分かりやすく困っていることが、伝わってしまったのか、珍しくウィリアムお兄様が此方に向けてくる視線に同情の色が浮かんでいた。

「あ、あのっ……ギゼルお兄様とだと、私、きっと踊れないんじゃ……？　寧ろ、ギゼルお兄様の方が嫌がるのではないかと、思います……」

「あぁ。お前との身長的な釣り合いだと、アイツが一番適任なのは間違いないが。アレは、お前とは、踊りたがらないだろう。……分かった。父上には俺から話を通しておく」

この場で引きつった声を出す私に、お兄様がそう言ってくれて、内心でホッとする。

「だとしたら、お前の相手は、必然的に俺になると思うが……」

一言そう言ったあとで、お兄様がまじまじと私の方へとその瞳を向けてきた。

「……お前は、それで、大丈夫なのか？」

その上で、突然そう聞かれて、その意図が分からず私は首を横に傾ける。

（第二皇子であるギゼルお兄様ならまだしも、どうしてウィリアムお兄様と踊るのに私が嫌だと思ったんだろう……？）

そこまで考えて、ハッとした。

あ、れ……？　そういえば、私……。

――あれだけ苦手だと思っていたのに、ウィリアムお兄様のことは、今はそこまで苦手じゃなくなっているな……。

今までにも何度か助けてもらったから、苦手意識がちょっとだけ薄れたんだろうか……？

それより、ルーカスさんの存在が、お兄様の雰囲気を和らげているからそう思うようになったのかな……？

「私と踊ってもらえるだけで有り難いことなので、大丈夫です。……寧ろ、お兄様の方は、私と踊るの嫌じゃありませんか？」

どちらにせよ、パーティーでパートナーになってくれて、私と踊ってくれる人がいるだけでも貴重なことだし。

寧ろ、その役回りをお兄様に押しつけてしまうことになる方が、ちょっとだけ気が引けて、そう、問いかければ……。

「……別に、嫌ではない」

と、返ってきて、私はホッと胸を撫で下ろした。

そうして……。

暫くの間、応接室の一角で、私のデビュタントについて、『ダンスのパートナー』になってくれると言ってくれたお兄様と遣り取りをしていると。

「……お姫様とのダンスは一応、婚約者候補の俺でも踊ることは出来るはずなんだけど？」

と、側に立って、私とお兄様の遣り取りを、ジィっと見つめてきたあとで、ルーカスさんが苦笑するように声をあげるのが聞こえてきた。

「……何が言いたい？」

「やっ、別に？　ただ、必ずしも、殿下が踊る必要性があるのかなって思いまして。寧ろ、婚約するのなら、俺と踊った方が、丁度、パーティーでの発表も出来て二倍お得かな、って……っ。まぁ、ほら。そこはお姫様次第なんだけど、一応、立候補だけでもしておくのはタダじゃん？」

そうして、提案するように吐き出されたルーカスさんの言葉に、私自身、目から鱗が落ちるような思いだったけど、確かに、デビュタントのダンスを必ずしも皇族の兄弟が行わなければいけない理由はなく。

過去にも何度か、婚約が決まっている皇女が行うダンスの時は、その相手がパートナーになっていた場合もあったみたいだし。

その時点で、仲のいい子がもしもいたならば、極論、幼なじみみたいな関係性の貴族の子息に白羽の矢が立って『踊る』ようなことだって前例としてはあったみたいだから、そこの基準は、結構ゆるゆるだ。

私に関しては、今までそういった人もいないという思い込みがあったから、当然、お兄様以外に相手はいないだろうと勝手に思っていたんだけど……。

考えてみれば、ルーカスさんが言っていることは、理に適っているとは思う。

――本当に、ルーカスさんとの婚約が結ばれれば、という話ではあるけれど……。

ただ、今は、婚約自体をどうするか、返事を待ってもらっている状態だから。

突然のルーカスさんのその申し出に咄嗟に上手い言葉が出てこずに、何て返せばいいのか困ってしまっていたら。

「うむ、デビュタントや、ダンスの相手の基準とやらはよく分からぬが、アリスと踊るだけでいいのなら、別に、僕でも構わぬのではないか？　皇帝さえ、認めればいいものであるのならば、この中で、アリスとの身長的な釣り合いが一番取れているのは僕だ」

と、私が困っているのを察して、ルーカスさんとお兄様の間に挟まれていた私の手をとって、私達の会話に割って入ってくれたのはアルだった。

「……あれ？　もしかして、アルフレッド君も立候補してくる感じ？　これは手強くなりそうで、困ったなァ……」

ルーカスさんとの出会いや、教会で会った時のことなども含めて、未だに警戒してくれている様子のセオドアやアルもそうなんだけど。

何故か、お兄様も、ルーカスさんに対して警戒したような様子で、ほんの少しだけ、ルーカスさんの方に視線を向けて厳しい表情になったのを、私と同様に、ルーカスさん自身、感じているだろうに……。

全く困ってもなさそうな言い方をしながら、次いで何かを期待するような目つきで、さっき、ダンスを一緒に踊ってくれてから、私の側で護るように立ってくれていたセオドアに視線を向けたのが見えた。

「……何を企んでんのか分からねぇけど、俺は、姫さんの護衛騎士だから、そもそも参加出来る立場にねぇよ。姫さんが困らないなら、それでいいって思ったけど。……アンタは論外だ、信用出来ない」

それから、ルーカスさんのその視線を受けて、小さくため息を溢したあと、呆れたようにセオドアがルーカスさんに向かって思いっきり嫌そうな表情を浮かべて眉を寄せ、そう伝えたのが聞こえてくると。

「……えぇっ、それ、本気で言ってる？　俺ほど信用出来る人間なんて、他にいないでしょっ⁉　騎士のお兄さんだったら、殿下じゃなくて、俺の方がいいかもってお姫様に進言してくれるかと思ったんだけどなぁっ！」

と、まるで心外だとでも言わんばかりに、ルーカスさんがおどけた様子で、オーバー気味に表情を変化させて、セオドアに向かって声を上げたのが、私の耳にも入ってきた。

「逆になんで、俺が第一皇子より、あんたの方を信用出来るって思えるんだよ？」

それに対して、セオドアが更に『不機嫌な様子』を隠そうともせずに、ルーカスさんのことが一切、信用出来ないと思っているような口ぶりで声を出せば……。

「だって、殿下とのファーストコンタクト、最悪だったらしいじゃん？　殿下に、剣の切っ先を向けて、殺してやるって、言ったんだとか？」

と、ルーカスさんがこの場で出してきた一言で、私を中心にして、一気に応接室の中の空気が凍ってしまい。

「……オイ。なんでアンタが、そのことを知ってやがる？」

「……それは、俺も聞きたいところだが。ルーカス、お前、一体どこで、そのことを知ったんだ？」

と、ルーカスさんに向けて、問いかけるように質問するセオドアの声色が一気に低くなったあと。

次いで、お兄様の視線が、どこまでも険のあるものに変わって、ルーカスさんの方へと向いたのが見えた。

お兄様がそんな目線を『ルーカスさんに向けている』っていうことは、お兄様からこの話が漏れた訳じゃないのは明らかで……。

ミュラトール伯爵からの贈り物で、クッキーに入れられた毒の件でお父様の下へ向かう途中『ウィリアムお兄様と一悶着あった』話を、何故、ルーカスさんが知っているのかと……。

私は、内心ではらはらしながらも、この話をもっと聞いた方がいいのか、それとも今すぐに、一気に温度の下がったような、この場の空気を何とかして止めた方がいいのかと迷いつつ……。

　結局、どういうことなのか教えてほしい、と……。

　話の続きを促すように、ルーカスさんの方へと視線を向けた。

「……おしゃべりな侍女が、どこかで、その噂を聞いたんだろうね。皇宮に来た時に、俺にわざわざ、教えてくれたんだよ。出所不明な噂が出回っているみたいだけど、信憑性の高いものらしいから、皇女様の野蛮な騎士に噛みつかれるかもしれないので気をつけてください、ってね。親切心のつもりなんだろうけど、明らかに殿下側の俺に言ってきてるんだから、お姫様の状況を、快く思っていない人間がべらべらと言いふらしているんだろうってことは想像に難くない」

　私達の視線を受けて、ルーカスさんがさっきまで、にこにこと浮かべていた表情を、顔から一切、消し去ったあと……。

　はっきりと、そう口に出して、この場にいる全員の顔を見渡すようにして、私達の方を真面目な表情で見つめてくる。

「お前に、そのことを言ってきた侍女の名前は……？」

「俺も全員が全員、皇宮で働く使用人の顔と名前を覚えてる訳じゃないから流石にそこまでは……。ただ、俺の見慣れない子だったのだけは確かだから、少なくとも殿下の近くにいる侍女じゃないよ。……っていうか、俺は今、この話をここでするまでは、この噂が面白半分で作られた嘘なのかなって、思ってたんだけど。……お兄さん、本当に殿下に、殺してやるだなんて言った訳？」

「……容赦しねぇ、って言っただけだ」

「……わーお。それは、また……。お姫様を守るために、普段、俺に向けてお兄さんが見せてくる本気じゃないじゃれ合いの延長みたいな威嚇とは、また、違う訳でしょ？　殿下に剣の切っ先を向けた上で、そんなことを言った人間が、まだここに、こうして普通に過ごしていられること自体が、俺には、凄く不思議なんだけど……」

「……っ、あの、違うんですっ！　セオドアはその時、私のことを守ろうとしてくれただけでっ……！」

セオドアとお兄様とルーカスさんの三人で、みんなが一様にこの場で声を出し、特にルーカスさんの『当時の状況について詮索してくるような、一言、一言』で、セオドアとお兄様の気が張り詰めて、緊迫したような、ピリッとした緊張感のようなものが、辺り一帯を支配してしまい。

……どこまでも剣呑な雰囲気になってしまったことで、一人、オロオロしながらも。

この場の状況を何とかしなければと、制止するように声を出した私の言葉に、みんなが、一斉に私の方を見つめてくる。

その視線に、ほんの少しだけ、たじろぎながらも……。

（どうして、皇宮で、そんな話が広まってしまったのかは分からないけど……）

あの時、お父様の執務室に近い場所で話していて、皇宮の廊下で話していたのは確かだったから、誰かが通りかかった時に、偶然、聞いていたとしても何ら不思議じゃないなぁと思う。

それでも、この話でセオドアが、『野蛮な騎士』だなんて言われる筋合いはどこにもないはず、で……。

寧ろ、私がしっかりしていなかったせいで、たとえ噂話であろうとも、セオドアに非難の目がいってしまったことに、自分自身が情けなくなってきてしまった。

「私が、もっと。ちゃんとはっきりと言葉を出して、お兄様の問いかけに答えられていたら、セオドアがそんな対応をしなくてすんだので、悪いのは、私なんです」

「……っ、いや。……お前が悪い訳じゃない。お前の話をきちんと信じられなかった俺に非がある話だ。だからといって、剣の切っ先を俺に向けて来たこの犬が、悪くない訳でもないが……」

「ハッ！　その節は、俺の短気で突っ走って悪かったな。俺はまだ、あの時のアンタの姫さんへの発言を許してはねぇけど。……それでも、姫さんに迷惑がかかるなら、謝罪なんざ、幾らでも安いものだ」

私の言葉に意外にも、一番、最初に反応して声を上げてくれたのはお兄様だった。

そのあと、続けてセオドアが、私のためを思って、お兄様に謝ってくれたことに、びっくりしていたら。

「……うん？　あれ、もしかしてこの話って殿下が悪いの？　俺はてっきり、お兄さんが十対零の割合で悪いのかなって思ったんだけど」

「……九対一で俺が悪い話だ」

と、ルーカスさんの問いかけに、お兄様がはっきりと、自分の方に『非があることなのだ』と認めてくれた。

——その上で……。

「お前のことを信じてやれなくて、悪かった」

と、私に向かって、真っ直ぐに視線を向けてくれたあと、頭を下げて真摯に謝罪してくれるお兄様の姿に、思わず、目をぱちぱちと瞬かせて、私が驚いてしまっていると……。

「……うわ、珍しい……。殿下が間違ったことをするだなんてっ。一体、何をやらかしたの？」

と、純粋な驚きに満ちたような声色で、ルーカスさんが此方に向かって言葉を発してくる。

いつだって、清廉潔白と言ってもいいほどに、周囲からの評判が高いウィリアムお兄様が何かの間違いを犯すだなんて、到底、信じられないと思っているようだった。

ルーカスさんの反応に関しては、私自身も分からなくはないと思う。

だからこそ、その驚きだったのだろうと、理解することも出来た。

……それから、ほんの少しだけ、普段、あまり表情に変化のないウィリアムお兄様の表情が、どことなく後悔するようなものになったのを感じながらも。

「アリスが毒が入ったクッキーのことを皇帝に話すその前に、この男が嘘だと断じたのだ」

と、私達が何も喋らなくなってしまったことで、フォローしてくれるように出してくれたアルのその一言で、ぴたり、とルーカスさんの動きが、その場で固まって、驚いたような表情を浮かべて此方を、マジマジと見つめてくるのが見えた。

「……？」

ミュラトール伯爵が、私に毒入りのクッキーを贈ってきて断罪されたことは、社交界でも広まっていると、ローラの口から聞いていたから、広く一般的にも知られているし。

この間、洋服を作りにジェルメールへと行った時、ルーカスさんも『お土産』を渡してくれる際に、かけてくれた言葉で配慮してくれていたはずだから、知らない訳がないと思うんだけど。

どうして、そんな表情をしているのか分からなくて首を傾げた私は……。

「……お姫様。それって、一欠片でも、口に入れて食べたから、毒のことが分かったの？」

と、次いで、此方に向かって、詳しい事情を聞きたいと言わんばかりに、どことなく心配そうな表情を浮かべながら出されたルーカスさんの言葉に、私は『あぁ……っ』と、思い当たった。

表向きに、お父様が発表してくれたらしい内容は、ローラが教えてくれた話の内容を聞いた限りでは『皇女への贈り物』に毒が混じっていて、ミュラトール伯爵を断罪したという内容のみだったはずだから……。

——私自身がクッキーを食べたかどうかは、世間では広まっていなかった気がする。

普通なら、皇族の検閲係が、贈られてきた物に毒が入っていることを見破ったと考えるのが妥当だろうから……。

お父様に、わざわざ『私が毒の入ったクッキー』の話をしに行くこと自体が、ルーカスさんからしたら、違和感のあることだったのだろう。

貴族が処罰されれば、当然、そのことは広く世間一般にも知れ渡ることになるけれど。

皇宮で仕えている者の処罰は『皇宮内で完結してしまう』ことも多いから、検閲係が自分達の仕事をきちんとしていなくて処分されてしまった話は、ルーカスさんの耳には届いていなかったのかもしれない。

「アルが気づいてくれたので、一口も食べることなく大丈夫でした」

私のことを心配してくれているセオドアやアルは勿論のこと、何故か、ウィリアムお兄様まで、クッキーの中に毒が入っていた話で、どことなく暗い表情のまま沈黙してしまい。

その上、ルーカスさんまで、微妙な感じの雰囲気を纏い始めたことで、このままでは良くないと感じながら、ほんの少しだけ、暗くなりかけてしまった部屋の雰囲気を少しでも明るくしようと思って、にこりと笑顔を向けた私に。

ルーカスさんの驚いたような表情は、僅かばかり、ホッとしたような顔つきに変わったあとで。次いで、一瞬躊躇ったような表情を見せ、そこから何かを振り切るように、混じりけのない興味のようなものへと変化して、アルへと向いた。

「……アルフレッド君ってさ、毒のこととかも見破れるほど、そういう知識に精通しているの？もしかしたら、医学とか、そういうものに、詳しかったりする？」

「えっと、アルは、特殊な環境で育ったので、薬っぱの効能とかの知識があるんです」

ルーカスさんからの問いかけるようなその言葉に、アルが精霊王だということは言う訳にはいかないものの、特に隠している訳でもない情報を私が伝えれば……。

「……あぁ、なるほどね。そっか、そういう知識、か……」

「……ルーカスさん？」

「いや、ごめん、何でもないよ」

と、言葉を濁したあとで、少しだけ『残念そうな表情を浮かべた』んだと思う。

――一瞬のことだったから、私の見間違いだっただろうか、と。

私がそう思った時には、もう、ふわりと笑みを浮かべたルーカスさんの表情はいつも通りに戻っていた。

「……そっか、それで、殿下と色々とあった訳だ。でも、この話、気をつけておいた方がいいよ？　俺が聞いた限りでは、あからさまに、お姫様側に不利になるような噂が流されてる。俺に伝えてきた侍女が主犯だとは、どうも思えないから、誰かが皇宮内で意図して流してるってことだ」

「……あ、はい……そう、ですよね。私が何かを言われるのはいつものことなので別に構わないのですが、セオドアにそんな噂が立っているのは……。なんとか、しない、と」

「……あー。いや、俺がこういうのもなんだけど、お姫様は、もっと自分のことをちゃんと大事にした方がいいよ？　自分より、従者の心配をしてどうするのさ」

それから、私に向かって、皇宮で私にとって不利な話を意図的に流している人間がいるのだということを、分からせるように教えてくれたルーカスさんの言葉に、真剣な表情を浮かべて、真面目に頷けば……。

困ったようなルーカスさんに、声をかけられて、私は首を傾げた。

――正直に言って、こんなのは日常茶飯事のことで。

自分の噂が碌でもないということも、今に始まったことじゃないから、なんとも思わなくなっているだけなんだけど……。

今回の件だって、何が正しいだとか、何が嘘だとかそういうことは一切、関係がなくて……。

噂を流してくる人が、私に対して差別的な感情を持っているのなら、自分達の都合の良いように話を捻じ曲げて、私のことを貶める目的で、必要以上に貶してくるというのも、ある程度、納得は出来る。

今までも、私がどんなに正しいことをしようとしても、それが、上まで伝わらず、大多数の人間に掻き消されてしまっていたように、今回のウィリアムお兄様との件は、あくまでも、私を貶めたいと思うような人間に良いように使われてしまっただけだろう。

そこに、真実が交じっているかどうかなんて、噂を流す人にとってはどうでも良いことだろうから。

だから、私自身はあまり気にしてなかったんだけど、セオドアのことを悪く言われるのは、やっぱり納得が出来ないし、私の落ち度だったな、と思う。

「……俺の噂が流れることで、姫さんの立場を不当に下げるような真似をしてる奴がいるってことが言いたいんだろ？」

そうして、私の傍で真剣な表情を浮かべながら、私のことを思ってそう言ってくれたセオドアの言葉に、ルーカスさんがにこりと笑顔を向けながら頷いたのが見えた。

「……うん、そういうことだね。まぁ、別に、実害が出てないうちはいいのかもしれないけど、問題なのは、その噂に、真実が交じっているってことだ。お兄さんが、殿下に剣の切っ先を向けたっていう事実がある以上、此方からは否定のしようもないでしょ？　俺みたいに、直接、事実が聞ける人間なんて、ほんの一握りしかいない訳だから、仮に、そこに行き着く前までの過程で、殿下に非があったとしても世間はそう取らない」

「……っ」

ルーカスさんにかけてもらった言葉に『確かに、それは、そうだな』と、納得しながらも、どうしたらいいのか、不安な表情を浮かべていたのが表に出てしまっていたのだろうか。

此方を見て、安心させるように、笑顔を見せてくれたルーカスさんが……。

「まァ、でも、良かったこともあるでしょ？　殿下に切っ先を向けて、こうしてここに生きて存在していること自体が、普通、あり得ないものだからね。……よっぽど、ものを考えることが出来ない人間か、この噂を上手く活用しようとする腹黒な人間以外は、この噂自体、馬鹿馬鹿しいものだって受け取るはずだよ。俺も最初は、嘘だと思ってたくらいだし」

と、フォローするようにそう言ってくれて、内心で安堵する。

「悪い、姫さん……。俺のせいで」

「ううん、セオドアが悪い訳じゃないよ。寧ろ、ごめんね。私がもうちょっとしっかりしていたら、この噂自体、防げたかもしれないのに」

セオドアが私のことを見て、本当に申し訳なさそうな表情をしてくることに胸が痛くなって、ふるりと首を横に振って、セオドアの謝罪を否定する。

セオドアは、「そんなことは、ねぇよ」って言ってくれるけど……。

でもやっぱり……。

ちょっとのことでも、直ぐに噂になってしまったり、悪い状況に落ちていくことが、私にとっては日常茶飯事のことだと、知っていたはずなのに……。

――上手く立ち回れなかったのは、自分のせいだ……。

「ルーカスさん、教えてくれて本当にありがとうございました」

ルーカスさんが、このことを教えてくれなかったら、きっと気づかないままだっただろう。

私の従者であるセオドアやローラの耳に、そのことが入ったとは、到底思えないから……。

ぺこり、と頭を下げて、改めて、お礼を口にすれば……。

「……いや、全然！　ちょっとでも、役に立ったなら良かったよ。ダンスの話をしていたはずなのに、脱線しちゃって此方こそごめんね」

と、ルーカスさんが、私に向かって謝ってくれる。

「それと、誰と踊るかは、まだギリギリまで考えなくてもいいにしても。お姫様が踊るダンスの曲は陛下に聞かなくても、今ここで、決めたらいいと思うよ」

「……え？」

そうして、脱線した話を元に戻しつつ、にこりと私に向かって笑いかけてくれたあと、そう提案してくれるルーカスさんに戸惑いながら、それがどういう意味なのか聞き返せば……。

「陛下は多分、お姫様が決めた曲なら、どんな曲でも断らないと思うからね。先にこっちで決めちゃって、当日までに練習しておけば、問題ないと思うよ」

と、ルーカスさんにそう言われて、驚いてしまった。

……今まで、お父様の希望に沿ったものじゃないと、絶対にダメなんだと勝手に思い込んでしまっていたけれど。

（……そっか。私のデビュタントのパーティーで、私自身がどんな曲を踊るか、自分で決めてもいいんだ）

私の傍には、自分が決めたことで、これから、こんなことがやってみたい、と。

――周りを見渡せば、こんなにもちゃんと相談できる人達がいる。

この場に、私のことを心配してくれながら傍にいてくれるセオドアやアルだけじゃなくて、クッキーの件で、私のことを信じられずに申し訳なかったと謝ってくれたウィリアムお兄様も。

それからきっと、この感じだと、ルーカスさんも相談に乗ってくれるつもりではいるのだろうと感じるから……。

巻き戻し前の軸みたいに、一人で悩んで、抱え込まなくてもいいのだと……。

ルーカスさんの言葉は、まさに、目から鱗が落ちるような思いだった。

「……あの、月の雫だと、あまりにも初心者向けすぎますか？」

「そうだねぇ。普通の貴族の令嬢のデビュタントで踊るには、確かに、あまりにも初心者向けすぎるし、そもそも、パーティーで流れないようなこともあるけど……。お姫様の年齢で月の雫だったら別に違和感もないと思うよ。……他に、覚えて、踊れそうなダンスの曲はある？」

「あ……。えっと、何曲かはしっかりと覚えています。どれもやっぱり、テンポがちょっと遅れちゃってるんだと、思うんですけど……」

「分かった。じゃあ、その何曲かを俺に教えて。踊ってみて一番良さそうなものにしたらいいと思うよ。会場の雰囲気がどんなものになるのかは、殿下や第二皇子《おとうとぎみ》のパーティーで、大体、俺にも掴めてるからね。雰囲気に合うような曲が踊れたら、それにこしたことはない」

「……ありがとうございます……っ」

ルーカスさんの言葉で、一気に光明が見えた気がして、ふわり、と自然に表情が綻べば……。

何故か……。ルーカスさんがこの場で、私の頭の上に手を持っていきかけて、触る寸前のところで、ハッとしたような表情を浮かべたのが見えた。

「……？　ルーカスさん？」

そのことを疑問に感じながら、不思議に思って、上を見上げて首を傾げれば……。

「いや、ごめんね、何となく、無意識で……。お姫様、何だか、妹みたいだなって思ってさ」

と、どこまでも苦い笑みを溢しながら、本当に無意識だったのだと言わんばかりに、ルーカスさんが戸惑ったような声を出すのが聞こえてきた。

「オイ……。人の妹を掴まえて、何を言ってるんだお前はっ？」

その姿を見て、思わずといった感じで、突っ込みを入れるようにお兄様が出した呆れたような一言に。

「妹みたいで可愛いなってことでしょ？　褒めてるんだから許してよ」

と、多分、本気では怒っていないのだろうけど、ムスッとした表情を一瞬だけ浮かべて、声を上げたルーカスさんは、次いで、もう、私達に、いつも通りに笑顔を向けてきていた。

「……お話中、失礼します、アリス様。あまり根を詰めて話されていると疲れてしまいますよ？

ここら辺で一度、休憩されては如何でしょう？」

そのタイミングで、応接室の扉を開けて、部屋の中に入ってきたローラが此方に向かって声をかけてくれた。

わざわざ、私達のために用意してくれたのだろう。

……その手に持っているトレーに人数分のアイスティーがのっているのが見える。

それを見て、一度だけソファーに座ったものの、結局、私がマナーの中で『ダンスが出来ない』と伝えたことで、ここに来てからずっと、ダンスを踊ったり、みんなで立ちっぱなしで話していたことに気づいた私は……。

「ずっと喋っていて、気づかなくてごめんなさい。喉渇いちゃいましたよね？」

と、室内にあるローテーブルを囲んだソファーに、改めて、ルーカスさんとお兄様が座れるよう促した。

それから、お兄様とルーカスさんが、その場所に座ったのを確認してから、私は二人の対面に座る。

そのタイミングで、ローラがテーブルの上にトレーを置き、人数分の紅茶と、お茶菓子であるクッキーが入ったお皿を順番に置いていってくれて、ローラが一礼して、部屋から出ていったのを見送って、私は、セオドアとアルに目配せをした。

私の視線を受けて直ぐに、アルが私の左隣に座ってくれたものの、セオドアは護衛騎士として、さっきと同じように、私の後ろに立ってくれようとしていたんだけど。

私は、セオドアに向かって『そんなのは気にしなくても良い』という視線を向ける。

……エリスとアルが来てくれるようになってから、私の寝室用として使っている部屋にある丸テーブルだと、一気に手狭《てぜま》になってしまい。

人数が増えたことで、応接室であるこっちのソファーとテーブルを使って、従者のみんなと、アルと一緒にご飯を食べるようになったため、セオドアがこの部屋で『ソファーに座る』ということに慣れていない訳じゃないんだけど、遠慮してくれているんだと思う。

きっと、お兄様とルーカスさんの手前、従者である自分が、私達の座っている椅子に一緒に座るのはあまり良くないと感じて、立っていようとしてくれているのだろう。

だけど……。

勿論、今ここで、ローラが用意してくれたアイスティーは、人数分がきちんと準備されていて、数を数えると『セオドアの分も含まれている』ことは、把握することが出来たから。

私が、セオドアに……。

「セオドア、大丈夫だよ。いつもみたいに気にしないで……」

と声をかければ、セオドアは私を見て、躊躇いながらも……。

「あぁ、分かった……」

と、私の言葉に了承して、いつもの通り、私の右隣に座ってくれた。

「……うん？　いつもみたい？」

セオドアが私の隣に座ってくれたことに、満足してにこりと微笑めば……。

目の前に座っていたルーカスさんが首を傾げて、問いかけるように此方を見てくるのに気づいた。

「はい。いつもは、この応接室である私の部屋で、みんなにも、一緒にご飯を食べてもらっているんです」

特別な意味合いなどは何もなく、ただ単純に、私自身が、みんなにそうしてもらっていることが既に当たり前になっているからこそ、ポン、と、その場で出てしまった発言だったのだけど。

私の発言に驚いたような表情を見せたのは、ルーカスさんだけではなく、お兄様もだった。

「……えっと、お姫様……。自室で、従者と一緒に食事をしているの？」

驚いたようにそう問いかけられて、こくりと頷いたあとで……、ハッと、気づく。

皇族として、身分の違う従者と一緒にご飯を食べていることは、マナー的な面でも、あまり褒められたことではないだろう。

「あ、あのっ。勘違いしないでくださいね。……私がお願いして食べてもらっているんです。一人で食べる食事が、美味しくないからって、みんなに我が儘を言って……」

だからこそ、私は、慌てて「無理矢理、お願いを聞いてもらっているんですっ」ということを、あくまでも強調して二人に向かって声を出す。

——その言葉を聞いて、ルーカスさんもお兄様も、目の前で途端に黙り込んでしまった。

私の発言で、一気に静まり返ってしまった室内に……。

（あぁ、これはなにか、色々と心配をかけてしまっているかもしれない）

ということには、直ぐに気づくことが出来た。

だって、二人の反応が、いつも、セオドアやアルやローラがしてくれる反応と、限りなく似通っているものだったから。

「あの……？」

戸惑いつつも、問いかけるように声をあげれば、ルーカスさんが此方を見て。

「……いや、なんでもないよ。ちょっと、驚いただけ」

と、笑顔を向けてくれる。

そのことにホッと安堵しながらも、こういう時のルーカスさんの対応は、暗くなりかけた雰囲気を一気に明るくしてくれるから、本当に有り難いなぁと内心で思う。

「それじゃあ、いつもここで？」

そうして、ソファーに座ったまま、ルーカスさんがちょっとだけ上半身を前のめりにさせて、質問をするように声をかけてくれたことに、こくりと頷いた私は……。

「はい。……元々は、寝室用として使っている部屋で食事をしていたんですけど。そっちにあるテーブルだと、座れる人数に限りがあったので……。来客用にも使っていた此方の部屋で、今は、みんなで一緒に食べています」

と、ルーカスさんの質問に答えるよう、声を出した。

此方の応接室に関しては、主な家具が棚などであることを除けば、ローテーブルとソファー、それから、教養を学ぶ時に使用するグランドピアノが置かれているだけなので、来客用にも使える広々とした場所だ。

元々は、マナー講師や家庭教師が、私に色々と教えに来てくれるのに利用していただけの部屋でしかなく。

二つの部屋が、中で行き来できるように繋がってはいるものの、私自身も普段、この部屋を使うことは、殆どなかったんだけど。

みんなで食事をするようになってからを除けば、あとは、度々、皇宮までやってきてくれるジェルメールのデザイナーさんが来てくれた時に、何度か使用したくらいだろうか。

これから、ルーカスさんが来てくれたり……。

家庭教師の先生が、私の許へ再度来てくれるようなことになれば、当然、この部屋を使用する頻度も上がっていくだろう。

「……お姫様は、陛下とかと一緒に食事をするつもりはない、の？」

戸惑ったようなルーカスさんに問いかけられて、私はこくりと頷きながら、にこりと笑みを溢した。

「はい……。必要以上に不和を招くようなことはしないつもりです。お父様とも、ウィリアムお兄様とも、こうして大分普通に話せるようになりましたけど。私が、前皇后だったお母様の娘である事実は変わる訳じゃないですし……。私が一緒に食事をするとなると、テレーゼ様も、ギゼルお兄様も、あまりいい顔はされないんじゃないかなと思うので」

そうして、私は……。

私が家族として皇宮にあるダイニングルームに顔を出すことで、訪れるであろう懸念について、分かりきっていることを、はっきりとこの場で告げるように言葉を出す。

もしかしたら、世間でも評判の高いテレーゼ様の方は、私が顔を出したとしても、表向きは歓迎の意を示してくれるかもしれないけど、ギゼルお兄様は絶対に嫌がるだろうし。

お兄様と会ったら、喧嘩になってしまうことは分かりきっているから、私自身、あまり必要以上には顔を出したくない。

それに、私の評判があまり良くないからこそ、お父様の目の前という手前、私に向かって失礼な態度を露骨に取ってきたりはしないものの、給仕に来てくれる侍女達もあまりいい顔をしないというのは分かりきっていることだし。

嫌な思いをすると理解しているのに、わざわざ、毎日の食事をお父様達と一緒に摂るだなんて、苦痛を感じながら出向くことはしたくない。

ウィリアムお兄様は、私の発言を少しだけ気にした様子で此方を見てきたけれど。

この場で、敢えて明るく言うことで、誰にも気にされないように振る舞ったのに、多分、気づいてくれたのだろう。

――マナーに関しても、本当は出てきた方がいいと分かっているものではあるはずなのに、何も言わないでいてくれた。

一方で、ルーカスさんもルーカスさんなりに、私の事情を酌んで……。

「そっか。……でも、ここで食べるってのも、気兼ねなくて楽しそうでいいよねぇ。そういえば、昔の話なんだけど、俺は、従者しか食べることの出来ない賄《まかな》い料理ってやつに、一時期、強い憧れみたいなのがあってさぁっ。子供の頃、厨房に潜り込んで、無理矢理シェフに作ってくれって、ごねたことがあるよ」

と、こうやって、明るく自分の話に変えてくれて、サラッと私の話を流してくれた。

「むぅっ！　なんなのだ、それは……っ!?　聞いたことがないのだが、賄い料理とやらは、一体、普通のものと何が違うのだ？　それより、そのご飯は美味いのか？」

「賄い……。この世の中に、そんな、ものが……？」

食べ物の話に、思わず声をあげたアルと私の反応に、まるで、悪戯っ子のような表情を浮かべて、ルーカスさんが、私とアルの方を見つつ、自分のことについて更に詳しく話してくれるのが聞こえてきた。

「あぁ、そうだよなっ。やっぱり、最初は馴染みがなくて、そんな反応になっちゃうよなっ！　殿下に言った時も、滅茶苦茶、驚かれた記憶があるよ。……賄いっていうのはさ、俺等、主人に出してきた料理として使った食材の、余ったものを、鍋とかに全部放り込んで、一品料理にして、手早く食べる使用人のご飯のことなんだけど。パンなのか、米なのかとかで、日によって勿論、その日のメニューも違ったりはするんだけど、これが、シチューをアレンジしていたりすると、手間のかからないリゾットみたいな感じになったりで、俺からしても滅茶苦茶、美味そうだったんだよね」

目の前で身振り手振りをまじえながら、その時のことを面白おかしく話してくれるルーカスさんの言葉を聞いていているだけで、ごくりと、思わず唾を呑み込んでしまいそうになるくらい『美味しそう……』という感情が、私にも湧いてくる。

そして、お腹がぐぅっと空いてきてしまって、ローラがさっき持ってきてくれたテーブルの上のクッキーを一つ摘まんだあと。

私は話の続きを促すように、興味津々で、ルーカスさんに、問いかける。

「……それは、最終的に食べることが出来たんですか？」

「うん、勿論。……ただ、母親には、思いっきり大目玉を食らっちゃったけどねぇ。家で働いている使用人を困らせて、仕事の邪魔をしちゃダメでしょ、って！」

「あぁ……、何となく、ルーカスさんの子供の頃が想像出来る気がします……っ」

この前も、子供の頃の話をルーカスさんから聞いて感じたことだったけど、ウィリアムお兄様が怒られているという画《え》はあまり想像出来ない一方で、ルーカスさんが怒られている画は何となく想像がついて……。

——わんぱくな子供だったのかな、とちょっとだけ微笑ましくなってくる。

「……コイツの傍にいると碌なことが起きないからな。お前も注意しておいた方がいい」

そうして、補足するように降ってきたお兄様の言葉で、ルーカスさんが先導して、色々とお兄様を振り回す状況下で、呆れたような表情を浮かべたお兄様が仕方なく付いていくような姿が、容易に想像出来て。

その言葉は、どこまでも、お兄様の実体験からくるものであるという説得力があった。

「……えー！　殿下だって、俺が話した賄い料理には、ちょっとだけ興味をそそられていたくせにさァっ！」

「……そこで、お前みたいに、好奇心で後先を考えずに動いたりはしないんだよ、俺は」

「まぁね。殿下が、唯一乗り気だったのは、四つ葉のクローバー探しの時だけだったもんな」

「……っ⁉」

「……⁇　四つ葉のクローバー探しって、この前、お二人が話してた？」

私の問いかけに、ルーカスさんが同意するように、にこりと此方に向かって、微笑んでくれたのと対照的に、お兄様の表情は、どこか、苦いものへと変化していく。

「……オイ。それ以上、くだらないことをアリスに言うなよ。そもそもお前は今日、マナー講師としてここに来ているんだろうが？　きちんと、出されている給料分の仕事くらいはしろ」

その様子に、何か、話されたら不味いことでもあるのかな、と感じながらも。

お茶菓子は遠慮したのか一切、手をつけなかったルーカスさんが、ローラが用意してくれたアイスティーを飲むために、グラスに口をつけたのが目に入ってきたあと。

「……はいはい、勿論、ちゃんと仕事はするつもりだよ。美味しいアイスティーもいただいて、こうして、一息、つけたしね。ダンスは別としても、お姫様は他にマナーで不安なところとか、あったりする？　次回までに、ちゃんと教えるところを考えておきたいんだけど……」

と、私に向かってそう言ってくれたのに、きちんとした返事を返さないといけないと思いながら、私は、今の自分のマナーに関する知識や教養について、おずおずと白状するように口に出した。

「あ、えっと。……多分、他のマナーは、大丈夫なんじゃないかと思います。これでも、一生懸命、勉強したので、恥ずかしくない程度には、出来るか、と」

「……それで、出来損ないなんて言われたの……っ？　信じられないんだけど……っ」

私の発言を聞いて、ルーカスさんが思いっきり低い声を出してきたのと同時に、お兄様の眉が、思いっきり不愉快そうに顰められたのを感じて。

更に、言うのなら、私の両隣に座ってくれていたセオドアとアルも、怒ったような表情を浮かべたのが見えて……。

「あ、いえ……それは……」

と、私自身、しどろもどろになってしまう。

（本当の私は十六歳まで過ごした経験があって、巻き戻し前の軸から時間を六年分巻き戻しているから出来ることなんです）

とは、到底言えずに、咄嗟に上手い言葉が見つからず、押し黙ってしまった。

そんな私の様子を見て、ルーカスさんもこれ以上は、問いかけない方がいいと思ってくれたんだと思う。

「……まァ、でも分かったよ。じゃあ、次に俺がマナー講師として来た時には、要所、要所、掻い摘まんで、テーブルマナーとか、挨拶のマナーとか。……テストみたいな感じで出してもいいかな？」

と、声をかけてくれる。

有り難いその申し出に、一も二もなく、こくりと頷いた私は……。

「じゃあ、今後の方針も決まったところだし、これから、お姫様が幾つか覚えているって言っていたダンスを見せてもらって……。それを基に、デビュタントで踊る用の曲だけパパッと決めて、今日はもう、終わりにしよっか」

次いで、ルーカスさんから提案してきてくれた、今日のこれからの予定について。

マナー講師として、折角、ここまでこうして来てくれているのだから、その時間を無駄にしないように、『頑張ろう』と決意して。

少しの間、休憩も兼ねて、こうしてローラが用意してくれた紅茶を飲んでいた時間に、ホッと一息つきながらも、私は、再度、座っていたソファーから立ち上がった。


それから、また、応接室の中の一角を使って、ルーカスさんに、私が覚えているダンスの内容の確認をしてもらいつつ、時折、ウィリアムお兄様の意見も仰いで、セオドアやアルにも一緒に協力してもらいながら……。

私がデビュタントで踊るダンスについては、月の雫よりも『もう少し難易度の高いワルツの曲』にすることが決定した。

「お姫様のマナーに関しては、次回、ちゃんと見て確認するとして。マナーの勉強が特に問題もなく大丈夫そうなら、お姫様のデビュタントまでは、重点的にダンスの練習をすることに時間を割こうかと思うけど、それで大丈夫かな？」

「はい。ありがとうございます」

「空いた時間があれば、婚約者候補として、一緒に、庭に出たりして親睦を深めるのもありなんだけどね。……同じことの繰り返しで、ずっとダンスのレッスンをしていると疲れちゃうし、そっちも少しずつだけどやっていこうか？」

その上で、ルーカスさんから自然な感じで提案されたその一言に、私は、こくりと頷いて、その提案を受け入れることにした。

今は、マナー講師として、ここに来てくれているけれど、本来は婚約を結ぶかどうかのことも、しっかりと考えなきゃいけないことではあると思うから。

寧ろ、そうやって、ゆっくりながらも、親睦を深めようとしてくれるのは、まだ、ルーカスさんの人となりが、今ひとつ掴み切れていない私にとっては有り難いことだった。

「……そういえば、明日《あす》は、家庭教師が来るんだったよな？」

私とルーカスさんの話し合いが一段落ついたあと、さっきまで、私達のダンスについて意見を出してくれていたお兄様が、私に向かって問いかけてくる。

こうやって、お兄様と話すことにも、大分、苦手意識が薄れ、普通に話せるようになってきたから、そのことに、胸を撫で下ろしつつも。

「はい。……先生に会うのも久しぶりなので緊張します」

と、私はお兄様に向かって微笑みながら声をかける。

家庭教師の先生は『マナー講師』とは違って、必要以上に、お兄様と私のことを比べたりするような人ではなかった記憶がある。

だからといって、私にとって優しかったか、と言われたら別にそうでもなくて……。

皇族だから、必要な知識を教えているといった感じの、可もなく、不可もなくという四十代くらいの男性の先生だった。

見た目が厳つい感じの熊みたいな人だったから、特によく覚えている。

そういえば、直接、聞いたことがなかったけど……。

「……お兄様も、私と同じ先生だったんでしょうか？」

私の問いかけに、お兄様が真面目な表情をしたまま、頷いてくれる。

「あぁ。……マナー講師も、家庭教師もな」

マナー講師は、本人が、お兄様と私を比べていたことからも、同じ人だというのは分かっていたことだったけど。

――家庭教師も同じ人だったのは、正直に言って、びっくりしてしまった。

巻き戻し前の軸の時も、今の軸でも、要領が悪くて、中々、勉強が覚えられなくて、お兄様と違って自分が不出来だったことは自覚しているし、それで『よく比べずにいてくれたなぁ……』と、今になって思う。

「あの男は、見た目があんな感じだから、取っ付きにくいが。誰かを差別したりすることもなく、きちんとものを教えることの出来る人間だ。……お前も、安心していい」

それから、私に対して声を出してくれたお兄様の言葉で、今、お兄様が何を心配してくれているのか、読み取ることが出来て……。

凄く分かりにくいけど、表情にあまり変化がないだけで、私のことも考えてくれているんだなと理解して、私はお兄様に向かってふわりと笑顔を溢した。

「ありがとうございます」

誰に対しても、公正な判断が出来ると評判だったお兄様が言うのなら、本当にそうなのだろう。

(皇女様、質問はありますか?)

今、思えば、家庭教師の先生は……。

そうやって、ところどころで、私に分からないところなども聞いてくれていた気がするんだけど。

あまりにも、見た目が恐かったのと、先に私につくようになったマナー講師のことがあって、人というものが一切、信じることが出来ずに、聞いたら怒られるんじゃないかと碌に質問も出来なくて、勉強の内容も理解出来ずに迷惑ばかりかけてしまっていた気がする。

ウィリアムお兄様も、そう言ってくれていることだし。

明日、再度、私に勉強を教えに家庭教師の先生が来てくれた時は、分からないことは分からないって、ちゃんと聞いてみよう。

「それに……、どうせ、ルーカスがここに来る時は、必然的に俺も一緒に来ることになるしな。ダンスや庭園を散歩するだけなら、時間も余るだろう?　お前が勉強で分からないことがあるなら、予習にも、復習にも付き合ってやる」

(お兄様が私に、勉強を……?)

「そのっ、お兄様がご迷惑でないのなら……。凄く嬉しいです……っ」

突然の、その提案に驚きながらも、嬉しさが抑えきれずに、はにかんで笑みを溢せば、お兄様が此方を見て……。

「……そんなことくらいで喜ぶな」

と、呆れたような声を出したのが聞こえてきた。

でも、実際、ウィリアムお兄様に『勉強』を教えてもらえるというだけでも、頼もしいことには間違いないだろう。

私と違って優秀で、勉強も、剣術とかも、何をしてもお兄様はいつも『凄い』のだと、周りの人達から絶賛の嵐で手放しに褒められているような人だったから。

お兄様のかけてくれた言葉は、今の私にとっては、凄く有り難いものだった。

「アリス、家庭教師が来たら、近隣諸国の情勢とかも学べるのだろう？」

そうして……。

丁度、私達の会話が途切れたタイミングで、スッと入ってきてくれたアルの問いかけに私はこくりと頷き返す。

今まで、古の森から殆ど出ることがなかったというアルも、実は、家庭教師が来ることを楽しみにしていた。

『世の情勢や常識とやらが、如何せん、僕の引きこもっていた昔とは違い過ぎるのでな。僕も機会があったら、積極的に学びたいと思っていたのだ……』

と、言っていたから……。

「うん、一緒に学ぼうね」

にこりと、表情を綻ばせて、笑顔を向ければ……。

「えっと、アルフレッド君も学ぶ気、なのっ？」

と、ルーカスさんが驚いたように、此方に向かって声をあげてくる。

「……？　アリスの傍にいるだけで、タダで学ぶ機会があるというのに、一体、どうしてその機会をみすみす、見逃すというのだ？」

それに対してアルが首を傾げて、『何を言っているのだ？』と言わんばかりにルーカスさんに問いかければ。

「なんていうか……、そんなことを言われたの、俺、初めてだよ。まぁ、君の場合は自由に過ごすことが許されていそうだし、陛下が許しちゃうんだろうけどさァ。それにしたって、俺が言うのもなんだけど、色々と逞しすぎない？　流石、イレギュラーっていうか、なんていうか、浮世離れしてるっていうかっ。本当に、君って、存在自体が滅茶苦茶、謎だよなァ……っ」

と、ルーカスさんが此方を見て、そう言ってきたことに、思わず、心臓が跳ねるかのように一度高鳴ってドキっとしてしまった。

『浮世離れしている』というその言葉は、アルの本質をどこまでも突いていると思う。

けれど、アルは、いつものように、全く動じることもなく……。

「僕は、僕だ。それ以上の何者でもない」

と、毅然とした態度で、言葉を発してくる。

――こういうふうに言えるのが、アルらしいところだろうか。

私達のために、いつもは便宜上、精霊王であることを名乗ってくれているけれど『精霊』だって、元々は、人間が勝手に名付けたものだって言っていたから。

本当に、アルからしたら、自分は自分であり、それ以上の何者でもないのだろう。

アルのこういう自分という個に対して、絶対的に自信が溢れているような姿は、いつだって本当に眩しいなぁ思えるし、私自身が自分にあまり自信がない人間だから、羨ましいなとも感じてしまう。

「あー。なんていうか、煙に巻かれたような、一本とられたような、そんな気分がするのは、俺だけ……？」

私達の目の前で、ルーカスさんがそう言って苦笑するのが見えた。

その気持ちは私にも、痛いくらいに理解出来るものだったけど、アルの正体を言う訳にもいかない私は、その言葉に、にこりと微笑んでその場をやり過ごした。

これからお兄様とルーカスさんが頻繁に来てくれるようになったら『今日みたいに賑やかな毎日がこうして訪れるんだろうなぁ』と、ほんの少しだけ、ワクワクした気持ちを抱えながら……。

裏切り？　――ルーカス Side

小さな頃から勝手知ったる、皇宮の中をすいすいと歩いて行く。

俺がどこにいようが、何をしていようが、誰も何も気にすることすらない。

（殿下の幼なじみであり、一番近くにいる人間）

という称号のおかげで、本当にこんなにもあっさりと、一切、誰にも警戒されることがない俺は、すれ違って会釈をしてくる侍女に、挨拶をするように、にこりと笑みを向けたあと……。

小さな頃、殿下と見つけた皇宮の庭にある壁に出来た、未だに修復されていない『ぽっかりと出来た穴』に辿りつく。

丁度、その付近一帯は、何種類かの野草に覆い隠されて見えなくなっているため、この場所を知っているのは殿下と俺と、あともう一人だけのはず……。

（昔は、それこそ、俺と殿下、二人だけの、秘密の場所だったんだけどなァ……）

この壁の下に生えている野草のひとつ、四つ葉のクローバーをここに来る口実として、俺達は……。

——殿下は、よくここにやって来ていた。

十歳の子供の頃の、自分達の過去に思いを馳せたところで、その場所をくぐれば、丁度、庭に出てきていたのだろう。

俺が今日、会いたかった人と出会えて、にこりと笑みを溢す。

「どこぞの狐が潜り込んできたかと思ったら……。まともなところから、入って来られぬのか、そなたはっ！」

俺の姿を見つけた瞬間、眉を思いっきり寄せて、嫌そうな表情を隠しもしないその人に、俺は皇族に向ける最上級の礼を執り、仰々しく挨拶をする。

「帝国の咲き誇る大輪の花に、ご挨拶を。やだなァ……。敢えて、この穴をそのままにしてるのは、俺がこうやって、皇后宮へと、面会手続きを踏まなくても入ってこられるようにしていただけている、テレーゼ様の有り難い、ご配慮と認識していたのですが？」

「ふん、物は言いようだな？」

皇后宮の手入れのされた美しい花が咲き誇る庭で、一番信頼しているであろう侍女長の姿を後ろに侍らせながら、此方を見て、扇で口元を隠しながら声をかけてきたこの御方は、多分、その下で、口角を吊り上げて笑っていることだろう。

「あれ……？　そろそろ、俺が来ると分かっていて、こうして、わざわざ庭に出て来られたのではありませんか？」

「そんなこと、私《わたくし》が、事前に予知など出来る訳がないであろう？　ただ、単純に、花を愛でに出たまでよ」

顔の下半分が隠された状態ではあるものの、長い付き合いで、そのことを悟った俺は……。

促されるような視線を感じとり、その視線に同意するよう、テレーゼ様のその手を取って、エスコートをするように、皇后宮の庭にある花に囲まれた円卓まで、スマートな仕草で案内する。

小さな頃、ここに座っていたのは、この方ではなかった。

病弱だったこともあり、いつも顔色が悪くて、もっと儚いような表情を浮かべていた、今にも散ってしまいそうなほど、頼りないお姿だった人……。

十歳だった俺達が、この穴から、ただ、覗くことしか出来なかったこの場所で……。

今は、我が物顔をして、この方が座っている。

実際に『この場所』はもう、目の前に、堂々と座っているこの方のものなんだけど……。

（まァ、俺達の……。殿下の目当ても、この円卓の前に置かれた椅子に座る権利があった御方じゃなく。侍女に連れられて、外にそっと出てくる五歳にも満たない、小さな女の子の方だったしな……）

『オイ、ルーカス。生まれてくるきょうだいに渡すんだろう？　四つ葉のクローバーを探すのを手伝ってやる。……俺に感謝しろよ』

小さな頃の素直じゃない殿下の言葉が、まるで昨日のことのように思い出されながら、四つ葉のクローバーを探すふりをして、ぽっかりと開いた穴から見つめることしか出来なかった、まだ、四歳だったあの頃の少女を思い出して、俺は、ほんの少しだけ思い出に耽ったあと、目の前の椅子に腰掛けているテレーゼ様へと視線を向ける。

俺がテレーゼ様のことを見た瞬間、テレーゼ様がゆるりと優雅な動作で、その傍についていた侍女に目配せをしたのが見えた。

俺と同じく、今この場において、視線だけでテレーゼ様が何を言いたいのか、何を求めているのかなども、優秀なこの侍女は全てを察したのだろう。

綺麗な仕草で一礼して、この場から去って行く、その姿を見送ってから……。

そうして、今度、俺に視線を向けたその人に従って、俺は、円卓の前に置かれているテレーゼ様の正面の椅子に腰をかけた。

こうして、向き合って改めて思うけれど、表では評判の良い皇后像を体現しているような、この方の『性格の苛烈さ』は、近くで見てきた俺自身が、きっと、誰よりも一番、深く知っているはずだ。

「調子は、如何です……？」

「……良好だと、思うか？」

質問に返された、いつもよりも、ワンオクターブも低いその声色に……。

『あーあ、これは相当キテるなぁ』と思いながらも、俺はあくまでも、自然に声をあげた。

「……あまり怒ってばかりだと、お身体に障りますよ？」

まずはジャブ程度に、いたって、普通の遣り取りから入る。

「私が、常に怒っているとでも言いたいのか？　そなたも、随分、偉くなったものだな？　一体、いつから、そのような口がきけるようになったのだ？」

「おや、お気に障ったようならば、申し訳ありません。単純に心配しただけなんですけど」

にこりと、安心してもらえるように、笑みを浮かべれば……。

俺の言動について「胡散くさい」と、ピシャリと断じるように、呆れた雰囲気で言いながらも、テレーゼ様は、ふぅ、と一つため息を溢したあとで、俺の方を真っ直ぐに見つめてきた。

――こういう仕草は、唯一、殿下とも似ていると思えるようなところだろうか。

「……そうは言ってもな。あってはならぬことが、今、起きているのだ。陛下は、誰にも愛などという感情は、抱かぬ御方。仮にその気持ちを誰かに抱いていたとしても、自分を律して、皇帝という役割に常に邁進していたはずなのだ。……元々、私を第二妃にしたのも、互いの利害が一致したが故のこと。それなのにっ、日増しに、陛下があの小娘にかける比重が大きくなっている。そのことに、聡いそなたが気づかぬ訳もあるまい？」

そのあとで、どこか、芝居染みたような口調で声を出してくる目の前の御方が、心配なことが山のようにあるのだと言わんばかりに、憂いを帯びたような表情を見せてくるのを感じながら、俺は、その言葉に同意するよう、こくりと頷き返した。

「……えぇ、そうですね」

「古の森の砦を与えただけでは飽き足らず、今更、徹底的に、皇宮で働くものの仕事ぶりを見直して、あの小娘のために色々と働きかけて、目をかけている……っ。そのようなことは、決して……、決して、許してはならぬことだ」

そうして、まるで同意を促すかのように、憂いを帯びたテレーゼ様の視線が、此方へ向いたところで、丁度、タイミングよく、さっきの侍女が戻ってきた。

こぽり、と音を立てて……。

新しく、ティーカップに淹れられた温かい紅茶が目の前に置かれたあと、その横に添えられたマカロンが、俺とテレーゼ様で人数分用意される。

社交界でも、令嬢達を中心に、今、流行っている店のマカロンだ。

さっき、あの子の部屋で出てきた侍女の手作りとも思えるような素朴なクッキーとは違って、それなりに値段が張るものだということは、直ぐに分かった。

俺が、出されたお茶菓子について値踏みをしていると、俺達の前に皿を置いたあと、侍女である彼女は再び仰々しい動きで一礼して、俺達の話を、一切、聞こえてはいないものとして、その場から速やかに立ち去っていく。

……洗練された、その動きに苦笑する。

さすがは、皇宮で働いている侍女達を一手に纏め上げている侍女長なだけはある。

四十代という若さでありながら、侍女長に推薦されて以降、皇族の生活面についての一切を取り仕切り、皇宮という場をその手腕を以てして、纏め上げている女傑。

小さい頃は意味が分からなかったが、皇宮を纏め上げているはずの侍女長が、皇后宮にいる前皇后様ではなく、テレーゼ様の側近の侍女であったことの異常性を、俺自身、今ならば、理解出来る。

いや、今ならそれも、異常では、最早、なくなってしまっているけれど。

——名実ともに、この方が、こうして皇后になった、今となっては……。

「……ルーカス。そなたはまだ、私の可愛い狗《いぬ》のままでいてくれるな？」

ふわり、と隠しもせずに、俺のことを真っ直ぐに見つめてくるテレーゼ様の顔《かんばせ》が歪む。

一瞬その表情に浮かんだ『疑心の色』を、正確に汲み取ったあと。

俺は、くすりと笑みを溢して……。

「勿論です」

と、声を上げ、テーブルの上に置かれていた、目の前の主人の手の甲を取って、仰々しく、飼い犬らしい素振りで口づけた。

「……一体、俺の、何を疑うことがあるんですか？　大きな首輪をつけられて、垂れたリードの先の紐をあなたが握っている限り、俺が、あなたの忠実なる駒《こま》として生きるしか出来ないと、何よりも、あなた自身が一番良く分かっているでしょうに」

俺の言葉に、ふん、と鼻を鳴らして、一度、嘲るように笑ったあと、テレーゼ様がその唇を歪めていく。

「……最近、やけに、アレと親しくしているそうだな？　私が、そのことを知らぬとでも思うか？」

汚くて、ドロドロとしたものだけを煮詰めて混ぜたような、そんな感情を隠しもせずに、テレーゼ様から降ってきた、その言葉に対して……。

「あれ、流石ですね、耳が早い」

と、俺は笑顔のまま、答えてみせる。

「最早、否定すらせぬというのか。……もしやとは思うが、そなた、アレに心でも持って行かれたのではあるまいな？」

「……やだなァ、そんなこと、ある訳ないじゃないですかっ！　俺は、テレーゼ様の憂いを晴らすために、日夜、自分に与えられた仕事については、粛々とこなしているつもりですよ。殿下が皇帝になる未来こそ、テレーゼ様の御所望だったはずでしょう？」

「ならば、そなた、御遊戯会《おゆうぎかい》でもやっているつもりか？」

「おや、流石にそれは心外ですね。お姫様の意見もちゃんと聞いた上で、お姫様と俺が婚約者になることで、殿下の皇帝への道は揺るぎないものになったはずなのに、これ以上何を憂う必要があるんです？」

はっきりと告げた俺の発言に、テレーゼ様が唇を歪めたまま、俺の真意を、奥底まで見通そうとするような目つきで見つめてくる。

……そう、この方からの俺への注文は、単純明快で。

『何の憂いもなく、殿下が陛下の跡を継ぐことが出来るように』と、そのサポート役を、俺に命じてきたことにある。

その命令には、お姫様の婚約者という立場に立つことで『俺自身が、しっかりと応えたでしょう？』という視線を向けて、ありのままを伝えると。

「まだ、婚約関係が成《な》った訳でもないのに、随分と、自信があるように見える」

と、一度、クッと含んだように嘲笑する笑みを向けてきたテレーゼ様にそう言われて、俺は、満面の笑みを浮かべて、しっかりと頷き返した。

「みたいじゃなくて、あるんですよ、自信。何も物事を考えられない子ではなく、彼女がある程度、頭の回転が速くて、物事をしっかりと見極められる子だったので。……お姫様は考えた末に、この話を、絶対に断らない」

「……そなたは、やけにアレのことを高く買っているな？」

「……っ、そういう訳ではありませんよ。ただ……、お姫様が成人するまでの六年間。俺が婚約関係を結び、その近くにいることで、万が一、お姫様側に何か動きがあっても、直ぐに、軌道修正も出来るようにしているつもりです」

自信満々にそう答えて、俺は逸らすことなく、真っ直ぐにテレーゼ様の方へ視線を向け返した。

――だけど、俺のその言葉を、真っ向から否定するようにテレーゼ様が鼻で笑う。

「婚約などというもので縛れると、そなた、本気でそう思っているのか？　もしも、陛下の御身に何かあった時、アレの味方をするのは誰だと思う？　アレの母方も元を正せば、皇族の血筋なのだから、由緒正しい血が流れている公爵家がしゃしゃり出てきたら、私の力でも止めることは出来ぬのだぞ」

「……っ」

懸念、そして、疑心……。

この方の瞳に浮かぶ、それらのことに、咄嗟に対応出来なかった俺は、ふぅ、っと小さく息を吐き出したあとで、にこり、と笑みを向けた。

「……陛下のお身体を心配されるのは、流石に杞憂では？」

「……どんな、小さな石ころであろうとも、そこに気づけぬものが転ぶのだ」

「……どんな、小さな石ころに、躓いて転んだとしても、人は立ち上がれるものですよ」

根本的な部分で、この方の意見と『相違』を感じながらも、慎重に、にこやかに笑みを溢しながら声を出せば、テレーゼ様が俺の目の前で、侍女長が持ってきた、円卓の上に置かれていたティーカップを、優雅に手に取って、その縁に口づける。

「ただでさえ、ウィリアムとアレの距離が近くなることすら嫌だというのに……」

ド派手なピンク色の口紅がべったりと、そこにこびりつくのを視界に入れたのも、つかの間。

苛立ちを隠せない様子で、がしゃんと、乱暴に円卓の上に置かれたティーカップから、中身が揺らいでテーブルの上に、点々と水滴が跳ねていく。

（これで、殿下が、お姫様とデビュタントのダンスを踊ろうとしている）と。

――もしも、この方の耳にでも入れば、それはもう大変なことになるだろうな……。

浮かんできたその考えを、即座に打ち消して。

「私の与えた任務をこなした気になっているだけでは困ると、そう、言っているのが分からぬのか？　そなたは、そこまで、ものが考えられぬ人間ではなかったはずであろうっ？」

そのあとで、叱りつけるように、此方に向かってかけられた言葉に。

俺は間髪いれずに、だけど、決してこの方のテンポには合わせることはせず、あくまでも、自分主体のテンポを保ちながら言葉を返す。

「それは流石に、あまりにも酷くないですか？　こなした気になっている訳じゃなく、きちんと俺はこなしてみせているはずでしょう？　今までも、どれだけ俺が貴女の下で身を粉にして動いてきたのか、貴女が一番、ご存じのはずだ」

「ならば、毒の件は、どう言い訳してくれるのだ？」

「……っ」

「失敗したことを、私が知らぬとでも思うたか？」

……責めるように、此方をジッと見つめてくるその瞳に、俺は一瞬たりとも気が抜けない。

一瞬だけ浮かんだ動揺は、多分、あの子に対する罪の意識から来るもので……。

決して、目の前にいる人に対する申し訳なさとか、そういうものではなかった。

――だけど、その動揺も、浮かんだ瞬間に俺は直ぐさま捨てた。

一度、自分で決めたことだ。

躊躇うくらいなら、最初からやらない方がマシ。

目的のためならば、たとえ自分が鬼になろうとも、誰に後ろ指をさされようとも前に進んでみせる。

……だから、目の前の。

俺の主人に対する答えはいつだって、初めから、用意されていた。

「それこそ、愚問ですねっ。俺に与えられた仕事は、適当な貴族を見繕って、お姫様に毒を用意することまでだ。お姫様に、きちんと毒が届けられて、それを口にするところまでじゃなかったはずでしょう？　失敗したその原因が、俺にある訳じゃない」

はっきりと口にしたその言葉に、俺の目の前にいる主人の頬が一瞬、ひくり、と、引きつるように怒りに震えて、吊り上がっていく。

……だが、俺の意見を聞いて、その矛を向ける場所がどこにもなかったのだろう。

幾ら俺でも、皇宮に届いた荷物の先の行方を、此方で追うことなど出来やしない。

そもそも、あの子に対する『検閲が甘いから、大丈夫だ』と言ってきたのは、この方だ。

まァ、実際、検閲が甘いどころか、直ぐに断罪されることになった『あの貴族』のことを思うと検閲が甘い訳じゃなかったのだと……。

俺は、世間で流れている噂を信じきって、この間までそう思っていた訳だけど……。

それでも、どんなに念には念を入れて準備したものでも、一個のイレギュラーでひっくり返ってしまうことは、間々《まま》あることだ。

そのイレギュラーが、今回は、お姫様の傍についている未だ正体が分かっていない茶色の髪をした、あの少年だったっていうだけで……。

「実際、検閲は確かに甘かったのだ。だが、どういう訳か、それがあの小娘の口に入る前に、陛下に気づかれてしまった」

悔しそうに、自分の親指の爪をギチっと噛みながら、そう言ってきた目の前の主人が、何を心配しているのかということは理解出来て、俺は淡々と声を出した。

「大丈夫ですよ。陛下の調べの手は、テレーゼ様にまで届きません」

「一体、なぜ、そのように言い切れるのだ？」

「簡単です。……ミュラトール伯爵は、前皇后を支持していた貴族ですから」

はっきりと声に出した俺に、テレーゼ様が一瞬、珍しく驚いたようにその動きを止めた。

「私側の貴族ではないと思ったが、そなた、一体どうやったのだ？」

「……やだなァ、楽しくない話は、一切したくないんですよ、俺。だけど、もしも、万が一、調べの手が及んだとしても、俺達が罪に問われるかと言われると、多分、問われることはないでしょうね。この件は、あくまで伯爵が、自分の意思で動いたにすぎないですし、俺はただ、そのきっかけを与えただけにすぎませんから」

にこりと笑みを溢せば「相も変わらず、食えぬ男よな」という、最上級の褒め言葉が返ってくる。

「……それより、捜し物は見つけてくれました？」

「……それこそ、直ぐには難しいと、そなたも理解しているであろう？」

言われた言葉に、素直に頷けなかった俺は……。

「あなたには多大な恩があるし、勿論、それも承知の上ですが。刻一刻と、時間ばかりが過ぎていく状況に、焦っている俺の現状も分かってくれているでしょう？　殿下が皇帝の座に就くために、そのフォローに関して、今でも充分、危ない橋を渡っていると思うんですよね。言われた仕事は、きちんとこなしている訳だから、ちゃんと、報酬として褒美がもらえないと、やる気もなくなってきちゃいますよ」

と、敢えて口にする。

……反吐が出そうになるこの場所で。

それこそが、俺のことを唯一、この場所に縛りつけるものならば、ちゃんとそこを見極めて『きちんと飴を与えてくれることも重要なのではないか？』と……。

仕事の報酬であるはずの対価は払ってもらわないと困る、ということを言外に伝えれば。

「全く、本当に、扱いにくい狗がいたものだ」

と、目の前の主人は、目に見えて「はぁ……」と、呆れたように、ため息を溢したあとで。

「……今よりも、もう少し、そなたの望むように捜索の手を広げてやろう」

と、俺に約束してくれた。

たとえ、口約束であろうとも、この方は、絶対に、自分が一度、口にした約束は守られる方だ。

そういう意味では疑っていないし、だからこそ、俺はこの方についていると言ってもいいだろう。

（殿下も、あの子も裏切って、俺がわざわざあなたについてあげているんだから。……これくらいは当然、してもらわないと、困るんだよ）

内心を悟られることのないように、にこりと笑みを溢したあとで、ゆっくりと立ち上がった。

――結局、テーブルの上の俺のために用意されたティーカップにも、お茶菓子にも、一度も手をつけることはないまま……。

わざと噛ませた手 ――テレーゼSide

「あのまま、帰してしまわれて、宜しかったのですか……？」

ルーカスが、この場から完全に、その姿を消したあと……。

手つかずのティーカップを片付けに来た私《わたくし》の腹心が、此方に向かって問いかけてくる。

ついでに、空になった私のティーカップにまた、なみなみと注がれていく紅茶を見ながら、私は口角を吊り上げた。

「……構わぬ。どんなことがあっても、身の程を弁《わきま》えているからこそ、私はアレを手元に置いているのだ。ただ、戯《じゃ》れて、此方に向かって、キャンキャンと虚勢を張って、甘噛みをしてくるくらいは、可愛いものであろう？」

アレが、好き好んで『私に仕えている訳ではない』ことくらい、私自身が一番、よく分かっている。

エヴァンズ家は、代々、皇室に忠義を尽くしてきたという貴族の手本のような家柄であり、アレの母も父も『清廉潔白』というほどに気高い精神の持ち主だ。

アレが、そんな父のことも、母のことも尊敬していることは確かだし。

本来、私と関わりを持たなかったら、ルーカスは、そんな父の像を追ってエヴァンズという家名を背負い『真っ当に生きていた』ことであろう。

……だが。

「どんなに、私に一矢報いるような素振りを見せようとも、私がアレの心臓をこの手に握っている限り、最終的には、私のことを裏切るような真似は決して出来ぬ」

人間としての未熟さ、不完全な状態で見せたその弱みを、こうして私に握られてしまうくらいには……。

――アレは、人間らしすぎる。

私は再び、ポットから淹れられた、風味のよい真新しい紅茶を飲むため、ティーカップに口をつけて、くつり、と唇を歪めて嗤った。

……人間とは、斯《か》くも弱くなれるものだ、と、熟々《つくづく》、思う。

「それに、やり方をアレに任せきっていた私も悪いしな。流石に、ウィリアムが皇帝の座に就くために、小娘と婚約関係を結ぼうとしているとは予想もしていなかった。そういう意味では、かすり傷程度に、一本とられたと言ってもいいだろう」

「ええ、突飛なアイディアを思いつく辺り、あの方らしいとは思いますが……。それでも、ルーカス様が、皇女様に近づくようになったことで、ウィリアム様とも、必然的に距離が近くなっていることを、テレーゼ様も危惧しておいでなのでは？」

「……っ、多少は致し方あるまいな。だが、最近の陛下があの小娘を甘やかしているせいで、ウィリアムがアレに近づくようになったのには納得がいかぬ。まぁ、その辺り、ルーカスの力ではどうにもならぬことだろうが」

「では、今の状況に、目を瞑るおつもりで……？」

「……私が、ただ黙って、手を拱《こまね》いているだけだと思うか？」

酸いも甘いも噛み分けてきながら、皇宮で長年、侍女長として暮らしてきているというのに、その年齢に似合わず、存外にも、可愛いことを言ってくるものだと。

くつくつと、小さく笑みを溢せば、普段からあまり表情が動くことのない私の腹心が少し言いよどんだあとで「いいえ」とそれを否定してくる。

皇族で『赤に近い色を持つ者』が、ただの恥にしかならぬということを、陛下は何も分かっていない。

その上、あの小娘は、鮮やかな紅色を持っているのだから……。

たとえ、陛下がアレのことを認めようとも、世間の波が、陛下が認めたからアレのことを認めるように大きく変化していくことになろうとも、一歩、国外に出れば、アレは我が国の恥部《ちぶ》であり、汚点でしかない。

——身体のどこかに赤を持つということは、そういうことだ。

生まれながらに赤を持っている人間が、ありのままの姿で着飾ることもせず、何かを失いもせず、大切に扱われ、のうのうと幸せに生きるだなんてことが許される訳がない。

……許されていい、はずがないのだっ。

元々、陛下は、たとえ、誰かに情を持ったとしても、それを公私混同するようなことはしない御方。そういうものであるとずっと思ってきたし、私もあの方に対する想いのようなものは、一切ない。

（だが、それでも、子のことになると別だ）

金を有する我が子よりも、紅色を持っているアレのことを、陛下が大事にしようとする動きには、到底、納得がいかぬ。

──まぁ、今はそんなことを言っても、詮無《せんな》きことだが。

私に出来ることは、あの小娘がこれ以上、調子に乗ることのないように、常日頃から、その動向を見張って、働きかけることだけ。

我が子の行く先に、何の障害ももたらさぬよう、細心の注意を払うのみ。

「それより、小娘に送ったあの侍女は一切の音沙汰がないが、このまま、借金に苦しんで喘いでいる自分の実家がどうなろうが、別に構わぬと……？」

私の問いかけに、侍女が呆れたような、ため息を一つ、溢した。

「一度、仕事の報告をするフリを装って、接触がありましたが。皇女様が、いつも自分を気遣って優しくしてくれるのだとか、そういう、どうでもいい日常の些細な報告ばかり……」

──何の役にも立たないので、今のうちに切った方がよろしいかと……。

無能な人材を切り捨てるように、はっきりと出された侍女からの言葉に唇を歪めて、乾いた笑みを溢した。

私自身も、あの田舎から出てきた新米の侍女については、特に、何の期待もしていなかったし、以前から無能そうだとは思っていたが、どうやら、想像以上に使えない人間だったらしい。

それより……。

『皇女様が、いつも自分を気遣って優しくしてくれる』と……？

「我が儘ばかりで癇癪を引き起こしては、喚いていたと記憶しているのだが、いつからアレは侍女を気遣えるような、善人になったのだ？」

そのまま、我が儘ばかりの子供でいてくれたなら、どれほど扱いやすくて楽だったかと、視線を侍女に向ければ……。

「……誘拐事件以降、必要以上に、表には出て来られませんが。それでも、以前よりも、格段に大人しくなられているようですね。ただ、一方で、自分の騎士を決める時には、騎士団で我が儘を押し通したようですが」

と、淡々とした口調でそう返ってきて、私は自分の唇を歪めた。

『紅い眼』をした、あの黒髪の騎士のことか……っ。

私自身も、遠目で一度目にしたことがあるが、本当に忌々しいこと、この上ないものだ。

「全く酔狂なものよな？　そうは、思わぬか？　わざわざ、自ら率先して、紅眼《あかめ》の男を騎士にするとは……。アレは、自分が皇族である自覚さえないらしい」

わざわざ、『紅眼の騎士』を選んで、これ見よがしに自分の騎士にするとは、皇宮内を、あの騎士が歩いていると思うだけで、虫唾が走る。

「それに、噂では、ノクスの民とは、野蛮な民族なのであろう？」

「ええ。……そのようですね」

――一般的に、ノクスの民というのは、身体能力が高く、他国では規制もされておらず、奴隷としても売り買いされているような人間だ。

（彼らは、皆一様にして、粗野で、乱暴な民族だと聞く……）

それが、奴隷につけるような鎖で縛ったりすることもなく、何の制限もされずに、野放しで、我が国の騎士として……。

それも、皇族の護衛としての『地位』に就いていているだなんてこと、普通ならば、有り得ぬことだ。

あの小娘が何を意図して、そんなことをしてきたのかは、私には全く分からぬし、想像もしたくないが。

『子供のごっこ遊び』でもしているとしか、到底、思えぬ采配に、皇族の自覚さえも持っていないところをみるに、私自身、苛立ちが隠せなくなってくる。

自分が紅色を持っているからこそ、他人を助けるつもりで、そのようなことをしたのかもしれないが、一々、私の癇に障るようなことをしてくる子供だと、本気で思う。

「そういえば、あの、アルフレッドとかいう茶髪の子供の素性は知れたのか？」

「いいえ。まだ……。それも、あの新米の侍女に、皇女の弱みを探ってくるのと同時に、ここ最近になって、その傍にいるようになった人間のプロフィールについても探ってくるようにと命じていたのですが。一向に報告してこないので」

侍女からの報告に、ふぅ、と、私は小さくため息を溢した。

使えぬであろうと碌に期待もしていなかったが、あの新米の侍女は、そんな簡単なことすら、探ってくることも出来ないのか。

最近、特に、私の思い通りに『事が運ばぬ状況』が、増えてきてしまっているように思う。

――この私が、あの小娘に翻弄されるなど、あってはならぬこと。

そのあってはならぬことが、今まさに、起きている。

それでも、たとえ、どうしようも出来ない状況が舞い込んでこようとも、私自身の力で、いつだって、どうにでもしてみせる。

私は、私が思う道を、ただひたすらに進んでいくだけ。

「……万が一のことを考えて、事前に、私の影を呼んでおいて良かった。もう暫くすれば、この場にやってくるだろうから、ルーカスと同様、手厚くもてなしてやってくれ。気紛れかと思えた陛下の寵愛がこれ以上続くようならば、何としても、あの小娘を野放しにはしておけぬ」

ウィリアムが生まれてから、決して平坦な道程《みちのり》ばかりではなかった。

……だが、私が、あの子の持って生まれた性《さが》を、全て背負って立つと決めた瞬間から、あの子が進む道には一つの小石も落ちていないようにしなければいけない。

……そうでなければ、ならないのだ。

――絶対に。

「……テレーゼ様」

私が座っている椅子の近くに控えたまま、少しだけ言いよどんだあとで、私を見つめてきた侍女が何かを言いかけたあと。

けれど、結局、ほんの少し迷ったような素振りを見せてから、何も言うことなく私に一礼してその口を閉じたのが、この日に入ってきた。

＊　＊　＊　＊　＊

それから、どれくらい経っただろうか。

ルーカスがこの場を去ってもなお、皇后宮の庭にある椅子に座ったまま、私は、私の側近と二人で、ゆっくりとした時間を過ごしていた。

傍から見れば、新しい皇后が自分の為に用意された皇宮で、信頼する侍女と和やかなティータイムをしているだけのようにしか見えぬであろう。

先ほど会ったばかりのルーカスには、自分に会いに、わざわざ私が庭に出てきたんじゃないかと冗談交じりに問いかけられたが、その言葉は、当たらずと雖《いえど》も遠からずの話であり……。

ルーカスではないが、私は、今日、この場にやって来るであろう人間を待っていた。

さくり、と、皿の上に用意されたお茶菓子のマカロンを、一つ、口の中に入れて、その味を楽しんでいると……。

そんなに時間が経つこともなく、その存在は、突如として、私の目の前に音もなく現れた。

「テレーゼ様に、ご挨拶を致します」

黒装束を身に纏ったその男は、仮面を着けたまま、私の目の前で跪き、仰々しくも、不慣れな敬語を使い、挨拶をしてくる。

「堅苦しい挨拶はよい。そなたを待っていたのだ」

その姿を視界に入れた瞬間、口元を緩め、歪みそうになって釣り上げた口角を、扇の下に隠しながら、私が普段から重用している『私だけの影』に、真っ直ぐ目を向ければ……。

すぐさま、目の前の影は、その場に跪いたまま、私からの命令が下されるのを、お利口にも、その口を閉ざした状態で、ただひたすらに、ジッと待っていた。

ルーカスほどではないが、この影とも、もう一年以上の長い付き合いになる。

その仕事ぶりは、ルーカスと同じで、与えられた任務について、しっかりとこなすことが出来る人間だからこそ、私は、この影に、ある程度の信も置いている。

「そう畏まる必要などない。今日は、そなたに、探ってほしいことがあって呼び出したのだ」

目の前にいる影に、此方へと注目を向けさせるように、わざと音を立て、パンッと、開いていた扇を閉じて、私が一言、そう伝えると。

影は、仮面越しに私に視線を向けながら「……探ってほしいことですか?」と、抑揚のない淡々とした声で問いかけてくる。

仮面で、その表情は一切見えないというのに、きょとんと、首を傾げるような仕草をしてきたことで、年齢からくるであろう『あどけなさ』のようなものを感じて、普段の仕事の正確さとは裏腹の、そのアンバランスさに、私は、自然と笑みを深くした。

「……あぁ。最近、私の周りで、良からぬことが沢山、起きていてな。そなたも、この国の情勢を理解していれば、自ずと、耳には入ってきているだろうが。私とは血の繋がらぬ、一番末《すえ》の忌々しい小娘が、ここに来て、陛下に寵愛されて調子に乗り始めているのだ。……このまま行けば、他の貴族が、いつ、あの小娘に流れている血筋を盾に、祭り上げようとしてくるか分からぬのでな？　そうなる前に、陛下が紹介したという、あの小娘の傍で過ごすことになったアルフレッドという茶髪の少年の素性について、詳しく調べてきてほしい」

依頼をするときは、どこまでも分かりやすく、簡潔に……。

私の側近を通して、新米の侍女に、あの小娘の周辺を探るように伝えていたのに、一向に情報を持って来ぬことに痺れを切らし、自分の影を使った方が早いと判断して呼び出したことは、正解だったと思う。

私の言葉を聞いて、影は、一瞬だけ、驚いたようにその肩を、びくりと跳ねさせたあとで。

「承知しました。陛下の紹介で、皇女様と一緒に過ごすことになったという茶髪の少年の素性を調べればいいんですね？」

と、その依頼を承《うけたまわ》ったと言わんばかりに、私に向かって声を出してくる。

「あぁ、本来は、そなたの手を借りずとも、私の下で、元々、働いていた新米の侍女に調査を命じていたのだがな。……現状、何一つ、役に立っておらず、あまりにも使えぬ人間だったから、致し方なく、そなたに頼むことにしたのだ。可能なら、陛下が紹介した茶髪の少年の素性だけではなく、あの小娘の周辺にいるノクスの民のことや、あの小娘の弱みなどを探ることが出来れば、良いのだがな。せめて、何らかの情報くらいは持ち帰ってきてほしいものだが、残念なことに、そなたみたいに有用な人材ではなさそうだから。……私も、手を拱いているのだ」

そうして、愚痴交じりに、特に、ここ最近になって、自分の味方を増やしている『あの小娘』の弱みなどを探るために、新米の侍女を付けたが、現状、全く、意味をなしていないことを伝えながら……。

「まぁ、そなたには、そういったことは心配しておらぬし、その辺り、無事に任務をこなしてくるであろうがな」

と、私は、影に向かって声をかける。

私の周囲にいる人間は、みな、私がその能力を高く買っているほどの優秀な人材で、傍に置くようになった者が殆どだからこそ、あの新米の侍女の不出来さというものが際立ってしまっている。

まぁ、不要な人材として、そもそも切り捨てるつもりではあったから、別に、私としては痛くも痒くもない訳だが……。

それでも、最低限、役に立ってもらわねば困るというもの。

そういう意味では、私は、一年ほど私の傍で仕事をしてきている、この影の仕事ぶりを高く評価している。

その依頼の成功率は、常に、百パーセントを誇っており、今まで、私が頼んだ依頼を失敗したことは一度たりともない。

今も、何件か並行して頼んでいるが、その全てを、たとえ、時間がかかろうとも遂行してみせるだろう。

難しい任務でなければ、本当に片手間に依頼をこなしてみせるのだから、その能力はずば抜けているると言ってもいい。

だからこそ……。

何も言わずとも。

（陛下が隠していて、その素性が明らかになっていない、あの茶髪の少年の素性を探ってくることが出来るな？）

という視線を向けると、目の前で影は、私の意図を正確に酌《く》んだあと、こくりと頷きながら。

「ご依頼、承りました。陛下が隠している重要機密事項ということで、僕でも、暫く、時間を頂くかもしれませんが、必ずや、ご期待に応えてみせます」

と、断言するように、そう言ってきたあとで。

ここに来た時と同じく、音もなく、私の目の前から、おおよその人間とも思えぬほどの動きで消えるように立ち去っていった。

書き下ろし番外編

星座占いって
あたる？

The reincarnated villainous princess
who truly became a witch,
Vows never to lose anyone she loves again.

セオドアやアルといった大切な人達が私の傍にいてくれるようになって、新米の侍女であるエリスや、ルーカスさんといった巻き戻し前の軸の時には、特に関わりが無かった人とも関わるようになり、暫く経った頃の何の変哲もない日。

ローラの作ってくれたお茶菓子をおやつにしながら、特別なことがある訳でもなく、セオドアやローラも自分達の仕事を一旦休憩にして、私の部屋でまったりとした団らんの一時を過ごしてくれつつ。

この間、お祖父様にお会いした時に、私が生まれてから贈れずにいたという十年分のプレゼントをもらったことで、部屋の中にあるアンティーク調の飾り棚に、折角もらったものだからと、綺麗に並べて、見栄え良くディスプレーしていると……。

「そういや、姫さんの本当の誕生日って、いつなんだ？」

と、私の部屋で、アルやローラと一緒に椅子に座って、紅茶を飲んでいたセオドアから声がかかって、私は振り向いてから、その言葉に、キョトンとしながらも……。

てっきり、みんなには話したつもりでいたけど、確かに、私の誕生日については、ローラや、ロイしか知らなかったかもしれない、と思い直した。

この前、お祖父様から、十年分のプレゼントをもらえたといえども……。

あれは、今までお祖父様が私に会いたいと定期的に手紙を送ってくれていて、会えた時に、ずっとため込んでいたプレゼントを渡したいと思ってくれたものでもあったから、私のお誕生日とは関係のない時期のことだったし。

言われてみれば、セオドアやアルには、一度も、私の誕生日のことは、話していなかったかもしれない。

私自身、自分の誕生日といっても、家族の誰にも祝ってもらった記憶もなければ、そこまで良い思い出ではないことの方が多かったから、誰かに言うということ自体、思いつきもしなかったんだけど。

「えっと……、一応、私のお誕生日は、三月三日だよ。シュタインベルクでは、子供の成長を願う特別な日だったりもするみたい」

我が国であるシュタインベルクでも、東の方にあるという国でも、三月三日というのは特別な日にもなっているのか……。

色々な国で、子供が健やかに過ごすことが出来るようにと、家族でお祝いをする日だというのが定められているみたいなんだけど。

私からしたら、そんなことは夢のまた夢であり『凄い皮肉な日に生まれてしまったなぁ』という自覚だけがあって、正直、自分のお誕生日のことは、今まで、あまり好きではなかったんだけど。

それでも、巻き戻し前の軸の時に、ローラだけが唯一、自分が作ったという手作りのケーキを差し入れしてくれたことがあって、今まで誰にも、そんなふうに祝ってもらえていなかったから、内心では凄く嬉しかった記憶がある。

巻き戻し前の軸の時は、あまりにも、周りにいる人全てが敵に思えて、穿《うが》った見方をしてしまい、感謝の気持ちすらも、まともにローラに伝えることが出来なかったけど。

私が、ローラに、あの頃のことについて、感謝の気持ちも込めて、そっと視線を向けると、ローラがキョトンとした表情を浮かべながら、『アリス様、どうかされましたか？』と、声をかけてくれる。

ローラ自身は、私がどれだけローラに感謝しているのか、ということを全く分かっていないと思うんだけど、ローラが今まで私にしてくれたことが、何よりも、私にとって救いになっているということは、巻き戻し前の軸の時も、今も、何一つ変わっていない。

私の言葉に、予想外にも……。

「ふむ、アリスは、人間でいうところの行事などが行われる特別な日に生まれたのか。僕は、十二月二日生まれの射手座だぞ」

と、ローラが作ったお茶菓子を、リスのようにモグモグと頬張っていたアルから、真っ先に返事が返ってきて、私は目を瞬かせた。

アルは、私の下に来てくれるようになった頃『自分の年齢すら、最早、あまりにも長い歳月を過ごし過ぎていて、全く覚えていない』と言っていたから、お誕生日のことに関しても、覚えていないのかなと思っていたし。

そもそも、アルがこの世に生まれた頃、既に、正確な日付のようなものがあったのだろうか、というところでもビックリしてしまった。

「アルが生まれた頃にはもう、十二星座があったりしたの？」

率直な疑問として、丁度、今、エリスがローラから言付かった買い物に行ってくれて、この場にいないタイミングだったため、アルに対して、質問するように問いかければ……。

アルは私の質問に、こくりと頷きながらも……。

「うむ。人間が、近年発見したようなものも、精霊である僕達にとっては、生まれた時から当たり前のように傍にあったものであり。そういった世の中の理《ことわり》のようなものは、誰に教わらずとも、自然に理解していたものなのでな。昔は、星座などの生まれで、星占いのようなこともされていたりしたのだぞ」

という、言葉を返してくれた。

その言葉に驚きながらも、確かに精霊の立場だったなら『そういったことを知っていても何らおかしくはないだろうな』と私は、その言葉に妙な説得力を感じて、納得してしまった。

「因みに、星座に基づく基本的な性格というものもあって、これが、中々、的を射ていて、馬鹿には出来ないものなのだが。アリスの星座である魚座は、感受性が鋭く、献身的で、純粋などの性質があり、細やかな気遣いなども出来るといわれているのでな。……本当に、アリスそのものだと僕は思うぞ」

その上で、続けてアルから、直接、星座に基づく基本的な性格というものを教えてもらった私は、魚座の基本的な性格に関して、そんなことが言われていただなんて、今の今まで全く知らなくて、アルの話に思わず真剣に耳を傾けて聞き入ってしまった。

自分には、あまり自信がないからこそ、私の基本的な性格というものを言われても『本当にそうなのかな?』と、どうしてもネガティブに感じてしまうんだけど、少なくとも、アルが普段から、私のことをそう思ってくれているんだなということは伝わってきたから、それだけで嬉しい気持ちになってくる。

「確かに、ソイツは、姫さんの性格と照らし合わせてもピッタリだな」

「ええ、本当にそうですよねっ！　いつも、従者である私達のことを一番に考えて、心配りをしてくださるアリス様の性格にも、凄く当てはまっていると思いますっ！」

それどころか、セオドアや、ローラまでもが手放しで、アルの言葉に納得したように頷いてくれたことで、みんながそういうふうに私のことを見てくれているのだと、ほんの少し、こそばゆいような気持ちになってしまった。

だからこそ……。

「それって、みんなに当てはまることなのかな？」

と、私自身、アルから今教えてもらった十二星座の基本的な性格というものに興味が湧いて、好奇心から『みんなはどうなんだろう？』と、問いかけるように質問をすれば……。

アルが、少しだけ考えるような素振りをしながらも……。

「うむ、そうだな……。僕でいうと、射手座は探究心があって、自由人で楽観的といった性質があるみたいだぞ。それが全てではないだろうし、僕自身、自由人で楽観的かと言われたら、ほんの少し疑問は残るのだが……」

と、目の前で『うむむ』と、難しい表情を浮かべて眉を寄せながらも、射手座の特徴を私達に教えてくれた。

「……いや、どこで引っかかってんだよっ！　間違いなく、お前の性格、そのものじゃねぇかっ！」

その言葉を聞いて、思わず突っ込みを入れざるを得なかったといった様子のセオドアから、的確で鋭い言葉が降ってくると、私もセオドアの言葉には同意して頷いてしまった。

勿論、今、アルが言っていることは、あくまでも射手座の特徴として、こういう人が多いという統計みたいなものであり、それが全てではないだろうけど、探究心があって、自由人で、楽観的というのは、どれも、アルの性格に当てはまっていると思う。

それは、悪い意味ではなくて、良い方の意味で、だ……。

いつだって、ポジティブで明るくて、自信満々に『どうにだってなる』といった雰囲気を醸し出してくれているアルのお陰で、私自身も救われているようなことが、沢山あるから……。

「ローラの誕生日は、確か、七月十日だったよね？」

そうして、私がぼんやりと、巻き戻し前の軸の時にローラから教えてもらえていた誕生日について思い出しながら、話を振ると……。

「……っ！　ええ、そうですっ！　というか、アリス様、直接、お話をしたことはないはずなのに、私の誕生日のことを、覚えてくださっていたんですかっ？」

と、ローラが目に見えて感激したような雰囲気で、私に向かって声を出してきた。

その言葉に、そういえば、今回の軸では、ローラから直接、お誕生日のことを聞く前だったかもしれないと、私はドキッと一度、心臓を高鳴らせ、内心で焦ってしまった。

私が、一人、あわあわと慌てている間に……。

「七月十日というと、ローラは、蟹座か？　蟹座の性格は、面倒見が良くて家庭的、情が深いなどが挙げられるが。……ふむ、まさしくローラといった感じの内容だなっ！」

と、アルがローラのお誕生日を聞いて、補足として、再び、十二星座で言われているという性格の特徴を私達に教えてくれる。

人間の生活面以外のことだったら、大体、どんなことでも博識で、まるで、歩く辞書みたいだなぁと、アルに感心した気持ちを抱きながら『確かに、ローラの特徴にピッタリと当てはまっていて凄い』と、私は思わず目を瞬かせてしまった。

そこで、ふと……。

(アルや、ローラのお誕生日のことは、よく分かったんだけど、セオドアはどうなんだろう？)

と、思い立ち。そういえば、セオドアのお誕生日については、今まで聞いたこともなかったなと感じながら、セオドアに「セオドアのお誕生日はいつなの……？」と、問いかけてみると。

私の言葉に、アルやローラと一緒に、椅子に座ってゆっくりと過ごしてくれていたセオドアが、ほんの少しだけ苦い表情を浮かべながら、ふるりと、首を横に振り。

「いや。それが、本当のところは、俺にも良く分からねぇんだ」

と、私の質問に答えるように声を出してきたのが聞こえてきて、そのことに驚きつつも『良く分からないってどういうことなんだろう？』と、不思議に思いながら、セオドアの方へと真っ直ぐに視線を向け。

「よく分からない……っ？」

と、声をかければ……。

「あぁ。……自分の誕生日ってのは、この世に生まれてる以上、確かにあるんだろうけど。俺が、物心ついた時にはもう、スラムみたいな汚い場所で、その日暮らしの生活を送ることを余儀なくされてきたから、実際、自分の誕生日がいつなのかってのは、詳しく分からないんだ。目安として、年が明けたら、一個、年を取るっていう生活をしてきただけだからな。自分の年齢に関しては分かっちゃいるんだが、誕生日ってのは、全く、覚えてもいなくてな」

と、私の問いかけに、淡々と事実のみを告げるように「面白くも何ともねぇ話で、申し訳ないんだが」と前置きをしながら、逆にセオドアの方が私達に気を遣ってくれつつ、そう言ってきたことで、私は、その事実に大きく目を見開いてしまった。

セオドアが今まで大変な暮らしをしてきたというのは、セオドアに出会ってから、これまでの間にも、言葉の節々から幾度となく感じることがあって……。

私自身も、セオドアの『ちょっとの睡眠さえ取れれば大丈夫』だとか、そういった台詞で、ある程度、その暮らしについては推し量ることが出来ていたんだけど。

トラウマとかって、自分の中で消化して、人に話すことが出来るようになるまでにも長い時間がかかることがあるし、此方からは、なるべく深くは触れないようにしていたから、まさか、セオドアが自分の誕生日すら知らずに育ってしまっただなんて、思いもしていなかった。

この世に生まれてきたのに、自分の誕生日を誰からも祝ってもらえない苦しさについては、私自身が誰よりも理解している。

毎年、自分の誕生日を迎える度に、惨めな気持ちになって、生まれたことすら『間違いだったんじゃないか』と、何度思ったことだろう。

（私ですら、そうなのだから、自分の誕生日を知らなかったセオドアは、今までどんな思いで暮らしてきたのかな？）

世間が、お祝いのムードに包まれて年が明けるその時になって、また一年、年を取ったと、淡々と思いながら過ごしてきたのだろうか？

十八年というセオドアが生きてきた月日を想像して、私は、胸がきゅうっと、自分のことのように痛んできてしまった。

それは、決して、同情から来るものではなくて……。

特別な時間なんて一切なく、私自身が、この部屋の中で、長年、独りぼっちで過ごしてきたことで感じていた寂しさと似ているんじゃないかなと推測することが出来たのと。

セオドアが今まで過ごしてきた生活の大変さや過酷さのようなものが、何でもないように吐き出された、今の言葉の中に、ぎゅっと濃縮されるように詰まっていることが理解出来たから。

「ふむ、そうなのか。お前は、自分の誕生日が分からないのだな？　だが、セオドアの性格を考えれば、獅子座か乙女座か蠍座《さそりざ》あたりだとは思うがな。中々、一つに絞れぬのが、厄介だが……」

そうして、セオドアの言葉を聞いて、一度、深く考え込んだ様子で、アルからセオドアの性格を基に、三つほど、おおよその誕生月を、星座から絞り込むようにそう言われたことで……。

私は、アルに向かって「獅子座か、乙女座か、蠍座……？」と、その言葉を復唱するように声をかけた。

「うむ。獅子座の特徴はカリスマ性がある、弱みを見せない、独立心が旺盛などだ。それから、乙女座の特徴は物静かでクール、鋭い観察眼を持つ、計画性があるなどだな。そして、蠍座の特徴は、ミステリアス、深い洞察力、忍耐力がある、本質を重視するなどといったところか。あくまでも、セオドアに当てはまりそうなキーワードのみを抜粋したものでしかないが……」

私の問いかけに、アルが、私達の方を真っ直ぐに見つめてくれながら、その三つの星座についての特徴をしっかりと話してくれる。

その話だけ聞くと、確かに獅子座も、乙女座も、蠍座も、セオドアの性格に当てはまる部分はあると思うし。

私だけではなく、ローラやアルの特徴まで、星座を基にしてピタリと『その性格』を言い当てることが出来ていたのを思えば、その人の性格を表している星座から、セオドアが生まれた月を探していくのは、ある程度、理にかなっていると感じるんだけど。

ただ、そこまでは出来たとしても、正確な誕生日の日付までを絞り込むのは、きっと不可能だよね？

セオドア自身は、自分が生まれた誕生日のことは、一切覚えていないみたいだから、たとえ、星座から、誕生月をおおよそ絞りこめたとしても、そこから先は、どうやっても難しいものがある。

私がそう思うくらいだから、セオドアも、アルに対して……。

「確かに、そう考えたら、その三つのうちのどこかで生まれているのかもしれねぇな」

と、ある程度、その推測に納得して、お礼を伝えていたものの。

自分の誕生日を記憶から辿ったりして見つけるということに関しては、既に、どうしようもないと、諦めきってしまっているみたいだった。

それどころか、今までもそうやって生きてきたからか、お誕生日を特別な日だとは認識していないみたいで。

セオドアは、私達に、自分のことを話してくれながらも、特に何も気にしていない素振りで、どこまでもあっけらかんとしていた。

今までも、セオドアは、そうやってきっと『独りぼっち』で、生きてきたんだと思う。

私自身も、自分一人の力では変えようもなく、どうにもならない現状に、諦めてしまうことの方が多かったから、セオドアの気持ちは、本当に良く分かる。

自分がこの世に生み出されてしまったことの意味だって、私にも分からないし、もしも、手違いでこの世に生まれてきてしまったのなら、どうか、生まれる前に戻してほしいと願ってしまうくらい、過ごしてきた日々が辛いものでしかなく。

誕生日という特別な日にさえも、誰からも祝われない自分の人生を呪うことしか出来なくて。

私自身、過去を戻せるという能力を持ちながらも、既に、起こってしまった大きな出来事を変えるようなことは、殆ど出来ないと、ヒシヒシと実感している。

でも、過去を大きく変えることは難しくても、未来は、ほんの少しでも、変えることが出来ると思うから……。

「ねぇ、セオドアっ。もしも、セオドアさえ、良かったらなんだけど、お誕生日が分からないなら、いっそ、自分の好きな日をお誕生日にしてみるのはどうかな……?」

お祖父様からもらったプレゼントを、一つ、一つ、棚に飾っていく作業を止めたあと。

私は、椅子に座っていたセオドアの前に立って、ぎゅっとその手を握り、提案するように、セオドアのその瞳を真っ直ぐに見つめながら、真剣に声をかける。

生まれた時から蔑まれていて、誰にも期待もされていなかった私に、大きく未来を変えるだなんて、そんな物語の主人公のようなことが出来るとは、到底、思えないけれど……。

それでも、巻き戻し前の軸の時に比べたら、ほんの少しだけ行動を変えたことで、周囲の環境も少しずつ変わってきて、穏やかで優しい日々を送れるようになっているからこそ。

傍にいてくれるようになった大切な人達から与えてもらう幸せに、恩返しをする形で、私も、それ以上のものを返していきたいと、今は思う。

――セオドアの本当のお誕生日が、いつなのかは、私にも分からない。

それでも、今ここで、セオドアの好きな日をお誕生日にすることによって、これから先、その日が来る度に、私も含めて、ここにいるみんなでお祝いをすることは出来ると思うから……。

私の提案に、珍しく、その肩がほんの少しだけ揺れて、ビックリしたように目を丸くして私の方をジッと見つめてくるセオドアに、私自身も、お誕生日をつくるだなんて、手探りで『あまり自信がないことだけど』と思いながらも。

過去には出会えなかった人達と出会えたことで、私の周囲は、それこそ本当に、巻き戻し前の軸とは雲泥の差くらいに、柔らかく温かい空気が取り巻くようになってきて、家族との確執はまだまだあるけれど、みんなのお陰で、私自身、今の生活が、ただただ幸せに満ちあふれていると思えるようになったから。

もしも、叶うなら、今までずっと一人で、誰にも頼れない生活を送ってきたセオドアにも、そういった身近にある『些細な幸せを、一緒に感じてほしいな』って強く思って、私では、ほんの少ししか力になれないかもしれないけど……。

「セオドアのお誕生日が分からないのなら、これから先、みんなで、一つ年を重ねて行くごとに、お祝いをすることが出来るように、セオドアの好きな日をお誕生日にしようっ！　お誕生日だなんて、今まで、私自身も、本当は全然嬉しくない日だったけど、みんなが私の傍にいてくれるようになって、この間、お祖父様からも、十年分の心のこもったプレゼントをもらえたことで、凄く嬉しい気持ちになれたから。セオドアにも、その気持ちを味わってほしくて……。だから、今度は、セオドアのお誕生日も、アルのお誕生日も、ローラのお誕生日も、ここにいるみんなで、細《ささ》やかでもいいから、お祝いをし合うっていうのはどうかなっ？」

一つ、一つ、噛み砕いて、ゆっくりとした口調で、セオドアの目を真っ直ぐに見つめながら、自分がどういう意図で、セオドアのお誕生日をつくりたいと思ったのかということを、真剣に説明すれば……。

私の言葉を聞いて、虚を衝かれたように、目を大きく見開いたセオドアが視線を彷徨わせ「……

っ」と、一瞬だけ、言葉に詰まったあと。

「あぁ、もう、本当に、姫さんは、優しすぎるだろっ？　そもそも、従者の誕生日だなんて、祝ってくれる主人の方が、多分、滅茶苦茶珍しいぞ」

と、声をかけてくれてから……。

「自分の誕生日を新たにつくるだなんざ、考えたこともなかったな。誕生日が、いつのことなのかさえも分からない俺にとっては、ただただ、年を一つ取ったなって……、淡々と、通り過ぎていく日常の一コマでしかなかったはずなのに。姫さんに、そう言ってもらえたら、途端に、自分の誕生日が、大切な一日のように思えてくる」

と、ほんの少しだけ、苦笑交じりにそう言いながらも『誕生日を、新たにつくったら良いんじゃないかな？』という私の提案に関しては、嬉しさを滲ませながら嫌だと思っていない様子で声をかけてくれた。

その言葉に、私はホッと胸を撫で下ろす。

――本来、自分が生まれた日ではなくて、別の日を誕生日にする。

というその提案については、ともすれば、自分が生まれたその日を捨ててしまうというふうにもとられかねないものだったから『私の言葉を聞いて、嫌な気持ちになったりしないかな？』と、セオドアからの返事を聞くまでは、凄く不安な気持ちを抱いてしまっていた。

でも、当人であるセオドアはもちろんのこと。

アルやローラも、私の提案に「アリス、それはナイスアイディアだな！」だとか……。

「そうですね。セオドアさんのお誕生日が決まったら、これからは、みんなで、その日にお祝いをしましょうねっ！」と、声をかけてくれて。

私は、みんなが、そのことに乗り気になってくれて、これから、一つ一つ、年を重ねていくごとに、セオドアのお誕生日だけではなく、みんなのお誕生日もお祝いして、そのたびに『大切な思い出が出来ていくのかな？』と、嬉しい気持ちになりながら、ローラにかけてもらった言葉に同意するよう笑顔で頷き返した。

そのあとで、セオドアの方を、再び、真っ直ぐに見つめながら……。

「セオドアは、お誕生日にしたい特別な日とか、あったりする？　折角だから、セオドアの好きな日をお誕生日にした方がいいよね？」

と、問いかけるように声を出す。

折角、今ここで、自分で決めることが出来るなら、セオドアが良いと思っている日をお誕生日にすれば、これから先、お誕生日が来る度に、もっと特別な一日になっていくはずと……。

お誕生日にしたい候補の日はあるのかと、早速、好奇心からもワクワクした気持ちで聞いてみたら、セオドアは、ほんの少しだけ、目の前に立っている私の方をジッと見つめたあとで。

「そうだな。泥にまみれたような苦しい生活が多かった中で、嬉しかった日のことは、特に、よく覚えているんだけど。その中でも、俺にとっては、断トツ、特別な日がある」

と、声を出してきて、私は内心で『良かった。今まで、苦労して過ごしてきたセオドアにも嬉しかった日とかは、ほんの少しでもあるんだよね』と、安堵しながら、その言葉に、うんうんと頷いて、それは、いつのことなのかと、更に詳しく日付を聞こうと、セオドアの目を見ながら続きを促していく。

それから、私の方を真剣な表情で見つめていたセオドアがふっと、柔らかく笑みを溢したかと思ったら、目の前にいる私の頭をそっと、その大きな手のひらで撫でてくれたあと。

「俺がこの国の騎士になってから、初めて出会った人がいるんだが。あまりにも忘れられない出会いだったから、今でも凄く大切に思ってるんだ」

と、どこか勿体つけるような言い方をしつつ、じらすように私にそう伝えてきて、その言葉の意味がよく分からず、私は、キョトンとしながら首を傾げてしまった。

——セオドアがこの国の騎士になってから、初めて出会った人？

それは、騎士団に関係する人だったりするんだろうか？

ぼんやりと、頭の中で、私がその言葉の正解を探そうと、思考を巡らせていると。

「あぁ。……ここまで言っても、まだ分からねぇか。んじゃぁ、特大のヒントだ。俺が出会ったその人は、まだ、子供だっていうのに、無謀にも剣を振るう俺の前にやってきて、あのとき、俺が、その剣を止めてなかったら、自分が死んでたかもしれねぇ状況で、こう言ったんだ。……魔女の騎士をしてみるつもりはありませんか、ってな」

と続けて、セオドアに、特大のヒントと言われながら優しい口調で出された言葉に、私は、理解が追いつかず、一瞬、固まってしまったあと、思わず、パニックになってしまった。

どこかで、聞いたことのあるような話だと思う間もなく……。

（あ、あれ……？　それって、もしかして、私のことでは……？）

と、思った時には、目の前で真剣な表情をして、私の方を見つめてくるセオドアと……。

対照的に「まぁっ！」と、驚いたように声を出し、口元に手を当てながら、どこか納得した雰囲気を醸し出しつつ。

「アリス様と出会った、あの日のことを言っているんですね⁉　セオドアさん、お誕生日に、すごく素敵な日を選ばれましたねっ！　私も、毎年、アリス様とセオドアさんが出会った日を、お二人の近くでお祝いさせていただけることになるのは、とっても嬉しいです」

と、にこにこと満面の笑みを浮かべたローラからそう言われて、ようやく、事態が呑み込めてきた私は、ボンっと、顔が真っ赤になってしまうくらいに、眉をふにゃっとさせて、困り顔をしながら、照れてしまった。

だって、今までの会話を総合して纏めてみると、セオドアは、私に会った『あの夏の日』のことを本当に特別だと感じてくれていて、自分の誕生日にしたいくらいに、嬉しかったと思ってくれているってことだよね？

そんなふうに言ってもらえるなんて予想もしていなかったし……。

私自身が、誰かにとっての特別な出会いだと思ってもらえるだなんてことも、今まで、そんな経験をしたことがなかったから、ビックリしてしまった。

それと同時に『私と出会った日で、本当に良いのかな？』と思ってしまうのは、私自身が、あまり自分に自信が持てないからで……。

「あ、あのっ、セオドア、本当に、本当に、お誕生日、その日で良いの？　そう言ってもらえるのは凄く嬉しいんだけど。きっと、もっと、他に、良い日が、あるんじゃないかと思う……」

——んだけど。

と、オロオロしながら、私がそう言いかけると……。

今度は、セオドアが、私の手をぎゅっと握ってくれたあとで。

「たとえ、姫さんが何と言おうとも、俺にとっては、この日以外には考えられねぇ。今までも、ちょっとでも自分の生活を良くしたいって思って、努力はしてきたけど、あの日があったから、今の俺があるといっても過言じゃねぇし。姫さんに出会えたことは、大袈裟じゃなく、俺にとっては運命だったんだと思う。だからこそ、あの日、姫さんが救い上げてくれた幸運な騎士が、俺で良かったって、今は、心の底から思ってる」

と、優しい口調ではあるものの、どこまでも真剣に、本当にそう思ってくれているのだと分かるような感じでそう言われてしまって、私は、嬉しい気持ちと、本当にその日で良いのかという気持ちが綯《な》い交ぜになって、複雑な感情になってしまった。

ただ、セオドアに面と向かってそう言ってもらえたことで、私自身も、同じ気持ちであるということは、強く実感していて……。

セオドアに出会えたから、アルにも出会うことが出来たと思うし、巻き戻し前の軸の時とは違って、ほんの少しずつ、私の周囲が穏やかで優しいものになっていったのは、きっと、セオドアがいつも、見守ってくれるように私の傍にいてくれるからだろう。

何かあった時に、私のために一番に怒ってくれるセオドアが傍にいてくれるからこそ、最近、お兄様達とも勇気を出して、少しずつ話すことが出来るようになっているのだと思う。

「ありがとう、セオドア。そう言ってもらえると、私も嬉しいし、私も、セオドアに出会えて本当に良かった」

だからこそ……。

『本当に、その日で良いのか』と、これ以上、聞くのは、今、私に出会えて良かったと言ってくれているセオドアにも失礼なことだと感じて……。

セオドアのお誕生日をつくるのに、セオドアを喜ばせたいと思っただけなのに、何だか、私の方が嬉しい気持ちにさせてもらっているなぁと思いながらも、私は、セオドアにかけてもらった言葉を、しっかりと噛みしめるように、心の中に、大切な宝物として仕舞いこんだあと、にこりと、はにかんでから、今の自分の正直な気持ちを真っ直ぐに伝えることにした。


あのあと……。

セオドアのお誕生日が決まったお祝いとして、折角だから、セオドアの十八年分のお誕生日のお祝いを『細やかでもいいから、今日、やりたいな』という私の提案に乗ってくれたローラが直ぐに動いてくれ、腕によりをかけて、みんなで食べる晩ご飯をいつもよりも豪勢なものにすると約束してくれて。

その間、手が空いたみんなで、色紙《いろがみ》などを使って、豪華なものにはどうしてもならないけど、ちょっとでも華やかになるようにと、部屋の飾り付けをしていると。

ローラから頼まれていた買い物を終えて帰ってきた、状況が今ひとつ呑み込めていないエリスが、その状況に、ビックリするというハプニングがあったりもしたんだけど。

何とか、それらしく形になったことで、みんなで乾杯をして（といっても、子供の私は勿論、みんなジュースだったけど）、ローラが並べてくれた食事を囲んで、細やかではあるものの、セオドアのお祝いをすることにした。

さっき、急遽、お誕生日会を開こうと決めたことだったから、殆ど、何の準備も出来ていないいま、それでも、限りある時間の中で、シュタインベルクでよく歌われていて、有名なハッピーバースデーの曲を、真心を込めて贈ってみたり。

くす玉を作ったから、セオドアに、食事の席で糸を引っ張ってもらったりと、即席でやったにしては、手作り感満載ではあったものの、盛り上がるような瞬間もあり、みんなと楽しい時間が過ごせたと思う。

私も、誕生日会というものに、生まれて初めて参加したけれど、みんなで協力をして何かを作ったり、人に何かをプレゼントして喜んでもらうということは、自分が思っている以上に、凄く擽《くすぐ》ったくて、こっちまで嬉しい気持ちになってくるものなんだなぁと、何だか、自分のことのように幸せのお裾分けをしてもらえた気がしてきて、不思議な感覚だった。

因みに、くす玉については「何か色紙とかを使って、人にプレゼントをするものが作れないかな？」と聞いてみたところ、まだまだ、私達に慣れていなくて、どこまでも距離感のあるエリスが困惑した様子ながらも、その作り方を教えてくれて、私とアルの二人で作ったものになっていた。

「セオドアを祝いたい」という私達を見て、凄く複雑そうな表情をして、食事の間、どことなく居心地が悪そうだったエリスと仲良くなるには、やっぱり、どうしてもまだまだ時間がかかってしまいそうだったけど、くす玉を作るのに手慣れていた様子を見ると、エリスは、日頃からこういうのを作っていたりしたんだろうか？

エリスに対して、謎が深まってしまうばかりだなぁと感じながらも……。

ローラが作ってくれた食事を終えて、一通り、お祝いの時間が過ぎたあと、みんなが解散してから、あとはもう寝るだけという状態になって、コンコンと私の部屋の扉をノックする音が聞こえてきて、私は『こんな時間に、お客さん？』と、不思議に思いながらも、皇宮の廊下に繋がる扉を開けた。

見れば、いつも、夜の間、私の扉の前で警護をしてくれているセオドアが立っていて。

「もう、寝る時間だと思うのに、ごめんな」と声をかけてくれたことで、私はそのことにキョトンとしながらも……。

こんな夜更けに、セオドアが私の部屋の扉をノックするだなんて、あまりにも珍しいことだから、セオドアの顔を見上げて「セオドア、どうしたの？」と、声をかける。

（私に、何か用事があったんだろうか？）

私の声かけに、セオドア自身、ほんの少しだけ柔らかい表情で笑顔を向けてくれたあと。

「いや。特に、大した用事じゃなかったんだけど、改めて、姫さんのお陰で、今日一日、本当に、特別な日を過ごさせてもらったから、どうしても今日のうちにお礼を言っておきたくてな。誕生日を誰かに祝ってもらうのも初めてだったし、新たに、自分の誕生日をつくって、これから先の未来に楽しみが出来るだなんて思いもしていなかったから……」

と、改めて、畏まった様子で感謝の気持ちを伝えるように、私に向かって、声をかけてくれた。

その言葉に、瞳をぱちくりと瞬かせたあと、私は、ふわっと口元を緩め、微笑んで……。

「ううん、そんなの別に気にしなくても良かったのに。私も、セオドアのお陰で、楽しい一日が過ごせたし。……誰かのお誕生日をお祝いして、喜んでもらえると、お祝いしている方も嬉しい気持ちになって、凄く、心がぽかぽかしてくるんだねっ？」

と、心の底から今、思っている言葉を口に出す。

巻き戻し前の軸の時には一度も味わったことのなかった、今まで、知らなかった感情を、また一つ知れたことで、私自身、どちらかというのなら、セオドアに感謝したいくらいの気持ちを持っていたし、私が好きでやったことだから、セオドアが私に対してお礼を言うことでもないのにな、と思ってしまう。

だけど……。

私の言葉を聞いて、ほんの少しだけビックリしたように目を見開いたあと……。

「あぁ、そうだな。俺も、自分が生まれたことを誰かに祝ってもらえるのが、こんなにも嬉しい気持ちになるものだとは思ってもいなかったな。他の誰でもない、姫さんに祝ってもらえたことで、自分がこの世に存在してても良いんだって、初めて思えたかもしれねぇ……」

と、苦笑しながら、私にそう伝えてきてくれたことは、きっと、紛れもなくセオドアの本心なのだろう。

私達が、赤を持っていることで、どうしても世間から忌避されて、生きにくい生活を強いられてしまうことは、周りの人の目を変えない限りは、これからも、続いてしまうであろう、どうしようもない問題だから……。

だからこそ私も、巻き戻し前の軸で、初めてローラに、お誕生日のケーキをプレゼントしてもらった時、人から嫌われている『呪い子』である自分に、プレゼントを渡すだなんて、と、信じられない気持ちの方が勝ってしまったんだよね。

与えてもらったものに嬉しいと感じた気持ちのまま、素直に喜べば良かったのに、どうしてもそれが出来なかったのは、私に無償で優しくしてくれる人なんている訳がなくて、そこに、裏があるんじゃないかと思ってしまったから……。

今は、巻き戻し前の軸の時を経験して、ローラが最期まで一生懸命、私のためを思って行動してくれていたことを分かっているから、この世に『無償の愛』というものは、本当にあるんだなと理解しているけど。

それでも、私達に対して、そんなふうに思ってくれる人は、本当にごく少数の限られた人だけで、一般の人達よりも、そういった人に出会える確率というのも、どうしても少なくなってしまっているのは事実だろう。

セオドアや、アル、ローラといった、私のことを大切に思ってくれる人達に出会えたことは、私自身も奇跡だったと思うし。

——もしかしたら、セオドアも今、私と同じ気持ちなのかもしれないと、セオドアの言葉を聞いて強く感じてしまった。

だからこそ……。

私と同じように苦しい日々を過ごしてきたであろうセオドアに、私と一緒にいることで『この世に存在していても良いんだって、初めて思えた』と、そう言ってもらえたのが、ただ嬉しくて。

今まで、セオドアが過ごしてきた十八年という月日の中で、大変な思いをして、苦労して生きてきた分以上に、これから先は、一つ、一つ、年を重ねていくごとに、セオドアにとって楽しいと思える日を、今日みたいに、その傍で一緒に過ごしながら『つくってあげられたら良いな』と感じて……。

私はセオドアの言葉に同意するようにこくりと頷いて、今日の楽しかったことを思い出し、明るい笑顔で「あの時のアルが、場を盛り上げてくれたの、凄く良かったよね」と、あともう少しだけ、セオドアと一緒にこの場で過ごしながら、思い出話に花を咲かせようと、にこりと微笑みかけた。

あとがき

この度は「正魔女」をお手に取って、お買い上げいただきありがとうございます。双葉葵です。

有り難いことに、こうして、また続刊として二巻を出せて、皆様にお会い出来たことを本当に、心から嬉しく思っています。

皆様、二巻をご覧になっていただき、どうだったでしょうか……っ？（そわそわっ！）

特に今回は、私の希望で、ウェブ版から大幅に加筆し、ウィリアムとマナー講師の遣り取りで、マナー講師を断罪するような部分を入れさせてもらったり、最後のテレーゼの描写を増やしたりで読者様の反応はどうだったかな、と、密かに気にして、ドキドキしております……（笑）。

また、セオドアとアリスの絡みについても、ところどころで、ウェブ版から、ちょっとだけ増えていたりしたのですが、気付いていただけたでしょうか？

特に、ウィリアムとマナー講師の遣り取りは、元々、ウェブ版でも『番外編』として、いつかは載せたいと思っていた内容でしたので、私としては書きたいことを書かせてもらえて、担当の編集者様に大感謝しているのですが、少しでも、読者の皆様の心に残るようなお話になっていれば、こんなにも嬉しいことはありません……っ！

そして、そして、皆様、ザネリ先生の描いてくださった二巻の表紙や、ピンナップ、挿絵に至るまで、余すところなく、ご覧になっていただけましたかっ⁉

今回も、とっても素敵に、アリス達のことを描いて下さっていて、本当に有り難いなぁと思っていますし、ザネリ先生が、正魔女のイラストを担当してくださって、私自身、一生分の運を使い果たしたんじゃないかと思うくらい、頂いたイラストを拝見させてもらって、ときめいてしまっています〜！（笑）

特に、二巻では、ルーカスやテレーゼといった新規キャラクターなども、新たに、格好良く素敵に描き下ろしていただいて、女性キャラもそうなのですが、セオドアも含め『男性キャラ』も、魅力的に描いていただけることを、本当に、いつも嬉しく思っています。

それから、実は『表紙のタイトルロゴ』も、諸橋藍先生が担当をしてくださっていて、金縁のお洒落なロゴで、時計をモチーフに入れて、当初、四案くらい作っていただき、どのロゴも、本当に、本当に、選ぶのに迷ってしまうくらい素敵だったのですが、その中から、今のロゴを、担当の編集者様と一緒に選ばせてもらったというくらいに、贅沢なことをさせてもらっていたりします。（どれも、本当に素敵だったのに、泣く泣く、没案にしてしまったものも……！）

一巻も二巻も、細部まで、沢山の人の想いと、こだわりがいっぱい詰まった一冊になっていますので、タイトルのロゴも含めて注目して頂けたら、本当に嬉しいです。

そして何より、読者の皆様のおかげで、こうして、沢山の人の力を借り、こだわりの詰まった『宝物のような二巻』を発売することが出来ました。本当に、ありがとうございます……っ！

願わくば、また、皆様にお会い出来れば、こんなにも嬉しいことはありません！

Character Profile

The reincarnated villainous princess
who truly became a witch,
Vows never to lose anyone she loves again.

Character Profile N0.5

ローラ

If……
時を戻す
ことができたら?

絶対に、絶対に、新米侍女で
配属された時からお仕えしている、
アリス様のことを、もっとお側にいて、
守りたいと思っています……っ!
幼い頃から、心寂しくされていた
アリス様のことを思うと、
今でも胸が痛くなって
しまいます。

年齢 23歳　**誕生日** 7/10(蟹座)　**身長** 160cm

髪色 明るい茶色　**髪型** ボブ　**服装** エプロン付きの侍女服

好きな食べ物 アリスに好きだと言って貰えた食べ物全般(思い出補正)

能力・特技 家事全般、侍女としてのスキルがかなり高い

交友関係 持ち前の明るさで誰とでも気さくに付き合える

Character Profile N0.6

ギゼル・フォン・シュタインベルク

If……
時を戻す
ことができたら？
◆◆◆
時を戻すとか、
一体、何を言っているんだ……？
そんなことが、出来る訳がないと思うけど、
もしも、時を戻すなら、そうだな。
兄上のことは絶対に好きになる
だろうし、母上にも……、
いや、何でもない。

年齢 13歳 **誕生日** 4/5（牡羊座） **身長** 163cm **髪色** 金色

髪型 皇子にしては、やんちゃな感じ **服装** 白と金を基調とした服装

好きな食べ物 年頃のため、本当はお肉が好きだが、周りに隠している。子供舌

能力・特技 完全に、努力型人間であり、将来の目標はウィリアムだが……？

交友関係 親しい友人ゼロ。お兄ちゃんっ子、ルーカスとも親交あり

Character Profile N0.7

ルーカス・エヴァンズ

If……
時を戻す
ことができたら？

◆◆◆

そうだな……。
そんなことを言われたのは初めてだよ。
俺自身、上手くは言えないけど、
普段見えている顔だけが全てじゃない
とでも言っておこうかな。俺自身は、
別に、過去になんて、戻らなくても
良いんだけどさ、
他ではね……。

年齢 16歳 **誕生日** 6/20（双子座） **身長** 176～179㎝くらい

髪色 銀色 **髪型** 長髪で、普段はゴムで一つに纏めている

服装 おしゃれなスーツ **好きな食べ物** 流行っている物

能力・特技 知略をめぐらせたり、オールマイティーに、器用に何でもこなす

交友関係 フランクに誰とでも上手く付き合えるけど、実は見えない壁がある

Character Profile N0.8

テレーゼ・フォン・シュタインベルク

If……

時を戻すことができたら?

私に、そのようなことを言ってきて、一体どうするというのだ? もしも、時を巻き戻すことが出来たとしても、私は、私の道を歩むだけ。何としてでものし上がり、もう一度、我が子を、この手に抱いた時の感動を、繰り返すだけだ。

年齢	34歳	誕生日	7/24(獅子座)	身長	165cm
髪色	茶色	髪型	胸くらいまでの長さの髪		
服装	豪華なドレス	好きな食べ物	香り高い紅茶		

能力・特技 表の貌《かお》は清廉潔白で、感情表現の激しい策略家

交友関係 基本的に、貴族達や、皇宮で働く官僚なども幅広く交流がある

コミカライズ
イン特別公開!

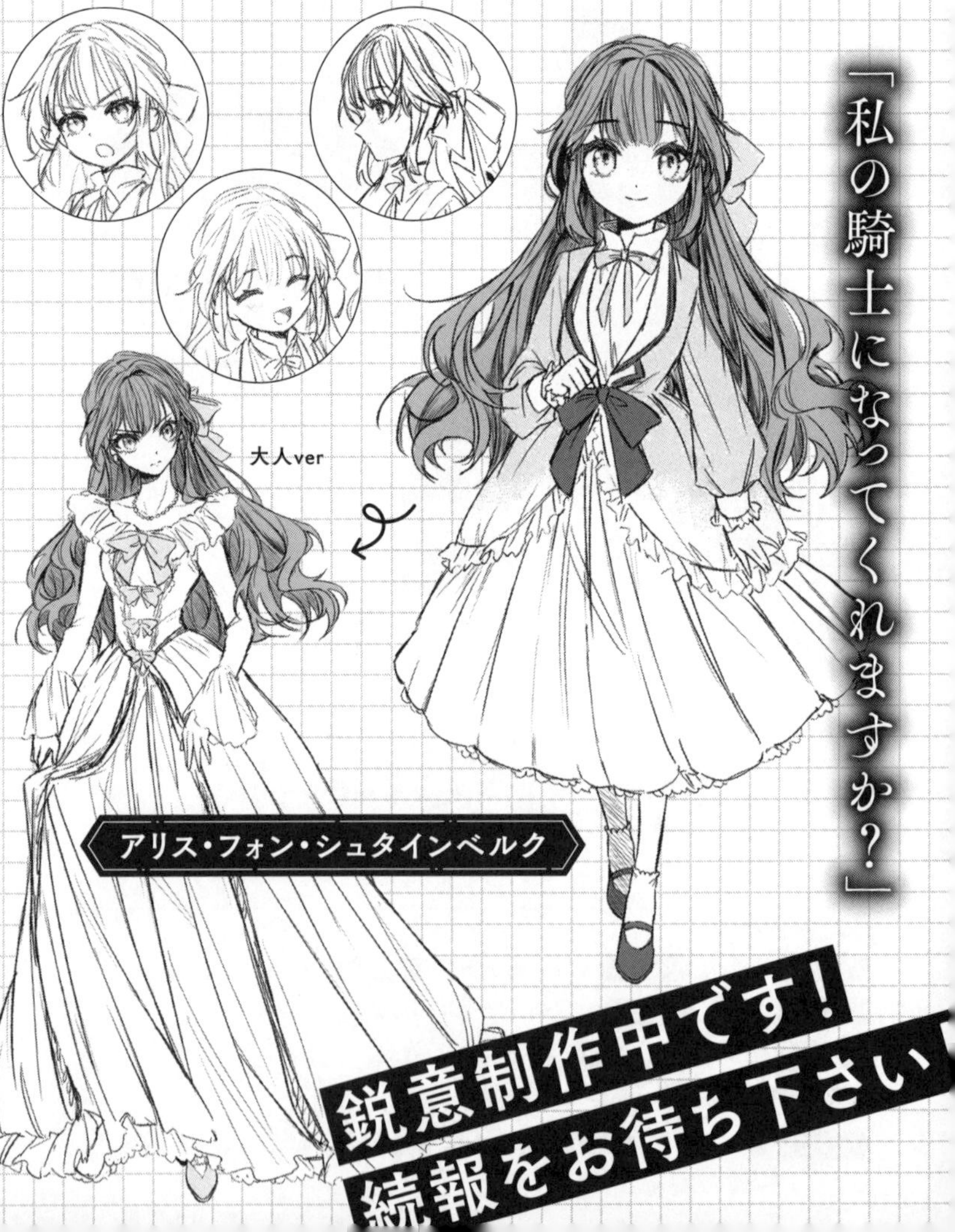

「私の騎士になってくれますか?」
大人ver
アリス・フォン・シュタインベルク
鋭意制作中です!
続報をお待ち下さい!

唯島新先生による、キャラクターデザ

「心から支える主人は、これから一生、姫さん以外にいない」

セオドア

唯島新先生コメント

『正式に魔女になった二度目の悪役皇女は、もう二度と大切な者を失わないと心に誓う』のマンガ担当、唯島新《ゆいしまあらた》です。コミカライズの話を頂いた時、すごく楽しそうだという感情と同時に自分に良いもの・原作の小説が好きな方々に受け入れて貰える作品を描けるか不安な気持ちにもなりました。でも、原作を読み込むにつれ今は可愛いアリス達と、かっこいい男達を全力で魅力的に描いていきたいという気持ちに変わりました！　頑張ります!!

ほのぼのる500シリーズ

最弱テイマーはゴミ拾いの旅を始めました。

The Weakest Tamer Began a Journey to Pick Up Trash.

原作
11巻
イラスト:なま
好評発売中!

コミックス
6巻
漫画:蕗野冬
好評発売中!

ジュニア文庫
7巻
イラスト:Tobi
2024年夏発売予定!

※6巻書影

スピンオフ
2巻
漫画:雨鈺
好評発売中!

TOKYO MX・ABCテレビ・BS朝日にて
TVアニメ絶賛放送中!

詳しくは公式サイトへ

※放送は都合により変更となる場合があります

没落予定の貴族だけど、
暇だったから魔法を極めてみた
I am a noble about to be ruined, but reached the summit of magic because I had a lot of free time.
アニメ化決定!!
「イラスト」かぼちゃ

シリーズ累計160万部突破!（紙+電子）

TO JUNIOR-BUNKO

イラスト：kaworu

TOジュニア文庫第5巻
好評発売中!

NOVELS

イラスト：珠梨やすゆき

原作小説第26巻
4月15日発売!

COMICS

漫画：飯田せりこ

コミックス第11巻
4月15日発売!

SPIN-OFF

漫画：桐井

スピンオフ漫画第1巻
「おかしな転生~リコリス・ダイアリー~」
好評発売中!

※2024年3月現在

本がなければ作ればいい――
決定！
ありがとう、本好き！
シリーズ累計
1000万部突破！
（電子書籍を含む）
アニメーション制作：WIT STUDIO
原作小説
（本編通巻全33巻）
第一部
兵士の娘
（全3巻）
第二部
神殿の巫女見習い
（全4巻）
第三部
領主の養女
（全5巻）
第四部
貴族院の自称図書委員
（全9巻）
第五部
女神の化身
（全12巻）
TOジュニア文庫
コミックス
第一部
本がないなら作ればいい！
（漫画：鈴華）
第二部
本のためなら巫女になる！
（漫画：鈴華）
第三部
領地に本を広げよう！
（漫画：波野 涼）
第四部
貴族院の図書館を救いたい！
（漫画：勝木 光）

夢物語では終わらせない
ビブリア・ファンタジー
ふぁんぶっく
1〜8巻
ドラマCD
1〜10
ミニマイングッズ
椎名優描き下ろし
第三部「領主の養女」
アニメ化
Story
とある女子大生が転生したのは、識字率が低くて本が少ない世界の兵士の娘。いくら読みたくても周りに本なんてあるはずない。本がないならどうする？　作ってしまえばいいじゃない！
兵士の娘、神殿の巫女、領主の養女、王の養女——次第に立場が変わっても彼女の想いは変わらない。
本好きのための、本好きに捧ぐ、ビブリア・ファンタジー！
本好きの下剋上
司書になるためには
手段を選んでいられません
香月美夜
miya kazuki
イラスト：椎名 優
you shiina
詳しくは原作公式HPへ
https://www.tobooks.jp/booklove

正式に魔女になった二度目の悪役皇女は、
もう二度と大切な者を失わないと心に誓う2

2024年4月1日　第1刷発行

著　者　双葉葵

発行者　本田武市

発行所　TOブックス
〒150-0002
東京都渋谷区渋谷三丁目1番1号　PMO渋谷Ⅱ　11階
TEL 0120-933-772（営業フリーダイヤル）
FAX 050-3156-0508

印刷・製本　中央精版印刷株式会社

ISBN978-4-86794-124-9